DÉTRUIRE TOUS LES MONSTRES

Grady Hendrix

DÉTRUIRE TOUS LES MONSTRES

Traduit de l'anglais (États-Unis)
par Héloïse Esquié

SONATINE ÉDITIONS

Directeur de collection : Arnaud Hofmarcher
Coordination éditoriale : Marie Misandeau
et Laurence Romance

Titre original : *We Sold our Souls*
Éditeur original : Quirk Books

Les droits de ce livre ont été négociés par l'intermédiaire
de l'agence littéraire Sea of Stories, seaofstories.com,
sidonie@seaofstories.com

Sonatine Éditions
32, rue Washington
75008 Paris
lisezsonatine.com

Ouvrage réalisé par Cursives à Paris

ISBN 978-2-35584-825-4
N° d'édition : 825 – Dépôt légal : novembre 2020

1
Vrai comme l'acier[1]

Assise au sous-sol, penchée sur sa guitare, Kris s'escrimait à jouer le début d'« Iron Man » de Black Sabbath. Sa mère l'avait inscrite à des cours de guitare avec un type que son père connaissait de l'usine, mais au bout de six semaines à répéter « Twinkle, Twinkle, Little Star » sur une acoustique J. C. Penney, Kris avait eu envie de hurler. Alors, tandis qu'elle était censée être chez M. McNutt, elle s'était cachée dans le parc, avait empoché les cinquante dollars des deux leçons qu'elle avait manquées, les avait combinés avec l'intégralité de ses économies et s'était acheté une Fender Musicmaster toute rayée et un ampli Radio Shack tout défoncé chez Goldie Pawn pour cent soixante dollars. Puis elle avait raconté à sa mère que McNutt avait essayé de la mater pendant qu'elle était en train de faire pipi, et désormais, au lieu de prendre des cours, elle se recroquevillait dans le sous-sol glacial et se cassait les dents à tenter des power chords.

Ses poignets étaient osseux et sans force. Les cordes de *mi*, de *si* et de *sol* lui faisaient saigner le bout des doigts. La Musicmaster lui faisait mal aux côtes quand elle se penchait dessus. Elle agrippa le manche de la guitare et appuya son index meurtri sur le *la*, son annulaire sur le *ré*, son auriculaire sur le *sol*, gratta les cordes avec son médiator, et soudain, son ampli cracha le même son que celui de Tony Iommi. L'accord que cent

---

1. *True as Steel*, album de Warlock, 1986. Tous les titres de chapitres sont empruntés à des albums de metal qui seront traduits et signalés en note. *(Toutes les notes sont de la traductrice.)*

mille personnes avaient entendu à Philly retentissait là, au sous-sol, avec elle.

Elle recommença. Cet accord était la seule chose lumineuse dans le sous-sol miteux avec son unique ampoule de quarante watts et ses fenêtres sales. Si Kris pouvait en jouer suffisamment, dans le bon ordre, sans s'arrêter, elle pourrait tout neutraliser : la neige sale qui ne fondait jamais, les placards pleins de vieilles fripes, les salles de classe surchauffées d'Independance High, les sermons abrutissants sur le Congrès continental, les bonnes manières et les dangers des mauvaises fréquentations, à quoi égale *x* et comment déduire *y*, la troisième personne du pluriel de *cantar* et la symbolique du gant de baseball de Holden Caufield, la symbolique de la baleine et la symbolique du feu vert et la symbolique de tout ce qui est au monde, parce que, visiblement, rien n'est ce dont il a l'air, et tout est un piège.

C'était trop dur. Compter les frettes, apprendre l'ordre des cordes, essayer de se rappeler quel doigt allait dessus et dans quel ordre, passer de son manuel au manche entre ses mains, et il fallait une heure pour parvenir à jouer tous les accords. Joan Jett ne regardait pas ses doigts en jouant « Do You Wanna Touch Me (Oh Yeah) ». Tony Iommi regardait ses mains, oui, mais elles se déplaçaient si vite qu'elles étaient liquides, rien à voir avec les mouvements laborieux de Kris. Sa peau la démangeait, son visage grimaçait, ça lui donnait envie d'exploser sa guitare en mille morceaux.

Le sous-sol était froid comme l'intérieur d'un frigo. Sa respiration faisait de la vapeur. Ses mains étaient contractées comme des pinces. Le froid irradiait du sol en béton et changeait le sang de ses pieds en neige fondue. Le bas de son dos était bourré de sable.

Elle n'y arriverait pas.

De l'eau gargouillait dans les tuyaux, car sa mère faisait la vaisselle à l'étage, et la voix de son père filtrait à travers le plancher, récitant une interminable litanie de plaintes. Des bruits sourds et furieux faisaient tomber de la poussière du plafond chaque fois que ses frères roulaient du canapé, se bourrant de coups pour savoir qui aurait le dernier mot sur le choix du programme télé. Dans la cuisine, son père gueula : « Me forcez pas à venir vous voir ! » La maison était une grosse montagne noire qui pesait sur Kris, lui enfonçait la tête dans la crasse.

Elle plaça ses doigts sur la deuxième case, gratta, et pendant que la corde vibrait encore, avant d'avoir le temps de penser, elle glissa sa main à la cinquième case, plaqua deux fois un accord percutant, passa sans transition à la septième, gratta deux fois, et ne s'arrêta pas : son poignet lui faisait mal mais elle le força jusqu'à la dixième case, puis la douzième, se hâtant pour ne pas perdre le rythme du riff qu'elle entendait dans sa tête, celui qu'elle avait écouté encore et encore sur le deuxième album de Sabbath, ce riff qu'elle se repassait mentalement lorsqu'elle se rendait à pied chez McNutt, en cours d'algèbre, dans son lit la nuit. Le riff qui disait qu'ils la sous-estimaient tous : ils ne savaient pas ce qu'elle avait en elle, ils ne savaient pas qu'elle avait le pouvoir de les détruire.

Et tout à coup, l'espace d'un instant, « Iron Man » fut dans le sous-sol. Elle avait joué pour un public inexistant, mais ça avait sonné exactement comme sur l'album. La musique vibrait dans chaque atome de son être. On aurait pu la découper, l'examiner au microscope, et Kris Pulaski aurait été « Iron Man » tout entière, jusqu'à son ADN.

Son poignet gauche l'élançait, les extrémités de ses doigts étaient à vif, elle avait mal au dos, les pointes de ses cheveux étaient congelées, sa mère ne souriait jamais, son père fouillait sa chambre une fois par semaine, son grand frère disait qu'il allait abandonner la fac pour entrer dans l'armée, son petit frère lui volait ses dessous quand elle oubliait de fermer sa porte à clé, c'était trop dur, et tout le monde allait se moquer d'elle.

Mais ça, elle pouvait y arriver.

TRENTE-QUATRE ANS PLUS TARD

Appelant : … vous ne faites pas partie de la solution, vous faites partie du problème.

Keith : Tu parles comme un hippie, Chester.

Appelant : Je dis les choses telles que je les vois. Vous dormez, les gars. Les Texans qui vous possèdent vous dictent ce que vous jouez. Pourquoi vous ne faites pas de la vraie musique qui parle de ce qui se passe dans le monde ?

Carlos : On aime ce qu'on joue, Chester. Si ça te plaît pas, achète-toi une radio satellite.

Appelant : Je vous défie de jouer du Nervosa, du Sepultura ou du Torture Squad. Vous êtes trop [*censuré*] pour jouer du Rage Against the Machine.

Carlos : Quel temps il fait dans le sous-sol de ta mère, le metalleux ?

– 96.1 ZZO, « Les matinées de Keith & Carlos », 10 mai 2019

2
Bienvenue en enfer[1]

Debout derrière le guichet du Best Western de l'US-22, vêtue d'un pantalon bleu marine et d'un gilet, Kris vit un homme nu passer par les portes coulissantes, son pénis se balançant de gauche à droite. En dépit de la taie d'oreiller qu'il s'était mise sur la tête, elle savait exactement de qui il s'agissait.

« Monsieur Morrel, dit-elle, nous allons devoir vous facturer pour avoir découpé des trous dans cette taie d'oreiller.

– J't'emmerde, pouffiasse.

– OK, j'appelle la police. » Elle décrocha le téléphone.

« Je ne suis pas Josh Morrell », dit Josh Morrell.

Kris composa de mémoire le numéro de la ligne directe du commissariat.

Josh Morrell se pencha par-dessus le guichet et interrompit la communication en plaquant la main sur le commutateur. C'est là que Kris se rendit compte qu'il était 3 heures du matin et qu'elle était l'unique réceptionniste de service dans un hôtel à moitié vide au milieu d'un parking quasi désert avec un homme nu à la tête recouverte d'une taie d'oreiller. Si elle n'avait pas été une femme, ça aurait été comique.

« Nous avons des caméras dans le hall, monsieur Morrell, fit Kris, d'une voix qui devenait de plus en plus frêle alors même qu'elle tentait de s'exprimer avec fermeté.

– Je ne suis pas Josh Morrell », répéta Josh Morrell.

---

1. *Welcome to Hell*, album de Venom, 1981.

Il se tenait tellement près de Kris qu'elle sentait son odeur de déodorant Old Spice et de bière. Elle voyait ses yeux briller par les deux trous dans la taie d'oreiller. Elle voyait le tissu qui entrait et sortait bien trop vite de sa bouche. Sachant que le moindre mouvement pouvait s'avérer dangereux, elle s'immobilisa.

Josh Morrell fit deux pas en arrière et se libéra d'un jet massif d'urine, faisant pivoter ses hanches pour bien s'assurer d'asperger toute la façade du guichet. L'odeur fétide d'ammoniaque s'insinua dans les narines de Kris. Le jet produisit un crépitement sourd contre le bois et plus aigu sur le carrelage.

Dans le temps, Kris Pulaski avait asservi des salles entières. Dans le temps, elle entrait dans des bâtiments inconnus, dans des États lointains où les seules personnes qui connaissaient son nom se trouvaient sur scène avec elle. Entourée de foules qui la détestaient, à Eugene, à Bangor, à Marietta, à Buckhannon, elle accordait calmement sa guitare, plantée devant des poivrots surexcités qui tiraient des coups de feu sur le van du groupe, qui glissaient sous les essuie-glaces des mots disant : « CHOPEZ LE SIDA GROS PÉDÉS DE METALLEUX », qui avaient jeté un soir sur la scène une couche dégoulinante de merde, qui démarraient des bastons parce que ça les démangeait de cogner sans merci quiconque venait d'un bled situé à plus de quatre-vingts bornes de chez eux.

Kris s'était tenue debout, tête haute, devant ces bouseux qui louchaient, avec leurs crânes épais et leurs cervelles minuscules, des mecs qui n'avaient pas du sang dans les veines, mais de la Blatz ou de la Keystone, qui puaient la Schaefer et la Natty Boh, la Lone Star et l'Iron City[1] : elle attendait tranquillement le début de l'intro à la batterie, grattait nonchalamment sur le temps frappé, entreprenant son premier riff, après quoi la basse se glissait en douceur derrière elle ; l'autre guitare la suivait avant de se lâcher soudainement pour cracher des arpèges violents en crunch

1. Marques de bières bon marché.

sur sa rythmique; enfin, le premier blast beat explosait sur la grosse caisse et le groupe se calait sur le tempo idéal, démolissant impitoyablement la salle, pilonnant ces barbus d'une muraille de son jusqu'à ce que leurs têtes commencent à dodeliner, leurs épaules à tressauter convulsivement, leurs mentons à se lever et à s'abaisser malgré eux – jusqu'à ce que le plus impulsif ou celui qui avait le plus à prouver pousse la personne devant lui, à partir de quoi la fosse se mettait à bouillonner devant la scène.

Les thrasheurs férocement mal sapés avec leurs tee-shirts noirs à manches longues et leurs longues tignasses, les vieux metalleux avec leurs barbes et leurs gilets de l'armée, les lycéens blancs comme des linges avec leurs tronches de tueurs de masse et des bracelets de force à leurs poignets décharnés – Kris avait transformé ces *haters* en danseurs, ces bastonneurs en passionnés, ces fouteurs de merde en fans. Elle avait reçu un coup de poing dans la figure administré par un vegan straight edge, s'était fait embrasser le bout de ses Doc Martens par d'innombrables mecs, et était tombée dans les pommes après s'être pris sous le menton le coup de botte d'un slammeur qui avait réussi à se jeter dans le public en exécutant un saut périlleux au Wally's. Elle avait fait rebondir la mezzanine du Rumblestiltskins comme un trampoline, car les gamins pogotaient si furieusement que des fragments de peinture pleuvaient comme de la grêle.

À présent, devant Josh Morrell qui pissait partout sur le sol du Best Western à 3 heures du matin, elle avait trop les chocottes pour lever le petit doigt. Lorsqu'il eut terminé, il secoua sa queue invertébrée pour faire tomber les dernières gouttes, fit volte-face, lâcha un énorme pet foireux et repassa les portes automatiques.

Par réflexe, Kris laissa échapper : « Passez un bon séjour. »

Puis elle attendit que ses mains cessent de trembler, décrocha le téléphone et appela la police.

Une demi-heure plus tard, son frère débarquait. Elle le fit entrer dans le hall et il s'arrêta juste à temps pour éviter la flaque d'urine qui s'étalait sur les tommettes.

« Ah, putain, Kris, c'est dégueulasse. T'as même pas nettoyé ?

– Il est chambre 211.

– Doit juste être bourré, fit Little Charles.

– Faut que je commence à servir le petit déjeuner dans deux heures. Tout doit sentir le pin et l'air frais des montagnes avant que les gens attaquent leurs petits pains aux raisins.

– Je vais pas faire un rapport pour ça.

– Ce mec a pissé dans ma direction. T'en as la preuve sous les yeux. Je peux te montrer la vidéo de la caméra de surveillance. »

Little Charles ne se mettait plus en colère contre Kris. Au lieu de ça, il se défaussait sur elle.

« T'as l'air stressée, commença-t-il. T'as fait le truc avec la bougie et la fleur comme t'a montré le Dr Murchinson ? Respirer la fleur, souffler la bougie ? Tu veux qu'on le fasse ensemble ?

– Je suis pas stressée, je suis furax.

– J'entends beaucoup de tension dans ta mâchoire et ta poitrine.

– Je ferai le truc de la bougie et de la fleur si tu t'occupes de ce mec pour moi, s'il te plaît. Sinon il va redescendre et recommencer à la minute où tu te casses.

– C'est bon, Kris, dit Little Charles du ton qu'il employait systématiquement avec les femmes énervées. Je vais m'en occuper. Attends là et nettoie. Tout va bien se passer. Je vais aller lui parler, à ce type. »

Un jour, à Wichita, un patron de salle avait refusé de donner au groupe sa part sur les entrées. Il avait signifié à Kris que si elle avait tellement envie de ses deux cents dollars, elle n'avait qu'à lui sucer la bite. À l'instant où il avait tourné la tête, elle s'était penchée par-dessus le bar, avait saisi la boîte des recettes et s'était enfuie avec tout le cash. Scottie avait déjà démarré le camion, et ils étaient sortis du parking à tombeau ouvert, faisant voler les gravillons comme dans *Shérif, fais-moi peur*.

Vingt-deux ans après, elle se contenta d'un « Merci, Little Charles ».

Les portes coulissantes se refermèrent derrière lui et Kris le regarda longer le trottoir jusqu'aux chambres des clients. Elle respira la fleur et souffla la bougie cinq fois, mais sans succès, car la fleur sentait la pisse de Josh Morrell.

Pendant onze ans, Kris avait pu se rendre n'importe où dans le monde rien qu'en décrochant son téléphone. Elle appelait des clubs au hasard, postait des démos, échangeait à volonté leur ordre de passage sur scène avec Corpse Orgy et Mjölnir, envoyait des lettres à des jeunes qui organisaient des concerts. Puis ils montaient dans leur van, avec sa cachette en hauteur pour les micros et son interdiction d'arborer des autocollants du groupe, qu'ils avaient mise en place après que le véhicule avait été cambriolé quatre fois, et ils parcouraient l'Amérique en tous sens, de scène en scène.

Kris avait survécu à mille trois cent vingt-six concerts, émergeant de chacun d'entre eux avec les oreilles qui sifflaient, les avant-bras courbatus, les cheveux dégoulinants, les ongles en sang. Elle avait donné des concerts pour huit cents personnes, et d'autres où elle connaissait le nom de tous les clients du bar. Elle avait joué plusieurs fois devant cinq mille personnes venues voir Slayer.

Elle avait donné des concerts humiliation, des concerts pour dépanner, des concerts provoc, des concerts en pilote automatique, des concerts interminables qui ne cessaient de déboucher sur une dernière chanson, puis encore une autre, ceux qui étaient pliés en onze minutes parce qu'il y avait trop de groupes à l'affiche, des concerts en roue libre, des concerts devant une salle vide, des concerts où personne n'en avait rien à foutre de la musique car tout le monde était venu seulement pour la bière, et des concerts à déchirer le plafond, dont la seule conclusion possible était de foutre le feu à la salle, comme à un enterrement viking, une fois que tout était fini. Elle avait donné des concerts où il n'y avait pas de différence entre la scène et le public, avec des gamins assis derrière elle, à côté d'elle, rampant sur les stacks, renversant les bières posées sur les amplis. Elle avait donné des concerts depuis une scène surélevée qui surplombait des barricades d'acier retenant une foule déferlante répartie sur plusieurs fosses.

À présent, elle avait quarante-sept ans, elle avait mal aux genoux quand elle montait des escaliers, son épaule droite la faisait souffrir en permanence, elle avait des acouphènes dans l'oreille gauche et, depuis six ans, le hall de cet hôtel après minuit était son seul refuge. C'était là que les organismes de rachat de crédits ne faisaient pas sonner le téléphone en permanence, là que personne ne connaissait son nom de famille. C'était là que vous finissiez quand personne ne voulait de votre groupe, quand vous n'aviez jamais signé ce contrat juteux, quand vos ventes n'avaient jamais décollé, quand vous aviez raté la marche du succès à un cheveu près, quand vous aviez failli percer sans tout à fait y parvenir. C'était le dernier boulot qu'elle avait réussi à décrocher, et encore, seulement grâce à l'aide de Little Charles, et il n'y en aurait sans doute pas d'autre ensuite. Alors elle alla chercher la serpillère, un seau, et nettoya la pisse de Josh Morrell.

Les portes coulissèrent et Little Charles revint dans le hall, une main accrochée à sa ceinture surchargée. Kris replaça la serpillère dans son seau jaune, descendit la poignée d'essorage et lui fit vomir de l'eau grise.

« T'as vu ce qu'il a fait à son oreiller ? demanda-t-elle.

– Il dit que c'est pas lui.

– Tu l'as laissé là-bas ?

– Le coffrer, ça servirait à rien. Ce serait ta parole contre la sienne.

– Je suis en train de nettoyer sa pisse, là. C'est ma parole contre la mienne, en l'occurrence.

– Je lui ai dit que si j'étais obligé de revenir, on allait avoir un problème, lui et moi.

– Moi, j'en ai déjà un, de problème. Je parie qu'il est en train de surveiller le parking pour pouvoir revenir chier par terre à la seconde où tu seras parti.

– Je lui ai fait peur. Et c'est tout ce que j'ai l'intention de faire ce soir. Le sujet est clos. »

Il retourna vers les portes qui s'ouvrirent dans un bourdonnement, et choisit la seconde précédant sa sortie pour se retourner avec un maximum d'impact dramatique : « J'ai vendu la maison de maman. Faut que t'aies déménagé dans six semaines. »

Kris le regarda monter dans sa voiture et traverser le parking pour aller rejoindre la route 22.

Elle serra les poings si fort que ses tendons grincèrent. Elle enfonça ses ongles dans ses paumes si profondément qu'elles se mirent à saigner. Pendant onze ans, Kris et Dürt Würk avaient combattu le monde, et elle l'avait ensuite combattu seule pendant encore dix ans. Ils avaient survécu à la mort du metal et étaient parvenus à traverser les années grunge sans reprendre une seule fois « Smells Like Teen Spirit » ; elle avait eu l'impression qu'ils allaient quelque part. Mais désormais, la musique était terminée, l'argent envolé, et dans six semaines elle allait perdre sa maison. Ça, c'était ce qui lui restait. Alors elle souleva la serpillère dégoulinante, la laissa retomber sur le sol et se remit à nettoyer la pisse de Josh Morrell.

Mark Metal : En dix ans, la région de Lehigh Valley a perdu ses monuments rocks l'un après l'autre : le Croc Rock, l'American Music Hall, le Wally's. Dimanche dernier, une autre victime est venue s'ajouter à cette liste avec l'incendie de la Gurner's Sporting House. C'est dans ce bar, qui possédait la scène la plus petite et la bière la plus chaude de l'État, que des groupes locaux tels que Dürt Würk et Powerhole ont donné leurs premiers concerts, lui conférant un statut quasi légendaire. Le propriétaire, Bobby Dali, avait fermé l'établissement en septembre de cette année pour améliorer la sono et rénover les toilettes, immondes dans les deux cas, mais il y a six semaines, il s'est pendu et, à 3 heures du matin dimanche dernier, un feu d'origine électrique a réduit en cendres la Sporting House avant qu'un seul pompier ait le temps de réagir…

– 90.3 WXLV, « Le Mark Metal Show », 11 décembre 2013

3

Esclave du pouvoir[1]

Kris se laissa tomber sur le siège conducteur de la voiture de son père, épuisée. Elle aurait beau vieillir, la Grand Marquis blanche à l'intérieur bordeaux, âgée de dix-neuf ans, serait toujours la voiture de son père. Il l'avait achetée en 1999, à l'époque où tout le monde était persuadé que son cancer ne serait pas si grave. Quand elle lui avait dit que c'était une bagnole de mac, il avait fait comme s'il ne l'avait pas entendue, mais un an plus tard, tandis qu'ils se rendaient à la clinique pour son rein, il avait soudain déclaré : « Cette bagnole. Je mérite un petit peu de style. »

Elle ferma les yeux si fort qu'elle eut une crampe aux paupières. Le sommeil lui retournait la cervelle. Les yeux toujours clos, elle tendit la main et tourna la clé de contact ; le moteur rugit, accéléra à fond, puis redescendit à un grondement asthmatique avec un *clac-clac* qui voulait sûrement dire qu'elle allait bientôt devoir encore plus de fric à son garagiste. Tout le monde lui disait qu'elle devrait la remplacer, mais Kris adorait la caisse de son père. Elle ne possédait pas tous ces gadgets qui clament au monde entier où vous vous trouvez – pas de LoJack, pas de GPS pour envoyer ses coordonnées par ping à qui voudra. Kris aimait être invisible.

Elle rouvrit les yeux, lança les essuie-glaces afin de balayer la rosée du matin, sortit de sa place en marche arrière et traversa le parking du Best Western au pas pour rejoindre l'US-22. Son

1. *Powerslave*, album d'Iron Maiden, 1984.

cerveau était en mode neutre, marinant dans un crâne plein de jus de sommeil, et une odeur somnolente s'élevait de sa poitrine. Son lit était couvert d'oreillers, l'éclairage de sa chambre tamisé, ses couvertures étaient douces : ce serait tellement bon de boire une bière avant de s'allonger.

Little Charles avait vendu la maison de sa mère. Elle avait six semaines pour se trouver un endroit où crécher. Kris rangea cette idée dans une boîte et la posa sur les étagères au fond de sa cervelle, avec tous les autres problèmes qui dormaient dans le noir. C'était dur de trouver de la place, mais elle parvint à la glisser entre « Cartes de crédit dans le rouge » et « Je n'ai pas pleuré à l'enterrement de maman, il y a vraiment quelque chose qui ne tourne pas rond chez moi ».

Sur la 22, elle tourna vers l'est et roula entre l'usine Standard Cement abandonnée et sa fiancée décrépite, GB & B, l'ancienne fabrique de roulements à billes, deux bâtiments qui s'élevaient telles des pierres tombales jumelles annonçant l'entrée de Gurner. Elle passa devant le terrain en friche où se tenait autrefois la Sporting House. Dans ce routier, tous les groupes de Lehigh Valley, jusqu'au dernier, avaient donné leur premier concert, et le minuscule cagibi où les musiciens attendaient de monter sur scène était couvert de graffitis de Teeze, de Dirty Blond, et même de Vicious Barreka, témoignant de l'instant précédant le cri de guerre qui allait marquer la toute première fois qu'ils se jetaient dans le vide. L'inscription de Kris disait : « DÜRT WÜRK, 27 SEPT. 1989 – LE METAL NE MEURT JAMAIS ».

À présent, ce n'était plus qu'un terrain comme les autres, étranglé par les mauvaises herbes, avec un panneau « À VENDRE » délavé. En fin de compte, tout meurt.

La jambe de Kris partit violemment en avant et elle se redressa, le pied appuyé sur la pédale de frein ; son torse alla heurter brutalement le volant. L'adrénaline se répandit dans ses veines, le sommeil la déserta et ses orbites se mirent à vibrer lorsqu'un klaxon retentit et qu'une voiture faillit lui rentrer dans l'arrière-train. D'autres véhicules hurlaient autour d'elle, tous klaxons dehors, mais Kris ne pouvait pas bouger. Bloquée dans la file de droite de l'US-22, elle leva les yeux sur la chose qui se profilait à l'horizon et sentit sa salive se raréfier et devenir amère. Sa respiration s'accéléra et se fit sifflante dans sa poitrine lorsqu'elle vit l'image hideuse qui s'élevait au-dessus de Gurner, poussée dans la nuit telle une tour sombre dans *Le Seigneur des anneaux.*

Le Blind King était de retour, et il la regardait fixement de ses yeux noirs sans pupilles depuis son énorme panneau en hauteur. En lettres gothiques, l'affiche annonçait : « KOFFIN – REVENU D'ENTRE LES MORTS ».

En dessous, une photo du Blind King. Une couronne d'épines grossière était clouée sur sa tête. Du sang noir dégoulinait sur son visage. Les retoucheurs numériques s'étaient assurés qu'il n'avait pas vieilli d'un jour.

Au-dessous, il était écrit : « CINQ DERNIERS CONCERTS, 30 MAI-8 JUIN, L.A., L.V., S.F. ».

Kris dévisagea le Blind King, et ses entrailles se liquéfièrent. Il était bien vivant. Il était légion. Alliage d'avocats, de comptables, de compositeurs et de musiciens de session, un colosse qu'on aurait pu voir depuis l'espace. À côté, elle était frêle et minuscule, et se tenait dans le hall vide du Best Western, observant son reflet dans les portes vitrées, une ombre en pantalon à pinces bleu marine avec un badge nominatif épinglé à son gilet, souriant à des gens qui écrasaient leur haine dans le cendrier qu'était son visage.

Dans le sombre débarras du fond de sa cervelle, les rayons surchargés basculèrent en avant, les paquets glissèrent à l'extrême bord des étagères, et elle se démena pour tenter de les remettre à leur place. Ses mains se mirent à trembler, et le monde à vaciller et à tournoyer autour d'elle; puis Kris enfonça l'accélérateur et partit sur les chapeaux de roues dans l'espoir ténu d'atteindre les toilettes avant de vomir. Elle poussa la Grand Marquis de son père à fond dans Bovino Street, tourna à droite au niveau du Jamal's Sunshine Market, et s'engagea péniblement dans le Marécage Saint Street.

Là, des maisons abandonnées se gerbaient dessus des brassées de lierre. Les jardins grignotaient peu à peu les trottoirs. Des ratons laveurs squattaient les sous-sols effondrés et des générations d'opossums se reproduisaient dans des chambres inoccupées. Du côté de Bovino, des familles hispaniques s'installaient dans les vieilles rangées de maisonnettes à un étage et accrochaient le drapeau portoricain à leurs fenêtres, mais plus avant dans la rue, c'était le Marécage Saint Street, appelé ainsi car si vous étiez à ce point dans la merde, vous n'alliez jamais en sortir. Les seuls individus qui vivaient sur St. Nestor et St. Kirill étaient soit trop vieux pour déménager, soit Kris.

Elle se gara brusquement devant la maison où elle avait grandi et grimpa en vitesse les marches du porche en briques appuyé contre la façade en voie d'affaissement. Elle introduisit sa clé dans la serrure, ouvrit la porte déformée par l'humidité d'un coup de hanche et se mordit la langue pour s'empêcher de crier : « Je suis rentrée. »

Acheter une maison à sa mère. C'était le rêve de toute rock star. Kris était tellement fière le jour où elle avait signé les documents. Elle ne les avait même pas regardés, elle avait juste griffonné sa signature au bas de la dernière page sans penser une minute qu'elle finirait un jour par habiter de nouveau là. Elle courut jusqu'au fond du même couloir par lequel, à dix-neuf ans, elle était sortie en colère, valise en carton à la main, hurlant à son père et à sa mère que ce n'était pas parce qu'ils avaient peur du monde qu'elle était censée les imiter. Puis Kris tira la porte du frigo et laissa l'air frais sécher sa sueur.

Elle décapsula une bouteille verte qui fit *pschitt*. Elle avait besoin de ralentir une seconde. L'affiche l'avait trop agitée. Elle voulait chercher des précisions sur Internet, mais l'essentiel, elle le savait déjà : le Blind King était de retour.

Sur la nappe en plastique blanc qui recouvrait la table de la cuisine était posé le Tupperware contenant son nécessaire à ongles. Cinq mois auparavant, elle passait encore tous les dimanches et s'installait en face de sa mère pour lui appliquer du vernis. Ce rituel faisait toujours prendre conscience à Kris de la douceur des mains de sa mère, comparées à ses grosses spatules couvertes de cicatrices effacées et tachées de vieux cals jaunis. Regarder la boîte, c'était comme tomber dans un trou, elle la rangea donc sous l'évier. Sa peau la démangeait. Elle avait besoin de *faire* quelque chose.

Sa Rolling Rock était vide, et sa bouche encore sèche. Les veines de ses tempes palpitaient douloureusement, son sang était comme en fusion. Le Blind King était de retour. Elle s'ouvrit une deuxième bière.

La seule pensée du Blind King donnait à Kris des palpitations. Elle avait réussi à se tenir à peu près tant qu'il restait hors course, mais voilà qu'il reparaissait. Pourquoi ne pouvait-il pas la laisser tranquille ?

Les étagères basculèrent en avant, les boîtes glissèrent et s'écrasèrent sur le sol, et son cerveau se remplit de chauves-souris hurlantes : ses salaires de misère à trois chiffres, les dépassements de forfait systématiques sur sa ligne MetroPCS, les cadeaux de Noël achetés au bazar Tout à un dollar, la perspective de devoir réunir assez de fric pour payer la caution d'un nouvel appart à partir du gouffre béant de son compte en banque.

Regarder les ambulanciers embarquer sa mère dans leur véhicule avec autant d'égards que s'ils trimballaient un sac de course. S'installer au premier rang du Sacred Heart presque vide et écouter un prêtre inconnu débiter des platitudes impersonnelles sur sa mère, pompeuses et sans passion, se lever et s'asseoir sur commande, marmonner des cantiques radieux pleins de rimes pauvres, à la rythmique minable, en faisant des efforts surhumains pour s'obliger à pleurer. S'installer en face du gamin au front couvert d'acné de la Grabowski's Funeral Home pour lui expliquer qu'il n'y aurait ni présentation du corps, ni embaumement, et qu'elle aimerait seulement qu'ils brûlent ce qui restait de sa mère et mettent les cendres dans une urne qu'elle avait déjà achetée en ligne, puis voir la bienveillance du garçon se tarir brutalement dès qu'il avait compris qu'elle n'était qu'une pauvre de plus qui lui faisait perdre son temps.

La somme qu'il aurait fallu pour offrir à sa mère les obsèques qu'elle méritait était l'équivalent du budget massage hebdomadaire du Blind King. La somme qui séparait Kris du gouffre était une erreur d'arrondi, tout au plus, dans les comptes du Blind King. Elle le vit, immense, coloré et aimé, se dressant au-dessus de l'US-22, et se vit à ses pieds, les yeux levés, petite et grise.

Elle se vit trop effrayée pour jouer, trop effrayée pour se mettre en colère, trop effrayée pour se battre, trop effrayée pour s'échapper de Gurner. Elle vit la camionnette UPS, les avocats du Blind King, l'accord à l'amiable qu'elle avait signé, et le Paxator, le Wellbutrin et le Klonopin[1] qu'on lui faisait ingurgiter, tous ces trucs qu'on lui avait prescrits pour apaiser sa colère, ces médocs qui lui donnaient la sensation d'être morte – pendant huit ans, elle avait cru que ça allait, elle avait cru que c'était fini et qu'elle s'en sortait bien, mais elle avait eu tort.

Alors Kris poussa la porte du sous-sol d'un violent coup d'épaule, car celle-ci n'avait pas été utilisée depuis des lustres ; elle s'ouvrit avec un grincement sur une odeur de poussière rance. Kris s'engagea dans l'escalier, faisant résonner les marches en bois, et plongea vers la seule chose qu'elle avait juré de ne plus jamais faire.

1. Le Paxator est un médicament fictif, le Wellbutrin (bupropion) un antidépresseur et le Klonopin (clonazépam) un anxiolytique.

Rév. Carson : … vous étudiez les fans de heavy metal, de musique satanique, de musique occulte – appelez ça comme vous voudrez – depuis longtemps. Qui écoute ce genre de choses ?

Dr Padmere : Dans l'ensemble, ce sont des individus déficients, qui obtiennent des scores très bas sur la plupart des indicateurs que nous utilisons afin d'étudier le comportement humain : QI, taux de patience, taux de confiance en soi, taux de fiabilité. Là où ils obtiennent des scores élevés, c'est dans des domaines tels que la colère, la tromperie, l'abus d'alcool et de narcotiques, les taux de suicide…

Rév. Carson : En d'autres termes, pas franchement le gendre idéal.

Dr Padmere : Oh que non.

– WCYI 580 AM, Radio-Denver de prière et de leadership chrétien,
14 décembre 1993

4

Règne dans le sang[1]

La pénombre régnait dans le sous-sol à peine éclairé par la lueur grise qui filtrait à travers les fenêtres sales, à demi enterrées. Même en été, il y faisait froid comme au fond d'un lac. Un canapé écossais poussiéreux trônait au milieu de la pièce, couvert de hautes piles de cartons remplis de vieilles déclarations d'impôts et de factures. Des chaises à l'assise défoncée étaient adossées au mur, et le sol était jonché de toutes les affaires avec lesquelles Kris et ses frères avaient grandi, et que sa mère n'avait pu jeter : caisses de vieux jouets, parc à bébé branlant, tricycle aux roues voilées.

Avant d'avoir le temps de changer d'avis, Kris se précipita à l'autre bout de la pièce et tira sur la porte du placard pour révéler une tour précaire de cartons Stor-All décorés de motifs de bois sombre. Ils contenaient la dépouille de tous ses anciens procès, de toutes ses vieilles batailles contre le Blind King. Ses genoux craquèrent lorsqu'elle s'agenouilla et le bas de son dos lui fit mal lorsqu'elle écarta ce fatras. Derrière était appuyé un étui souple, un seul, et une serviette de plage à rayures était posée sur un ampli Laney Supergroup. Kris empoigna l'étui par le haut du manche, retira la couverture poussiéreuse d'une pichenette et souleva l'ampli. Le bas de son dos la tirailla de nouveau.

Elle tira une chaise au centre de la pièce, s'assit, ouvrit la glissière et sortit sa guitare.

1. *Reign in Blood*, album de Slayer, 1986.

Six ans plus tôt, Kris avait claquemuré sa guitare dans ce placard tel un chien enragé. La nuit, elle rêvait qu'elle l'entendait gratter à la porte. Mais elle s'était endurcie et avait ignoré ses gémissements. Pendant deux ans, elle s'était sentie coupable de ne pas pratiquer tous les jours, mais finalement sa culpabilité s'était fondue dans le mépris de soi sourd qui rythmait constamment sa vie. Elle n'avait jamais rejoué. Elle s'était coupé les mains et les avait enfouies au sous-sol, et voilà qu'elle les déterrait à présent.

Sa Gibson Melody Maker blanche se logea en équilibre sur la courbe de sa cuisse. Avec la Fender Musicmaster, sa première, c'était la seule guitare qu'elle ait jamais possédée. Il y avait des pets à l'arrière à cause de sa boucle de ceinture, et son poignet avait creusé un sillon à l'avant. Elle trouva un jack dans la poche latérale de l'étui, le fit passer sous la sangle et le brancha, puis alluma son ampli. Le bourdonnement lui donna la sensation de rentrer chez elle.

Elle dénicha un médiator et plaqua un *sol* en haut du manche, s'étonnant de la facilité avec laquelle elle parvenait à s'accorder. Les notes se trouvaient toutes là, dans ses oreilles, n'attendant que de se faire entendre à nouveau.

Elle joua « Iron Man ». Elle le joua mal. Elle le joua lentement, butant sur les changements d'accord comme la toute première fois. Elle loupait les transitions, ses mains étaient comme des spaghettis trop cuits qui n'allaient pas là où elle leur disait d'aller, son picking était hésitant, ses bouts de doigts patauds. Une fois le morceau terminé, elle recommença, attaquant vraiment fort sur la corde de *mi* derrière le sillet pour l'intro et la faisant gémir. Puis elle monta le son de l'ampli et recommença. Les cordes d'acier semblaient résolues à cisailler ses doigts. Elle sentit la poussière vibrer dans l'atmosphère. Un *mi* aigu perçant se mit à siffler dans son oreille gauche.

Elle rejoua « Iron Man », appuyant bien le downpicking. Puis elle le rejoua encore. Et encore. Et encore. Enfin sa respiration se ralentit, les chauves-souris cessèrent de hurler, et le Blind King s'effaça.

Comment avait-elle pu laisser tomber ça ?

Quand Little Charles était parti pour la fac en 1982, il avait laissé cinq disques derrière lui : *Darkness on the Edge of Town* de Bruce Springsteen, que Kris ne l'avait franchement jamais entendu écouter, *Physical* d'Olivia Newton-John, qu'il n'avait acheté que pour sa pochette, *The Cars*, qu'il avait acheté parce que tous ses potes l'avaient, *Fresh Fruit for Rotting Vegetables* des Dead Kennedys, avec sa pochette orange vif, et *Paranoid* de Black Sabbath.

Elle avait surtout écouté les Dead Kennedys, parce qu'ils étaient bruyants et drôles. La pochette minable de *Paranoid*, une photo au flash floue d'un type avec une épée sautant de derrière un arbre, l'avait longtemps rebutée, mais à mesure qu'elle avait grandi, le disque atterrissait de plus en plus souvent sur sa platine Sears. À ses quatorze ans, les riffs d'« Electric Funeral » et de « Paranoid » étaient gravés au fer rouge dans sa cervelle.

Elle s'était mise à la guitare parce que c'était la seule façon de faire sortir les chansons de sa tête, le long de ses bras, à travers ses doigts, et de les faire rayonner dans l'atmosphère.

Par une froide soirée de septembre, pendant son année de seconde, elle répétait tant bien que mal « Iron Man » pour la neuf millième fois lorsque, *tic-tic*, quelqu'un avait tapoté à la fenêtre avec une pièce d'un cent. Kris était montée sur sa chaise pour faire coulisser la vitre. Un adolescent avait collé son visage contre la moustiquaire et demandé : « C'est Sabbath ? »

Même s'il n'était qu'une ombre dans le contre-jour, elle savait qui il était. Maigre, des yeux en amande, les pommettes hautes et les cheveux dorés. Le tout avec un énorme appareil dentaire qui lui déformait la bouche. Il avait un an de plus que Kris et elle ne savait pas si ce qui la surprenait le plus était qu'il lui adresse la parole ou qu'il connaisse Sabbath.

« Ouais. C'est Sabbath. »

Sans un mot, le garçon était reparti.

Le lendemain, après les cours, il s'était présenté à sa porte avec sa guitare acoustique. Dieu merci, aucun de ses frères n'était à la maison. Sa mère les avait autorisés à se rendre au sous-sol à condition qu'ils laissent la porte ouverte.

« Joue quelque chose », lui avait-il dit.

Alors elle avait joué « Iron Man », car, dans le metal, tout commence par Sabbath, le tout premier groupe de metal, les *original losers* de Birmingham, au milieu de nulle part, ceux qui avaient forcé le monde à dresser l'oreille pour les écouter. Et elle avait joué comme un pied.

Le fait d'avoir un auditoire aggravait sa maladresse et elle ne cessait de répéter : « Attends, deux secondes », et ses joues la brûlaient, mais il ne l'avait pas interrompue et elle avait passé un long moment à bûcher la progression d'accords ; finalement, elle avait réussi à produire quarante-cinq secondes euphoriques, impeccables d'« Iron Man », enchaînant les notes sans le moindre accroc. Ses doigts allaient plus vite que son cerveau et dansaient de haut en bas du manche de la guitare. Elle ne savait pas comment étouffer les cordes, et la sonorité de sa Musicmaster était plus adaptée à « Joyeux anniversaire » mais, pour la première fois de sa vie, elle avait eu l'impression qu'il existait en ce monde une place pour elle. Puis elle avait eu un blanc sur la transition de *sol* à *ré*, et la magie s'était dissipée.

Il s'appelait Terry Hunt et ils devinrent chacun l'auditoire de l'autre. Il se foutait que tout le monde pense qu'il se tapait la petite de seconde. Ils étaient les deux seules personnes à se prendre mutuellement au sérieux. Quand vint Halloween, ils échangeaient des cassettes puis, après Noël, Kris se rendit chez lui pour la première fois et s'installa dans le salon équipé hi-fi de son père tandis qu'il retirait le plastique de son exemplaire tout neuf de *Seventh Star* de Sabbath.

« Il ne reste plus que Tony Iommi, observa Kris.

– Mais si lui, il dit que c'est Sabbath, ça reste Sabbath.

– Il peut raconter ce qui lui chante, si on prend un groupe de quatre musiciens et qu'il y en a trois qui se barrent, c'est plus le même groupe.

– Ça l'est si celui qui reste, c'est Tony Iommi. Pareil si c'était Ozzy.

– Et si c'était Geezer ?

– Les bassistes, ça compte pas » fit Terry.

C'était l'année où ce n'étaient pas sa mère ni ses profs, mais Metallica et Megadeth, qui apprenaient à Kris tout ce qu'elle avait besoin de savoir. Son père pouvait bien lui dire ce qu'elle n'avait pas le droit de porter au lycée et sa mère qu'il était l'heure d'aller se coucher, *Master of Puppets* lui disait que la colère ouvrait des portes, et *Peace Sells... but Who's Buying?* lui enseignait qu'il y avait des combats qui méritaient d'être menés.

Pendant tout l'été 1986, Terry et elle se terrèrent dans leurs chambres, penchés sur leurs platines, leurs guitares à la main, débattant du talmud du heavy metal. Elle trouvait que *Eat 'Em and Smile* de David Lee Roth était ridicule ; Terry considérait que c'était « l'œuvre d'un showman au sommet de son art ». Kris pensait qu'Iron Maiden avait commis une erreur monumentale en ajoutant des synthés sur *Somewhere in Time* ; il était d'avis que les synthés ajoutaient du corps et un son radical.

Ils se chamaillaient interminablement pour savoir si la chanson de Judas Priest « You've Got Another Thing Comin' » aurait dû en fait s'intituler « You've Got Another *Think* Comin' ». Kris défendait le nouvel album de Mercyful Fate contre l'accusation de Terry, qui les traitait de « bouffons à la Donjons et Dragons ». Ils partaient l'un de chez l'autre en claquant la porte. Ils dînaient chez les parents de l'un et de l'autre. Ils pédalaient jusqu'à Wall to Wall Sound et se faisaient conduire par la mère de Terry au centre commercial, où se trouvait le grand magasin de disques. Ils n'étaient d'accord sur rien, sauf sur l'essentiel : le heavy metal était leur religion. Il arrachait les sourires faux de la face du monde. Il disait la vérité. Il enfonçait les portes.

Le heavy metal avait sauvé leurs âmes, et eux, ils se sauvaient l'un l'autre. Lorsqu'un gamin raconta à tout le monde que Kris avait une MST, Terry vola son cahier et le remplit de dessins de pentagrammes, assortis d'un brouillon de lettre de suicide. Les parents méga-chrétiens du lycéen le retirèrent d'Independance High et l'expédièrent en pension dans le Delaware. Lorsque Kris apprit que le bassiste de Metallica, Cliff Burton, était mort dans un accident de bus, elle courut à son vélo et pédala comme une malade jusque chez Terry. Il ouvrit la porte, les yeux rouges, et sans dire un mot, ils se prirent dans les bras pour la première fois. Tous les deux, ils passèrent le mois entier cachés dans la chambre de Terry à écouter Metallica. Il acheta même des bougies noires et utilisa, à l'en croire, de la terre du cimetière pour tracer un pentagramme afin qu'ils puissent communiquer avec l'esprit de Cliff, mais rien ne se produisit, si ce n'est qu'ils déclenchèrent le détecteur de fumée.

Ils parlaient de monter un groupe, mais ce ne furent que mots en l'air jusqu'à Noël, lorsque Terry se rendit chez ses cousins à Ottawa. Son oncle Mark était bizarre, il était fossoyeur et il adorait raconter à Terry des histoires sur son « sale boulot ». *Dirt work*. En rentrant, Terry montra à Kris ce qu'il avait dessiné dans son carnet, avec des éclairs coupants : Dürt Würk. Il avait piqué les umlauts chez Mötley Crüe.

« Stylé, lâcha Kris, épatée.

– Metal dans ton cul », approuva Terry.

Il passa trois mois à peaufiner leur logo en cours de dessin, et Kris se concentra sur le recrutement. Elle avait remarqué Scottie Rocket au centre commercial de Lehigh Valley. C'était la seule personne qu'elle ait jamais vue avec un tee-shirt des Plasmatics. Elle le suivit pendant une heure, zonant devant Toones et l'arcade, avant de trouver le cran d'aller lui taper sur l'épaule.

« Cool, le tee-shirt », dit-elle.

Elle portait exactement le même. Après une audition au sous-sol, ils collèrent Scottie à la rythmique. Ce qui lui manquait de technique, il le compensait en énergie. Son père était parti pour l'Alaska quand il avait trois ans, sa mère était infirmière, et ses activités parascolaires consistaient surtout à se rendre à des concerts et à se bastonner. Son plus grand titre de gloire, c'était une cicatrice à la hanche laissée par un skinhead qui l'avait planté avec un tournevis pendant un concert des Dead Kennedys. Sa mère fut tellement soulagée de le voir se trouver une occupation autre que de se faire poignarder après le lycée qu'elle déposa la caution de leur première sono.

Un peu plus tard dans l'année, Tuck vint se produire à Independance avec l'orchestre de son lycée. Il jouait de la basse électrique sur le *Canon* de Pachelbel. Kris l'intercepta juste avant qu'il remonte dans son bus et lui nota son numéro sur la paume de la main pendant que ses potes criaient par la fenêtre : « Attention, si tu te tapes un Noir, tu pourras plus t'en passer ! »

Les parents de Kris étaient nerveux à l'idée qu'elle fasse venir un garçon de plus au sous-sol, un Noir par-dessus le marché, mais elle laissa la porte ouverte pendant qu'elle lui passait « Don't Talk to Strangers » de Dio sur sa radiocassette. Le morceau commençait par une intro acoustique délicate qui explosait en chaos électrique déchiqueté, et Kris pensait que c'était exactement le genre de metal structuré et complexe qu'un mec qui faisait du classique était susceptible d'aimer.

Tuck était immense – un mètre quatre-vingt-onze, bâti comme une armoire à glace – et il était destiné à se faire embringuer dans les premières lignes d'attaque de l'équipe de foot de son lycée, et sans doute dans l'équipe de basket ensuite, il ne pouvait pas y couper. Et tant pis s'il n'aimait pas le sport, s'il était dépourvu d'instinct meurtrier, s'il préférait jouer du Mozart. C'était un Noir de la taille d'une maison de la Pennsylvanie provinciale. Son père et son coach avaient déjà planifié son avenir : foot au lycée, bourse sportive pour une fac de l'État, sélection au septième tour de la NFL, cinq saisons avant d'être relâché dans le civil à l'âge de trente et un ans avec un genou niqué et une lésion cérébrale. Il était en quête de n'importe quoi qui puisse l'aider à dire non. Le metal fut sa solution.

Elle ne se rappelait plus comment JD, leur premier batteur, avait atterri dans le groupe. Qu'était-il devenu ? Rien de bon, sans doute. C'était le gamin le plus stupide, le plus en colère qu'ils aient jamais connu. Il croyait que « Juif » était un pays et affirmait que son père avait inventé le point d'interrogation. Quand un autre jeune l'avait traité de menteur, il avait essayé de lui jeter dessus un nid de guêpes. Il avait écopé de tellement de piqûres que les secours avaient dû lui injecter de l'adrénaline pour faire redémarrer son cœur.

Ce qu'elle se rappelait, c'était le jour où Bill était venu les trouver après ce concert épique donné dans l'arrière-cour de PJ White pour leur déclarer qu'ils devaient se débarrasser de leur batteur et le prendre à sa place. Bill était un perfectionniste à cran qui paniquait dès qu'il voyait une empreinte de doigts sur ses cymbales. Il avait un jeu mathématique, comptant les beats au lieu de les sentir, mais Kris se souvenait encore de son expression de béatitude lorsqu'il s'était perdu dans leur vacarme pour la première fois, à la Sporting House.

Dans son sous-sol, elle joua « The Final Countdown » d'Europe, le morceau avec lequel ils avaient ouvert leur concert à la Sporting House la nuit où ils étaient enfin devenus un groupe au lieu de cinq personnes jouant d'un instrument en même temps sur scène. Ils avaient plié la version originale de cinq minutes en trois, car ils étaient trop nerveux de se trouver pour la première fois sur une vraie scène. Mais lorsqu'ils avaient conclu leur set avec leur première compo, « Get in Your Coffins », le son paraissait plus grand qu'eux, et ils étaient tous calés au cordeau sur le rythme, se sentant soudain comme de vieux pros, sachant qu'il y avait enfin une place pour eux en ce monde, se disant qu'ils pourraient continuer à faire ça pour toujours.

Sauf que Terry avait tout foutu en l'air.

Non, Kris avait tout foutu en l'air.

En fait, c'était eux deux, ils y avaient travaillé main dans la main. N'empêche que, parfois, Kris craignait d'avoir été davantage responsable.

« Angel of Death » de Slayer était la chanson préférée de Scottie. Kris la répéta pendant une heure dans son sous-sol, jusqu'à pouvoir tout déchirer, à la note près. Lorsqu'elle s'arrêta, ses ongles saignaient et ses cordes étaient dégoulinantes de sueur.

Rien de ce qu'elle jouait ne serait passé sur scène. Trop de pains et de notes manquées, un million de changements d'accords limites et de progressions bâclées. Mais plus elle jouait, plus sa colère montait. Elle n'avait pas éprouvé de colère depuis longtemps. Pendant des années, le Dr Murchinson lui avait appris à respirer la fleur et à souffler la bougie. À présent, elle inspirait Slayer et expirait Black Sabbath.

Tout le monde disait à Kris que la colère était son ennemie. On lui disait d'accepter les choses telles qu'elles étaient. On lui disait que la vie n'était pas toujours juste. Alors elle prenait des cachets. Elle prenait des cours de gestion de la colère. Elle écoutait des cassettes de relaxation. Elle avait abandonné la guitare. Mais à présent la musique ne cessait de percuter ses oreilles, et ses doigts agiles rallumaient un feu sur les cendres éteintes. Quelque chose se réveilla en elle, une sensation déclarée morte depuis longtemps : un vieux désir si douloureux qu'il la tenait autrefois éveillée en pleine nuit, lui rongeant les entrailles. Après six ans de silence, il était hors de question qu'elle s'arrête à présent. Elle remplit de son la vieille baraque.

Tout le monde lui avait dit que c'était un rêve un peu bête, un fantasme d'adolescent. À l'époque, aucun d'entre eux n'osait même le dire à haute voix. Pourtant c'était la seule raison valable de monter un groupe. Tout le monde faisait comme si c'était pour la teuf, se taper des meufs et se faire de la maille, mais c'était un mensonge. Personne n'avait jamais monté un groupe pour gagner du fric. On montait un groupe parce qu'on voulait devenir légendaire. Kris voulait enfoncer son poing dans la planète et laisser une marque. Elle voulait qu'on se souvienne d'elle. C'est pour ça qu'ils supportaient les camionnettes gelées, les salles qui puaient la sueur, la bière dégueulasse, les promoteurs véreux et le boulot non-stop. Parce qu'ils voulaient vivre pour toujours.

Elle n'avait pas trouvé le bon mec, elle ne s'était pas mariée, elle n'était pas allée à la fac, elle n'avait même pas terminé le lycée, elle n'avait pas mis d'argent de côté, elle n'avait pas appris de métier, elle n'avait rien fait de tout ça parce qu'elle avait tout misé sur Dürt Würk. Et elle avait perdu.

L'accord final d'« Angel of Death » se réverbéra contre les murs et s'éteignit. Il commençait à faire clair dehors, le soleil du matin noyait l'ampoule faiblarde du sous-sol. Dans le silence soudain, son ampli bourdonnant discrètement derrière elle, Kris sut ce qu'elle avait à faire. Elle devait aller trouver le Blind King et réclamer son dû. Il était temps de tenir tête à Terry Hunt et de le faire payer. De l'argent ? Une explication ? Des excuses ? Lui casser le nez ? Elle ne savait pas comment il allait raquer. Une chose était sûre, c'est qu'elle-même avait payé le prix du succès de Terry pendant de longues années, et à présent, c'était son tour. Il n'y avait pas d'autre moyen d'apaiser cette colère.

Au pied de l'escalier en bois étaient entassés des sacs de chez DollarMax, les poignées nouées. Certains contenaient les magazines de sa mère – *National Geographic, Time, AARP* –, mais la plupart étaient remplis de courrier que Kris avait été trop crevée pour trier, et sa mère trop anxieuse pour jeter. Elle les déchira et se mit à parcourir les enveloppes d'une main fébrile jusqu'à ce qu'elle trouve une carte de Noël de Scottie Rocket avec l'adresse de l'expéditeur.

En haut, Kris chercha le lourd portemanteau en plastique dans le fond de sa penderie et sortit son Bones. Il étincelait, ce perfecto Brooks en cuir noir que tout le monde avait à l'époque. Kris avait porté le sien pendant si longtemps qu'il avait conservé la forme de son corps, le pli de ses coudes, la courbe de son dos. Terry avait tracé une colonne vertébrale à la peinture blanche à l'arrière et une cage thoracique qui se refermait à l'avant lorsqu'elle remontait la fermeture éclair, s'enveloppant dans son étreinte squelettique. Elle ne l'avait pas mis depuis des années, mais elle l'enfila, empoigna son étui de guitare et monta dans la voiture de son père.

En sortant de la ville, elle repassa devant l'affiche de Terry Hunt, le Blind King. Il avait tout raflé et l'avait laissée sur le carreau, et il pensait que c'était terminé sous prétexte que c'était ce que lui avaient dit ses avocats, cependant elle n'était pas encore prête à rendre les armes. Ils étaient un groupe autrefois, ils étaient bons, ils étaient peut-être même excellents.

Mais le Blind King les avait tous trahis. Il l'avait brisée, démolie, lui avait volé sa musique. Il s'était vendu, et il avait fait fortune, tandis qu'elle était restée pauvre. À présent, elle allait prendre sa revanche et la première étape indispensable, c'était de réunir le groupe. Il y avait un seul problème : Kris était la seule personne que les autres détestaient encore plus que Terry.

Gray Manning : Les propriétaires et la direction de WDIY veulent s'excuser auprès de nos auditeurs de la diffusion ce matin de « Good Morning, Gurner ». Malgré la garantie d'un léger différé, la vulgarité du groupe nommé Dürt Würk était sans précédent dans l'histoire de cette station. Nous avons pris des mesures de façon à nous assurer que nos prochains invités seront triés avec davantage de discernement, et nous procédons à une évaluation de notre méthodologie afin de prendre acte des manquements ayant mené à l'incident de ce matin. Merci.

– 88.1 WDIY, radio publique de Lehigh Valley,
communiqué du directeur de la station, 5 septembre 1995

5
Sous la lame[1]

C'était un signe des cieux, un rai de lumière qui perçait entre les nuages gris, le seul éclat de couleur dans un monde beigeasse. Rien ne donnait davantage espoir à Melanie que l'affiche du Blind King qui trônait devant Star City, en Virginie-Occidentale. C'est à ça qu'elle se raccrochait afin d'éviter la noyade. Les dernières dates avaient été annoncées sur Internet, et le come-back de Koffin squattait les ondes aux heures de grande écoute, ainsi que les pages d'accueil du site musical *Loudwire* et de Spotify. Sauf que tous les concerts étaient programmés sur la côte Ouest, donc ils faisaient à Melanie l'effet d'un rêve lointain, comme une histoire se passant dans un lieu où elle n'irait jamais. En revanche, cette affiche était bel et bien là. Réelle.

Melanie était de service pour le brunch à volonté de Pappy's : elle souriait aux *frat boys* avec leur tee-shirts Wet Vagina University, servait des frozen margaritas à ces malotrus qui braillaient « Country Roads » à pleins poumons, ignorait les épaules qui frôlaient ses seins et les yeux qui s'attardaient lourdement sur son décolleté lorsqu'elle se penchait pour déposer un pichet de Bud supplémentaire. Soudain, à une table, des voix pâteuses se mirent à reprendre en chœur « Burn You Down » de Koffin.

Je sais où t'habites
J'ai un bidon d'essence
Je me gare

---

1. *Under the Blade*, album de Twisted Sister, 1982.

Un jet une allumette
Il fait noir
Et tout de suite ma grimace
Se mue en sourire, je ricane
Quand je te crame
Quand je te fais partir en flammes

En leur apportant leur assiette de chicken wings, elle remarqua qu'ils se faisaient passer un iPhone avec l'affiche sur l'écran.

« Z'êtes fans de Koffin ? demanda-t-elle.

– Si on dit oui, on a droit à une bière gratuite ? répliqua un rouquin dégingandé aux joues couvertes d'acné.

– Bien sûr que oui. »

Il lui tendit son téléphone, laissant ses doigts s'attarder sur ceux de Melanie lorsqu'elle le lui prit des mains – mais après deux ans au Pappy's, ça ne la fit même pas tiquer. Le téléphone montrait l'énorme affiche de Koffin, avec le Blind King qui toisait la Virginie-Occidentale de ses prunelles noires dépourvues de pupilles, du sang noir dégoulinant de la couronne clouée à son crâne. Elle lui rendit l'appareil avec un sourire et demanda : « C'était quoi, Bud ou Bud Light ? »

Après le boulot, elle alla garer sa Subaru 2008 dans le parking du Sheetz, face à la rivière Monongahela et au visage gigantesque du Blind King.

30 MAI-8 JUIN, L.A., L.V., S.F.

Elle voulait voir ces concerts, elle n'avait jamais rien voulu si fort. Le besoin de s'arracher de ce trou lui rendait la bouche amère. En Virginie-Occidentale, tout le monde conduisait la même voiture, embouteillait les routes aux mêmes heures et mangeait les mêmes cochonneries chez McDonald's, Starbucks et Wendy's. De temps en temps, un Taco Bell, pour changer. Tout le monde prenait de l'essence à Chevron et BP. Tous leurs enfants obtenaient leurs diplômes avec mention, ils mettaient tous des décalcos en forme de ruban jaune sur leurs bagnoles pour montrer qu'ils soutenaient les militaires, ou des rubans roses pour montrer qu'ils étaient contre le cancer du sein, et ils étaient assurés chez AAA, et Liberty Mutual, et State Farm, et Smith & Wesson. Ils se mariaient, faisaient des gosses, jouaient à des jeux sur Internet et discutaient des mérites du dernier film de superhéros. Ils remplissaient leur temps entre l'enfance et la vieillesse à s'efforcer d'être aussi ordinaires que possible.

Melanie n'avait que vingt-six ans et elle se sentait déjà éreintée. La lumière semblait éreintée. Les couleurs semblaient éreintées. Le monde entier était éreinté. Elle se demandait : « Comment puis-je être si jeune et me sentir si morte ? »

Mais elle connaissait la réponse. Elle avait terminé la fac avec vingt-neuf mille neuf cent trente-huit dollars de dettes, et son diplôme n'était pas encore encadré que Navient avait commencé à gratter à sa porte pour exiger un remboursement. En trois ans, son job ne lui avait permis de faire baisser la note qu'à vingt-sept mille trois cent neuf dollars. Elle avait découvert que son diplôme d'animation par ordinateur ne garantissait absolument pas un bon poste à Atlanta ou à L.A., vu qu'elle était coincée en Virginie-Occidentale, dans le placard où elle avait grandi, parce qu'elle ne parvenait pas à décrocher un boulot qui lui donnerait les moyens d'économiser suffisamment pour payer la caution d'un autre appart.

Elle avait essayé. Elle avait fait tant d'efforts, pendant si longtemps. Elle se rendait à des entretiens de groupe où elle s'asseyait en cercle avec des hommes de cinquante-cinq ans, tous vêtus de leur plus beau costume, qui se relayaient pour expliquer au représentant des RH pourquoi ils feraient le meilleur guichetier de banque chez Citizens. Elle avait fait le vœu de postuler à un emploi par jour et préparé six versions différentes de son CV, qu'elle avait envoyées pour faire concurrence à des milliers d'autres CV, ceux de jeunes avec de meilleurs diplômes obtenus dans de meilleures facs, qui pouvaient se permettre d'accepter des stages non rémunérés à New York, qui étaient prêts à faire gratuitement l'animation de courts-métrages parce que ça ferait bien dans leur book. Elle avait tenté de se faire un nom en lançant une chaîne sur YouTube, et elle avait mis en ligne le meilleur de ses travaux toutes les deux semaines pendant une année entière, mais à l'arrivée, aucune de ses vidéos ne dépassait les trois cent trente-sept vues.

Papy's avait commencé comme un taf à temps partiel, parce que, deux ans plus tôt, elle n'aurait pu imaginer travailler à plein-temps dans un établissement où la formation consistait à écouter un speech de Big Pappy sur la différence entre l'allumeuse et la pouffe (en substance : une allumeuse bosse non-stop et laisse les mecs l'asseoir sur leurs genoux, une pouffe prend trop de pauses et tombe en cloque). Mais elle se faisait entre soixante et quatre-vingts dollars de pourboires en cash par soirée, et près de cent dollars en carte de crédit, donc après six mois elle avait ravalé sa fierté et, s'apercevant au passage qu'il ne lui en restait pas tellement, elle s'était mise à temps plein.

Durant toutes ces épreuves, Koffin avait été un soutien constant. Dans sa voiture, toutes les nuits, en rentrant, elle beuglait « Stand Strong » ou « Burn You Down » à pleins poumons. Elle s'était fredonné « InFANticide » en boucle, à mi-voix, en attendant à l'hôpital après l'accident de son père. « Get In Your Koffins » passait sur la sono lorsqu'elle avait rencontré son petit ami, Greg. Chaque fois qu'elle apprenait qu'un ancien de sa promotion au lycée était mort d'une OD (ça faisait déjà douze et ce n'était pas fini), elle se passait « A Grave Is a Hole Your Heart Makes ».

Mais à mesure que les années s'écoulaient sans nouvel album ni tournée et que Terry Hunt avait cessé de donner des interviews, sa passion s'était émoussée. Elle avait tout oublié, sauf son prochain service au Pappy's, se perdait dans des fêtes déprimantes où elle faisait semblant de s'amuser, lisait *TMZ* sur son téléphone pendant ses pauses et échangeait avec les autres serveuses des potins sur des célébrités qui ne soupçonnaient pas son existence. Mais à présent, Terry était là, qui la regardait d'en haut, de retour d'entre les morts, et Melanie n'avait pas de désir plus cher que de se rendre à Vegas pour le voir en live. Ce groupe lui avait tant apporté ; elle ne les avait jamais vus sur scène, et ces concerts seraient leurs derniers.

Ce n'était qu'une affiche, mais elle lui donnait l'impression de se reconnecter avec une partie plus jeune d'elle-même, qui était bonne, et pure, et authentique. Comme une porte ouvrant sur un monde où elle ne serait pas crevée en permanence. Sauf qu'elle n'avait pas les moyens. Navient possédait tous ses futurs gains potentiels, et le peu d'économies qu'elle faisait devait servir à payer la caution d'un nouvel appart. Le monde était un piège, un piège sans issue. Lorsqu'elle s'aperçut qu'elle était assise dans sa Subaru vieille de dix ans sur le parking d'un Sheetz, en Virginie-Occidentale, en train de regarder une affiche de Koffin en pleurant, elle se mit à sangloter de plus belle.

Terry Hunt baissait sur elle ses yeux tout noirs, du sang noir lui dégoulinant sur le visage. Melanie connaissait son histoire. Il était originaire d'une petite ville pourrie de Pennsylvanie. Il venait d'une famille pauvre de sidérurgistes. Il s'était démené pour se faire connaître, jouant dans tous les groupes qui voulaient bien de lui. Il composait ses propres morceaux. Il avait peaufiné son répertoire en écumant le circuit des rades pourris. Il s'était sorti de ce trou à la force du poignet, et à présent il trônait sur cette affiche, il était la rock star la plus célèbre du monde, et il ne le devait qu'à lui-même.

S'il le pouvait, elle le pouvait aussi. S'il pouvait s'arracher de Nulle Part, Pennsylvanie, elle pouvait s'arracher de Nulle Part, Virginie-Occidentale. Elle essuya les larmes sur ses joues et un plan se matérialisa dans son esprit. Puis elle démarra sa Subaru, dont la boîte de vitesses ne cessait de produire un bruit qui ressemblait à un hurlement métallique, et elle rentra annoncer à son mec qu'ils allaient changer de vie. Le Blind King lui avait donné de la force. Le Blind King lui avait donné de l'espoir.

Elle allait y arriver.

Nancy : Lollapalooza ! Monsters of Rock ! Ozzfest ! Et maintenant, préparez-vous pour un nouvel événement capital de l'histoire du rock : la tournée Farewell to the King de Koffin. Cinq soirées de chaos.

Sid : Oh là là.

Nancy : À L.A., les billets pour les deux concerts au Rose Bowl sont partis en moins de trente minutes. Les deux soirées à la T-Mobile Arena de Las Vegas ont affiché complet en moins d'une heure. Pareil à San Francisco, où tous les billets ont été écoulés en six minutes.

Sid : Koffin n'est pas un groupe, c'est une entreprise. Des préservatifs Koffin, des casques audio Koffin, des bougies parfumées noires Koffin, des petites culottes Koffin avec la tête de Terry Hunt à l'entrejambe, les guitares Terry Hunt Signature chez Ibanez... Et il ne joue même pas de la guitare. Faites-moi confiance, ce n'est que la première d'une des nombreuses « tournées d'adieu » de Terry Hunt. Cet homme, c'est tout ce qui craint chez Kiss réuni en un seul individu.

– 100.7 WLEV, « Secouez-vous les puces avec Sid & Nancy »,
11 mai 2019

6
Faim de destruction[1]

Scottie Rocket habitait à trente minutes de voiture du Marécage Saint Street, mais pour Kris, c'était une autre planète. Gurner affichait un taux de suicide quatre fois supérieur à la moyenne nationale, et il y avait tellement de plomb dans le sol que l'EPA avait posé une clôture grillagée autour de Bovino Park. Scottie vivait dans un quartier aisé d'Allentown où tout le monde avait un jardin, où les arbres étaient sains, et où les rues sans nids-de-poule étaient bordées de grandes bâtisses.

La route lui laissa le temps de se calmer. Elle n'avait plus envie de foncer à L.A. pour arracher la tête de Terry. Elle voulait seulement parler à quelqu'un qui savait aussi bien qu'elle ce que ça signifiait de vivre dans son ombre. Craignant que Scottie la déteste encore, elle se gara à quelques maisons de la sienne et rassembla son courage en regardant une bande d'ados qui jouaient au basket dans leur allée. Elle n'avait pas vu Scottie depuis six ans. Il n'avait sûrement pas envie qu'un fantôme de son passé débarque dans son salon. En même temps, il lui avait bien envoyé cette carte de Noël.

Elle s'arrangea les cheveux dans le rétroviseur, inspecta ses dents, vérifia de nouveau sa coiffure, renifla son haleine, puis se lança : elle descendit de voiture, longea les jardins mouchetés de soleil, remonta l'allée de la maison de Scottie et sonna à sa porte avant d'avoir eu le temps de changer d'avis. Le carillon électrique retentit jusqu'au fond de la maison, quelqu'un appela quelqu'un

1. *Appetite for Destruction*, album de Guns N' Roses, 1987.

d'autre en gueulant et la porte s'ouvrit sur une grande asperge en sweat à capuche blanc qui mangeait un bagel.

Kris cogita sec et parvint à bredouiller : « Martin ? »

Sa pomme d'Adam remonta lorsqu'il avala.

« Je suis Kris, expliqua-t-elle. Une amie de ton père ? Du groupe, avant ?

– Mamaaaaannn ! » cria-t-il, se détournant et disparaissant dans la pénombre.

Une femme en survêtement fit son apparition.

« Je peux vous aider ? demanda-t-elle, s'essuyant les mains sur une serviette en papier.

– Je suis..., commença Kris, mais la femme la reconnut avant qu'elle ait le temps de terminer.

– Oh, merde. Vous êtes Kris.

– Salut, fit Kris, comme une imbécile. Ça fait un bail. Angela, c'est ça ? »

La femme hocha la tête et elles restèrent plantées là, Angela dans la maison sombre, Kris dans le soleil éclatant du matin.

« Vous êtes venue voir Scott, reprit Angela.

– Il est là ?

– En bas, répondit Angela sans esquisser un geste.

– Vous voulez que je vous contourne ? demanda enfin Kris. Ou... vous voulez qu'on la joue comment ? »

Angela s'écarta et Kris entra dans la maison qui sentait les œufs brouillés. Dans le salon, Martin était affalé sur le canapé à côté d'une adolescente blonde aussi maigre que lui. Ils étaient en train de jouer sur leurs téléphones sans prêter attention au dessin animé qui braillait sur la télé à écran plat. Angela précéda Kris dans le couloir tapissé de moquette.

« Ursula, lança Angela en passant devant le salon. Tu dois être à l'entraînement dans une heure.

– Je ! Sais ! scanda Ursula sans lever les yeux de son portable.

– Elle fait quoi ?

– Du foot. »

Elles entrèrent dans la cuisine et Angela s'adossa à l'évier, faisant face à Kris qui s'immobilisa sur le seuil. Un soleil étincelant entrait par la fenêtre, laquelle donnait sur les jardins du lotissement, non clôturés. D'un signe de tête, Angela indiqua une porte à l'autre bout de la pièce, plongée dans l'ombre par le contrejour.

« Il est là. Frappez fort pour qu'il vous entende. »

Kris s'avança sur le carrelage.

« Kris, dit Angela. Venez me voir avant de partir. Vous le connaissez depuis plus longtemps que moi. J'ai besoin de savoir si c'est juste la crise de la quarantaine ou si je dois m'inquiéter. »

Puis elle disparut dans le couloir, et Kris se tourna vers la porte du sous-sol. Elle cogna, puis cogna plus fort. Elle entendit un raclement derrière la porte et une voix étouffée lança : « J'ai dit que je voulais pas de petit déj.

– C'est moi. Kris. Kris Pulaski. »

Elle entendit un cadenas se débloquer avec un déclic, un verrou tourner, une chaîne glisser, et enfin la porte s'ouvrit en grand et un petit homme qu'elle n'avait jamais vu apparut, une marche plus bas, lui offrant une vue parfaite du dessus de son crâne chauve. À l'arrière, des mèches graisseuses retombaient plus bas que son col. Il n'était pas rasé. Une ceinture en cuir tressé retenait à peine son jean distendu. Sa bedaine dépassait au-dessus d'une petite banane noire qui pendait sur son entrejambe.

L'homme se frotta le visage de la main droite comme pour retirer des toiles d'araignées, et Kris reconnut cette main qu'elle avait fixée des yeux pendant des années. Une épaisse cicatrice blanche faisait le tour de son pouce, et une autre, identique, celui de son index. D'imperceptibles plis blanchâtres s'accumulaient sur ses jointures, souvenirs lointains de coups de poing dans des murs en Placo, dans la figure de slammeurs indociles, dans les parois du van, dans la tronche du chanteur de Powerhole.

Après ses mains, le reste de sa personne se précisa aux yeux de Kris. Toutes les années s'envolèrent. Le nœud qu'elle avait à la place du cœur se desserra, ses genoux se détendirent, son ventre fit un looping gênant partant de tout en bas, et Kris eut de nouveau vingt-quatre ans ; elle avait la vie devant elle, elle n'avait jamais fait d'erreurs. Tout pouvait encore être sauvé. Elle avait encore ses amis. Elle avait encore sa musique. Elle avait encore Dürt Würk. Ces perspectives la gonflèrent comme de l'hélium et elle se jeta dans les bras de Scottie.

« Scottie Rocket ! » cria-t-elle. C'était la première fois depuis six ans qu'elle était vraiment heureuse.

Kris n'avait jamais été très portée sur les effusions, car elle était gaulée comme un sac de couteaux, mais elle eut la sensation que tout se mettait en place en cet instant, comme lorsqu'elle avait ressorti sa guitare.

« Salut, Kris, dit-il d'une voix étouffée.

– J'avais oublié à quel point tu me manquais, fit Kris, souriant de toutes ses dents contre son épaule.

– Tu as l'air…, dit-il, la tenant à bout de bras et étudiant son visage. Tu as super bonne mine. »

Kris savait de quoi elle avait l'air. Depuis qu'elle était retournée s'installer à Gurner, elle avait arrêté de mettre du rouge à lèvres et de l'eye-liner, arrêté de se teindre les cheveux et d'arracher ceux qui étaient gris. Elle portait des cols de plus en plus hauts, avant tout pour dissimuler le tatouage sur son sein gauche, et sa garde-robe autrefois strictement noire avait pris des couleurs, du beige, du blanc, voire quelques imprimés. Elle avait troqué ses bottes contre des souliers plats. Mais à présent, avec son Bones sur le dos, elle savait ce qu'il voulait dire. Il voulait dire qu'elle se ressemblait, au lieu de ressembler à cette imposture qui avait vécu sa vie à sa place ces six dernières années.

« T'as bonne mine aussi. On dirait un prof de sciences nat », dit-elle.

Il ne répliqua rien, mais continua de la regarder, se tenant si près d'elle qu'elle aurait pu compter tous les poils rebelles qui dépassaient de ses sourcils poivre et sel.

« J'aurais dû venir plus tôt, dit-elle.

– Tu es venue au bon moment. J'aime pas laisser la porte ouverte. Viens. »

Il verrouilla derrière elle tandis qu'elle descendait l'escalier d'un pas lourd et entrait dans un mausolée de cartons marron empilés le long de chaque mur en tas qui lui arrivaient à la tête. Ils étaient tous soigneusement annotés au marqueur noir : « S », « M », « L », « XL ». « CD ». « AUTOCOLLANTS 15 CM ». Avachis et usés par le temps, ils contenaient les invendus du merchandising de Dürt Würk. Des sweats à capuche et des bandanas s'étaient renversés par terre. Une pile effondrée sur une table d'air hockey révélait des posters d'*All That Cremains*. Une pyramide en carton sous l'escalier contenait des cassettes singles de « Reaper's Harvest ».

C'était là le cimetière de tous leurs espoirs et rêves, les décombres poussiéreux qui demeurent après l'implosion d'un groupe et, à leur vue, la respiration de Kris se fit plus aiguë dans sa poitrine et ses mains se mirent à la démanger. Dans tous ces cartons, il y avait les saloperies qu'ils vendaient lors des concerts pour payer leur essence et continuer leur tournée. Autrefois, tout ça était plus précieux que de l'or. Désormais, ça ne valait plus rien.

« Là-bas, il y a les bandes studio d'*All That Cremains* et de *Digging to China* », indiqua Scottie.

Kris regarda les boîtes qui contenaient leurs deux premiers albums, pour lesquels elle n'avait plus tellement d'affection. Mais s'ils étaient là, peut-être Scottie savait-il ce qu'il était advenu de l'autre.

– Et *Troglodyte* ? demanda-t-elle.

– Personne ne sait ce que sont devenues ces bandes-là. Je croyais que les masters étaient chez ma mère, ou à la Witch House, mais ça fait des années que je les cherche, et je n'ai jamais pu mettre la main sur un seul exemplaire. Terry l'a bien planqué, celui-là. »

Dans un coin était poussé un lit de camp avec un sac de couchage dessus. Une bouilloire électrique était posée sur une boîte de Maxi 45 tours de « Chinagirl ». À côté, un sac plastique rempli de ramens en boîte. Un léger relent de sueur rance emplissait la pièce. Kris regarda Scottie, qui lui rendit son regard, et ils se dévisagèrent.

Depuis leur tout premier concert jusqu'à la nuit du contrat à la Witch House, Kris et Scottie Rocket s'étaient épaulés pendant onze ans pour offrir douze cordes de mort heavy metal à leur public. Ils avaient joué dans toutes les salles imaginables, des concerts tout public dans des restos mexicains de la banlieue de Baltimore aux shows dans la cave bondée du Wally's à Allentown. Ils avaient joué dans des bars de motards du New Jersey, notamment une soirée au cours de laquelle une fille avait sectionné le bout de l'auriculaire d'un mec à coups de dents, et au Zoot's à Detroit, où un jeune dans la fosse avait collé à l'insu de tous des lames de rasoir à sa montre, si bien que personne n'avait rien remarqué jusqu'au moment où Kris avait vu le sang qui mouchetait le visage de Terry.

Ils avaient dormi sur le toit d'un restaurant chinois en Floride et, une autre fois, à l'arrière de leur camionnette Volvo en panne en attendant une nouvelle pompe à carburant, après avoir joué au Burnstock Chili Fest en Virginie-Occidentale. Elle avait posé du Steri-Strip sur ses lèvres fendues et il avait gardé la porte des toilettes pendant qu'elle pissait, ils avaient gerbé dans les mêmes chiottes, avaient traversé ensemble un abominable trip d'acide de douze heures à Atlanta, et comme tous les duos de guitaristes metal, ils étaient un peu amoureux, et ils se haïssaient un peu, tout à la fois. Pour Kris, Scottie était le frère qu'elle avait toujours voulu avoir et l'époux qu'elle n'avait jamais eu, et elle supposait que si elle devait se marier un jour, ce serait un peu creux à côté de ce qu'elle avait partagé pendant onze ans en tournée avec Scottie Rocket.

C'est pour cela qu'elle put dire : « Scottie, tu vis dans ton sous-sol ? »

Scottie déplia deux chaises de jardin en toile bleu vif et les installa au milieu de la pièce. Il en essuya une avec la manche de sa chemise et l'offrit à Kris. Le métal grinça quand elle s'assit, et ses fesses touchèrent presque le sol

« Scottie ? insista-t-elle.

– Angela et les gosses, commença-t-il, prenant place en face d'elle. Tu sais, ils peuvent pas comprendre mon cheminement. Ha. Même moi, parfois, je comprends pas mon propre cheminement. Regarde-moi un peu ça. »

Il se pencha en avant, reposant son ventre sur ses cuisses, et releva une jambe de son jean jusqu'à la moitié de son mollet. Un papillon orange vif et noir était posé au milieu d'une tache de peau rouge. Il était tellement réaliste que Kris crut voir ses ailes frémir. Son cœur se serra. Scottie n'avait jamais eu qu'un seul tatouage, le même que le sien. À l'époque, ils s'étaient fait faire tous les deux une rose rouge bien ringarde, la tige enrubannée de fil barbelé, par un apprenti tatoueur sous meth, à Perth Amboy, dans le New Jersey, autour de 4 heures du mat. Une blague sans en être une. Sa propre rose n'était plus qu'une tache de rouille délavée en haut de son sein gauche, un vilain petit canard comparé à cette créature vivante, colorée, sur le mollet de Scottie.

« Je me rappelle même pas me l'être fait tatouer, dit Scottie, et il fit un grand sourire, mais il y avait de la détresse dans ses yeux. Je me suis réveillé avec il y a deux jours et je suis tombé des nues, putain.

– T'as recommencé à boire ? demanda Kris, mais elle n'avait pas terminé sa phrase que Scottie secoua la tête.

– Je ne ferais jamais, jamais ça. Je suis retourné en cure de désintox cet hiver, mais pas pour ça. Juste pour rassembler mes idées. Me recharger, quoi. J'arrête pas d'avoir des flashs... des maux de tête, comme si j'avais perdu un truc sans savoir ce que c'était, tu vois ?

– Oh, Scottie Rocket. » Kris se pencha en avant et lui effleura le genou. « T'aurais dû m'appeler. Je serais venue.

– Je sais pourquoi tu es ici aujourd'hui.

– Ah ouais ? » Kris lui rendit son sourire.

« Je t'ai invitée. Dans ton rêve.

– Ça te plairait, hein, que je rêve de toi, plaisanta Kris, mal à l'aise, et son sourire se dissipa.

– C'est la seule façon sûre de communiquer sans que Terry nous entende, déclara Scottie.

– T'as vu qu'il repart en tournée cet été ? demanda Kris, tentant de faire diversion. Je me disais qu'on pourrait peut-être aller à L.A. lui parler, essayer de récupérer le fric qu'il nous doit. Peut-être qu'il a changé, et... »

Elle laissa sa phrase en suspens car Scottie se moquait d'elle, d'un rire sifflant, presque inaudible. Les yeux mi-clos, il rebondissait sur sa chaise tel un bébé hilare.

« Quoi ? demanda-t-elle, gênée.

– Kris. Tu t'imagines que Terry va te laisser l'approcher ?

– Je sais qu'on a eu des problèmes, mais le temps a passé, et... »

Scottie se leva prestement, fila vers l'autre bout de la pièce et revint avec un carton plein de sachets refermables. Il en sortit un et le jeta dans ses mains. Le plastique contenait un petit tube de métal noir avec deux fils à un bout et une lentille de verre à l'autre.

« Ça, c'était à l'intérieur de mon mur, dit Scotty avant de lui passer un autre sachet renfermant un petit circuit imprimé. Ça, c'était dans le combiné de notre téléphone fixe. » Puis il lui tendit un sachet vide. « Et ça, dans mon portable.

– Il n'y a rien là-dedans.

– C'est trop petit pour être vu à l'œil nu, dit Scottie, se rasseyant et approchant sa chaise de si près que leurs genoux se touchaient. Tu sais pourquoi je suis au sous-sol ? Les télés sont en haut. Trois postes, tous connectés à Internet. J'ai consulté leur activité, et ils envoient des données vidéo et audio vers une adresse IP sécurisée. Mais je ne peux pas les déconnecter, sinon il saura que je sais. Et si Terry savait ce que je sais, il pourrait bien prendre des mesures.

– Quelles mesures ? demanda Kris, nerveuse.

– Me tuer, par exemple.

– C'est…, commença Kris, espérant encore qu'il la faisait marcher, même si c'était tiré par les cheveux.

– Le Blind King a dormi pendant des années, poursuivit Scottie. Maintenant il est réveillé. Et tu es là. C'est pas une coïncidence. Il appelle ça sa "tournée d'adieu" mais à d'autres : on a tous vu ce que ça a donné pour Kiss. Il est de retour, et il va pas cesser de revenir jusqu'à ce que le monde entier soit transformé en Black Iron Mountain. Ou jusqu'à ce qu'on l'arrête. »

Kris était venue chercher du réconfort auprès de Scottie, elle n'avait pas envie de s'apitoyer sur son sort, mais Black Iron Mountain n'était qu'une chanson, les méchants maléfiques de leur troisième album, *Troglodyte,* et il parlait d'eux comme s'ils existaient. Si c'était une blague, elle n'était pas drôle. Si ce n'en était pas une, il était en plus sale état encore. Elle allait discuter avec Angie. Elle allait rentrer chez elle. Elle reviendrait quand elle serait préparée à un tel spectacle. Elle prit appui sur ses cuisses et se releva péniblement, malgré la douleur dans son genou droit.

« Faut que j'y aille. Mais on se revoit bientôt, OK ? » dit-elle.

Le front de Scottie se plissa, ses joues s'empourprèrent.

« Tu crois que je suis fou.

– Non, mentit Kris. Mais tu traverses une mauvaise passe. On se rappelle dans la semaine.

– Je pensais que si quelqu'un était susceptible de me croire, c'était toi. Tu es la première à avoir vu Black Iron Mountain. C'est pour ça que je suis entré dans tes rêves la nuit dernière et que je t'ai demandé de venir.

– La nuit dernière, je travaillais. J'ai pas rêvé du tout. On va se reposer un peu. Je reviendrai demain. »

Les bajoues et le menton de Scottie tremblaient, ses yeux étaient pleins de larmes. Kris se força à lui tourner le dos pour se diriger vers l'escalier. Elle avait commis une erreur. Elle n'aurait jamais dû venir.

Derrière elle, Scottie entonna : « Tu aimes la came, tu aimes la mousse. T'en reviendras pas de ce que je sais faire. »

Kris se figea. Elle se retourna et le vit, assis par terre dans son sous-sol, s'efforçant de ne pas pleurer, et quelque chose se desserra en elle. Elle répondit, en rythme : « Vous les enfants de l'impasse dans la zone à risque... », et baissa sa voix d'une octave : « ... vous êtes tous bourrés ou stone. »

Scottie éclata de rire. Kris sentit qu'elle était sur le point de pleurer. Elle avait retrouvé son meilleur ami, et il était brisé.

Juste après avoir enregistré *All That Cremains*, Dürt Würk était parti en tournée, d'abord Portland, puis San Diego, ensuite le Texas – six semaines harassantes dans le van. Au début, ils écoutaient leurs cassettes habituelles, mais peu à peu ils s'étaient mis à fouiller dans le fond du casier et s'étaient pris d'une ferveur religieuse pour les pépites les plus bizarres qu'ils avaient dénichées. Parmi lesquelles le premier album des Runaways.

Les Runaways étaient une bande de punkettes adolescentes gouailleuses des années 1970, en blouson de cuir noir et collants en Lycra, et Kris avait acheté leur album au lycée, à l'époque où elle essayait d'affirmer ses goûts. Hormis « Cherry Bomb » et sa morgue vengeresse, elle n'avait pas tellement accroché. Elle avait balancé la cassette avec les autres sans réfléchir. Terry l'avait mise pendant qu'ils traversaient le Nouveau-Mexique et tout le groupe s'était pris de passion pour « Dead End Justice », l'épopée de sept minutes qui clôturait la face B. Le morceau comprenait un interlude de poésie beat et culminait sur un opéra rock archi-*camp* où Joan Jett et Cherie Currie interprétaient deux gamines condamnées à la maison de correction pour excès de coolitude.

Ils l'avaient écouté si souvent que les paroles étaient devenues la langue secrète de Dürt Würk. Chaque fois qu'ils arrivaient dans une salle pleine de skinheads patibulaires, quelqu'un grognait : « On chante pas et on danse pas en maison de correction, mon chou. » Si l'un d'entre eux se réveillait en sursaut pendant la route de nuit vers leur prochaine date et demandait : « Où on est ? », la réponse était invariablement : « Dans une prison pour ados miteuse et délabrée, voilà où t'es. »

À présent, Scottie était assis sur une chaise de jardin merdique, dans son sous-sol qui sentait l'aisselle, et récitait le seul vers qu'ils ne citaient jamais car il plombait toujours l'ambiance.

« Sur la planète chagrin, il n'y a pas de lendemain. »

Kris ne sut que répliquer. De l'eau coula bruyamment dans les tuyaux. Il y avait vingt ans, une flopée de procès et un accident de voiture entre eux et le bon vieux temps. Elle était longue, la route du retour.

« Viens, dit Kris, réalisant que Scottie avait davantage besoin de son aide que le contraire. Sortons d'ici. C'est déprimant. Allons chez Gino's. C'est quand la dernière fois que t'as bouffé dans un italien bien dégueu ?

– Je sais que j'ai pas trouvé tout ce qu'il a planqué dans mes murs, répondit Scottie, secouant la tête. Maintenant, il sait que tu es là. »

Kris était prête à tout pour sortir de là, retourner au soleil, loin de cette crypte souterraine pleine de matos publicitaire.

« Allez, Scottie. Je conduirai.

– Terry nous a fait quelque chose, Kris. Il y a un trou au centre de l'univers. Et dans ce trou… »

Kris connaissait le reste des paroles car elle les avait écrites pour *Troglodyte* vingt et un ans auparavant. Selon la mythologie de *Troglodyte*, il y a un trou au centre du monde, et dans ce trou s'élève Black Iron Mountain, un empire souterrain de grottes et de mers de lave sur lequel règne le Blind King, qui voit tout à l'aide de son Œil aux Cent Mains. Au pied de la montagne, il y a la Roue. Et Troglodyte est enchaîné à la Roue, comme des millions de ses semblables, condamnés à la faire tourner sans but, observés pour toujours par l'Œil aux Cent Mains. Personne dans le groupe ne parlait jamais de cette mythologie, à part dans les textes qu'ils se repassaient, pour les étoffer, les développer, en ajouter, en soustraire, contester certains passages. Elle leur donnait l'impression d'avoir une certaine épaisseur et une vie indépendante, comme un conte de fées, une chose qui existait avant qu'ils écrivent des chansons dessus. Troglodyte était enchaîné à sa roue et il ne pouvait même pas rêver d'évasion car il était incapable de visualiser quoi que ce soit au-delà de Black Iron Montain. Il vivait dans une prison aussi grande que le monde.

« Terry est un connard, fit Kris. Mais tu peux pas en faire une obsession. Regarde où ça m'a menée. Tu... »

Une mélopée au son de boîte de conserve l'interrompit. Kris reconnut la chanson et les murs se rapprochèrent. C'était « Stand Strong » de Koffin.

« Excuse-moi », dit Scottie, et il ouvrit sa banane pour sortir son portable.

C'est à ce moment que Kris sut que quelque chose ne tournait vraiment pas rond.

Le téléphone de Scottie était emballé dans de l'aluminium.

Il le déballa soigneusement, plaça la feuille d'alu par terre et répondit.

« Allô ? Mm-mmh. Mm-mmh. »

Il jeta un coup d'œil en direction de Kris. Ses épaules s'affaissèrent et son visage se distendit.

« OK », dit-il, et il raccrocha. Il posa l'appareil par terre à côté du morceau d'alu.

« S'il te plaît, Scottie, reprit Kris. Sortons d'ici. »

Scottie défit de nouveau la fermeture éclair de sa banane, fouilla à l'intérieur tel un kangourou triste et en sortit un petit gadget couleur mine de plomb qu'il se mit à bercer entre ses mains. C'était un revolver.

« Je suis désolé, Kris, dit-il. Terry m'a dit que je devais te tuer maintenant. »

Appelant (***est des montagnes Rocheuses***) **:** ... le programme Monarch de manipulation mentale mené par les Illuminati. Ils ont envahi ma vie et m'ont transformé en Individu Téléguidé en employant des techniques de suggestion hypnotique. Ils manipulent leurs esclaves à l'aide de certaines fréquences sonores. Plusieurs chansons me rendent violent chaque fois qu'elles passent à la radio.

Paul Gibson : Et les massacres dans les lycées ? Vous pensez que ça peut être des assassins dormants du programme MKUltra qui sont activés ?

Appelant (***est des montagnes Rocheuses***) **:** ... Britney Spears est un alter Bêta programmé comme esclave sexuel Kitten. On peut voir l'intelligence extraterrestre qui regarde par ses yeux dans *For the Record* sur MTV. Elle n'avait plus rien d'un être humain.

– KIXM AM, « Résistance Amérique AM », 12 mai 2019

7

Destroyer[1]

« Ça ne sert à rien de lutter, dit Scottie au revolver dans sa paume. Terry parvient toujours à ses fins. »

Une substance sèche et caoutchouteuse se répandit dans la gorge de Kris. « C'était pas Terry ? fit-elle d'une voix rauque.

– C'était Black Iron Mountain, répliqua Scottie sans lever la tête. Ils sont sur la même longueur d'onde. Tu l'avais prédit, Kris. À l'époque, sur *Troglodyte*. Il y a un trou au centre du monde, et dans ce trou s'élève Black Iron Mountain.

– Tu délires, là. »

Kris avait toujours imaginé que si elle se trouvait confrontée à une arme à feu dans la vraie vie, elle serait forte. Si un petit branleur sortait un flingue, elle lui dévierait le poignet d'une claque et le désarmerait, après quoi elle le braquerait avec son propre revolver. Mais à présent, ses mains et ses pieds étaient glacés, sa bouche engourdie, et toutes ses petites stratégies apparaissaient pour ce qu'elles étaient : des fantasmes.

« Je t'ai tout écrit noir sur blanc, dit Scottie, et ses yeux étaient de la même couleur que le revolver. Parce que j'ai du mal à mémoriser. »

Il plissa les yeux, les ferma, et son visage se tordit en un hurlement de douleur silencieux.

« Ils ont mis un camp de concentration dans ma tête », souffla-t-il.

Il décontracta son visage, dégagea l'arme de son poing, la posa sur ses genoux, malhabile, et se massa les tempes du bout des

1. *Destroyer*, album de Kiss, 1976.

doigts. Si Kris avait été une guerrière, c'est là qu'elle aurait renversé la chaise de Scottie d'un coup de pied et l'aurait immobilisé et désarmé. Mais elle resta figée et tenta de le raisonner, comme une victime.

« T'as pas besoin de ce revolver, Scottie, parvint-elle à articuler. On est amis.

– Ils m'allument comme une radio, gémit-il, et la chanson ne s'arrêtera pas avant que quelqu'un soit tombé. J'arriverai jamais à la Porte bleue, mais il faut que l'un d'entre nous y parvienne. Tu sais ce que c'est, *Troglodyte* ? »

Il ouvrit les yeux, reprit en main son revolver et sourit.

« *Troglodyte* est une balle tirée depuis le passé. Tu as fabriqué l'arme dont nous avions besoin des années avant de savoir que nous en avions besoin. Pourquoi je peux jamais avoir ce genre d'idées ? »

Kris n'arrivait pas à trouver un plan. Elle ne pouvait penser à rien au-delà de la prochaine seconde. Son esprit avait court-circuité. En haut, on entendait des pas dans le salon, et elle avait envie d'appeler à l'aide, mais le moindre son risquait de le pousser à appuyer sur la gâchette. Un peu plus tôt, sa bouche était trop sèche, mais à présent elle était trop pleine de salive.

« Je t'en prie, Scottie, murmura Kris. Ça n'a pas de sens ce que tu racontes. »

Scottie se mit à farfouiller dans sa banane. « J'ai tout écrit. C'est là, quelque part. »

Cette fois-ci, Kris bougea. Elle se força à reculer d'un pas, puis d'un autre. Plus elle s'éloignait de l'arme, plus ses idées s'éclaircissaient, et maintenant elle avait un plan. Elle devait monter et évacuer tout le monde de la maison.

« Il a annulé la sortie de *Troglodyte* et l'a enterré bien profond, dit Scottie, levant les yeux, et elle s'immobilisa. Et maintenant, il n'y a plus que nous cinq qui savons ce que ça signifie. Terry veut qu'il n'y ait que lui. Tu peux pas te battre contre un truc dont tu connais même pas le nom. Putain, je te jure, c'est là quelque part. »

Il se leva péniblement de sa chaise pliante et pendant une seconde le revolver se retrouva braqué droit sur Kris, son canon un trou noir si énorme qu'il engloutissait le monde. Puis Scottie lui tourna le dos pour farfouiller dans des papiers près de son lit. Kris prit une profonde inspiration et tourna à son tour le dos à Scottie. Elle posa un pied sur la première marche, et ce fut le geste le plus difficile qu'elle ait accompli de toute sa vie. Elle monta une marche, puis une autre, puis encore une autre. L'escalier ne grinça pas, Scottie ne se retourna pas, et en quelques secondes, elle fut en haut, hors de sa vue. Silencieusement, elle tourna le verrou, lentement, elle fit glisser la chaîne, et là ses doigts se figèrent.

Le cadenas était mis.

Elle tira, espérant qu'il s'ouvre tout seul, mais sans succès. De l'autre côté de la porte, elle entendait le dessin animé en sourdine dans le salon. Ivre d'adrénaline, les veines palpitantes, elle baissa les yeux et vit Scottie debout au pied de l'escalier, le revolver minuscule dans son énorme paluche.

« J'ai trouvé », dit Scottie, brandissant une enveloppe blanche. Puis il inclina la tête : « Tu vas où ?

– Scottie, répéta-t-elle, la voix faible. Je t'en prie. »

Elle s'adossa à la porte, comme pour se mettre aussi loin de lui que possible.

« Descends, intima Scottie.

– Je t'en prie.

– Tout de suite ! » cria-t-il, et il se précipita dans l'escalier. Kris supplia et agita les bras, mais il l'empoigna par le col et la tira au bas des marches.

« "My Master's Eye", dit-il, tandis qu'elle tentait de se retenir au mur. "Beneath the Wheel". "Little Sounds from Underground". »

Il énumérait les morceaux de *Troglodyte* d'une voix forte, sans émotion. Sous la graisse, il avait encore les muscles du type qui, autrefois, montait tous les soirs les amplis sur scène. Il jeta Kris sur le sol de béton, puis se rassit sur sa chaise pliante et retourna le revolver dans sa main, le contemplant un instant avant de le reposer sur ses genoux.

« Joan, je commence à fatiguer. »

Kris s'aperçut qu'il était encore en train de citer « Dead End Justice ». C'était grotesque.

« J'ai plus la flamme », dit-il.

Scottie et Kris se dévisagèrent. Le son enfermé dans la gorge de Kris s'échappa de sa bouche, un sanglot.

« Je ne peux pas..., commença Scottie, et il prit une grande inspiration tremblante. Je ne peux pas aller plus loin. »

Son regard était très clair : c'était le tour de Kris. Elle ne s'en sentait pas capable, mais elle n'avait pas franchement le choix. Scottie avait l'arme.

« Voyons, Cherie, dit-elle, d'une voix brisée. Fais encore un effort. »

Scottie Rocket lui sourit à travers la salive et la morve qui barbouillaient son visage. Il eut l'air soulagé comme à la fin d'une longue journée.

« Faut que tu fasses attention aux camions UPS, lui dit-il.

– Scottie. Arrête.

– Ils m'ont dit que je devais tuer quelqu'un. Ils ne m'ont pas dit qui. »

Sans transition, il porta le revolver à sa tempe et appuya sur la gâchette.

Le son le plus fort que Kris ait jamais entendu explosa d'un coup chaque molécule de l'air et alla cogner les murs du sous-sol, réactivant ses acouphènes. Elle aperçut un éclair du rouge le plus vif qu'elle ait jamais vu qui jaillissait et aspergeait les cartons de merchandising, puis elle ferma les yeux de toutes ses forces et se couvrit la tête de ses bras car elle ne voulait pas voir ça. Le silence revint, à part le *mi* suraigu, incessant, qui geignait dans son oreille gauche. Une respiration mouillée, difficile. Puis il y eut un hoquet, et la respiration cessa.

Un bruit de course en haut, puis un coup hésitant à la porte du sous-sol.

« Scott ? appela Angela, la voix étouffée. Scott ! »

À travers le gémissement dans son oreille gauche, Kris entendit les coups se faire puissants, puis frénétiques, tandis qu'Angela agitait la poignée dans tous les sens et secouait la porte verrouillée. Le cadenas. Il lui fallait les clés.

Le vacarme se poursuivit tandis que Kris rampait jusqu'au corps de son meilleur ami et lui fouillait les poches. Elle sentit que sa peau refroidissait déjà à travers le denim lorsqu'elle sortit les clés. En se retournant pour s'éloigner à quatre pattes, sa main effleura un truc blanc sur le sol et elle le ramassa aussi. L'enveloppe de Scottie.

Elle monta les marches à genoux, comme si un poids énorme la retenait au sol, et défit le cadenas. La porte s'ouvrit violemment et Angela la poussa en arrière, mais Kris agrippa les deux côtés du chambranle, se redressa et sortit, forçant Angela à reculer dans la cuisine, avant de claquer la porte derrière elle.

« N'y va pas », dit-elle.

Elles restèrent immobiles dans la cuisine ensoleillée, Angela figée devant Kris, Martin dans l'entrée, promenant son regard entre sa mère et cette inconnue couverte de poussière blanche, avec des taches rouges sur les mains.

« Qu'est-ce que tu as fait ? demanda Angela.

– Il..., commença Kris, mais les mots étaient trop énormes pour sa bouche. Appelle le 911.

– Martin, dit Angela sans bouger, sans quitter Kris des yeux. Va éteindre cette télé.

– Maman ? demanda-t-il, la voix tremblante.

– Vas-y ! » aboya-t-elle.

Il obéit. Les yeux toujours fixés sur Kris, Angela s'approcha du téléphone mural et composa trois chiffres.

« Ici Angela Borzek, annonça-t-elle, et elle donna son adresse, lentement et calmement. Nous avons un blessé par balle, je ne sais pas ce qui s'est passé, mais nous avons besoin de la police et d'une ambulance. Immédiatement. »

Elle raccrocha.

« Tu es sûre ? demanda-t-elle à Kris.

– Je suis désolée. Vraiment désolée.

– Tu es désolée », répéta Angela, et elle chercha des yeux un endroit pour s'asseoir, mais elle était aveugle, perdue, et tournait sur elle-même.

Kris lui prit le bras en faisant attention à ne toucher que le tissu de son sweat-shirt. « Doucement », dit-elle.

Angela retira vivement son bras. « J'ai besoin de voir », dit-elle.

Kris se plaça devant elle. « Non. Vraiment pas. »

La sonnerie retentit, un carillon puissant, et elles se figèrent toutes les deux.

« Martin ! lança Angela. Attends-moi. »

Elle se rendit dans le vestibule tandis que Martin répondait : « C'est pas la police, maman. C'est UPS. »

La porte d'entrée s'ouvrit et l'air cogna les murs de la maison, un claquement sec parfaitement identique à celui que Kris avait entendu au sous-sol.

« Attendez », dit Angela à quelqu'un que Kris ne pouvait voir. Le claquement retentit de nouveau et Angela tomba à la renverse dans la cuisine ; l'arrière de son crâne heurta le carrelage avec le bruit d'une noix de coco éclatée. De son œil droit suintait un filet de liquide noir qui dégoulinait sur sa joue.

Des pas résonnèrent dans le couloir ; Kris recula, envisagea le sous-sol, puis remarqua le cellier et se glissa à l'intérieur, refermant la porte derrière elle. Elle plongea par terre et se roula en boule. À travers les persiennes, elle vit deux hommes en uniforme UPS marron qui se tenaient au-dessus d'Angela. Kris pensa à Ursula, quelque part dans la maison, en train d'enfiler son short de foot, de chercher ses genouillères. Ces types ne savaient pas qu'elle était présente.

En haut, un bruit de chasse d'eau se fit entendre.

L'un des hommes quitta la pièce. Kris l'entendit monter à l'étage. Le bruit de chasse d'eau se fit plus fort, la porte des toilettes s'ouvrit, et un *pop-pop* sec fendit l'air, après quoi il y eut un son pareil à celui d'un sac de linge sale qui tombe par terre.

Kris respirait aussi silencieusement que possible. Elle avait tellement envie de vivre.

Le premier livreur UPS fit le tour de la cuisine. Il marqua une pause devant la porte du fond, puis s'arrêta devant le cellier. Kris voyait les lacets marron de ses chaussures.

L'autre revint dans la pièce, celui qui se tenait devant la porte du cellier se retourna et, ensemble, ils descendirent au sous-sol. Le silence retomba dans la cuisine. Kris sentit l'odeur d'une allumette. Il y eut de nouveau des pas dans l'escalier du sous-sol et l'un des mecs d'UPS passa devant elle avec le carton de sachets en plastique de Scottie. Kris l'entendit longer le couloir et sortir.

Elle devait s'en aller avant que l'autre remonte. Sans bruit, elle fit coulisser la porte du cellier sur ses rails, sortit et la referma. La fumée des coups de feu s'élevait en spirale dans le soleil. Angela, sur le dos, fixait toujours le plafond d'un œil, l'autre pleurant sur le carrelage sous sa tête. Sa lèvre supérieure était retroussée, dévoilant des dents légèrement de travers.

Entendant des pas qui remontaient du sous-sol, Kris se précipita par la porte de derrière et sortit dans l'air chaud et le bruit lointain des jeunes qui jouaient au basket. Elle contourna la maison au pas de course, s'éloignant de la camionnette marron, cubique, parquée dans l'allée de Scottie. Une autre camionnette UPS lui passa devant; son chauffeur alla se garer devant la maison de Scottie et en descendit.

Kris parvint à la voiture de son père et démarra avant même d'avoir fermé sa portière. Elle roula à toute allure devant la maison de Scottie, où le chauffeur de la camionnette UPS se tenait sur le perron. Il leva les yeux de sa tablette à son passage.

Scottie avait raison au sujet des camionnettes UPS. Mais qui allait la croire? Personne. Où pouvait-elle aller? Nulle part. Si elle en parlait à qui que ce soit, on allait tout lui mettre sur le dos. Ou quelque chose comme ça. Elle ne savait plus. À propos de quoi d'autre Scottie disait-il vrai ? Elle n'arrivait pas à réfléchir. Ce que Scottie avait fait, ce qui était arrivé dans sa maison, à sa famille – c'était une grosse montagne noire qui aplatissait Kris au sol. Elle ne se dégagerait jamais de ce poids. C'était trop. Tout ce qu'elle savait, c'était que Scottie Rocket avait raison. Terry allait tous les tuer.

Dave le metalleux : … et *Insect Narthex* représente une rupture radicale. Vous marchez plutôt dans les pas de Marilyn Manson ou de Trent Reznor, à ce stade de votre carrière.

Terry Hunt : Je suis meilleur sur scène que Reznor, et plus puissant que Manson, mais au fond, ce qui compte pour moi, c'est de transcender les catégories. Mes fans font partie des auditeurs les plus intelligents du monde. Ils écoutent Metallica, ils écoutent Tool, ils écoutent Wagner. Ils écoutent avec ce que j'appelle des « oreilles authentiques ».

Dave le metalleux : Donc vous ne pensez pas que Koffin soit un groupe de heavy metal ?

Terry Hunt : Koffin parle de la réalité, de changement social, d'émotions véritables, du 11 septembre. Le metal, c'est de la mise en scène. Koffin, c'est la vraie vie.

– 90.7 WVUA, « Zone de combat », 8 juillet 2004

8
Réveille le gardien[1]

« Bouge pas, petite pute, que je te bute », dit Greg. Une mitrailleuse se mit en marche et il poussa un gloussement. « Suce-moi la gauche ! »

Melanie s'était rendue chez lui après son travail, les mains collantes de margarita, et elle avait trouvé son mec là où il était d'habitude, au milieu du canapé, casque sur les oreilles, manette de Xbox entre les mains. Elle avait coutume de s'asseoir avec lui pendant qu'il jouait. Les lieux où il promenait son avatar étaient parfois d'une beauté à couper le souffle, et il y avait des soirs où elle aurait tant voulu vivre dans ces forêts imaginaires, avec leurs particules dorées flottant dans les rayons du soleil, que ça lui faisait mal au cœur. Mais ces temps-ci, de plus en plus, il se trimballait toujours dans les mêmes ruines désertiques, enfermé derrière une clôture barbelée, occupé à assassiner d'autres joueurs qu'il appelait « putes » et « petites salopes ». Ça ressemblait trop à la vraie vie pour elle.

« Salut, lança-t-elle en posant son sac. Il faut qu'on parle. »

Greg coupa le son de son casque. « Tu me quittes ? demanda-t-il.

– Non, répliqua-t-elle, surprise.

– OK, deux secondes », fit-il, et il remit le son.

Vingt minutes plus tard, il ôta son casque et dit : « Qu'est-ce qui se passe, chérie ? »

Elle vint s'asseoir à côté de lui sur le canapé, tentant de ne pas froncer le nez lorsqu'il en émana une bouffée de chaussettes sales,

1. *Awaken the Guardian*, album de Fates Warning, 1986.

de Cheetos et de déodorant Axe. Il partageait cette petite maison avec trois autres mecs. Elle rangeait les affaires qu'elle laissait là dans une boîte en plastique pour éviter qu'elles s'imprègnent de leur puanteur masculine.

« Écoute, dit-elle. Tu sais que c'est vraiment la galère, en ce moment.

– Salauds de baby-boomers, dit-il. J'ai justement lu aujourd'hui que le taux dette-PIB est de cent trois pour cent. Tu sais à combien il était, à l'époque des boomers ? Trente-cinq pour cent. Ils ont tout mis à sec.

– Ouais, c'est vrai », dit Melanie. Ils s'étaient rencontrés lors d'une manif d'Occupy, et plus longtemps Greg restait sans boulot fixe, plus il apprenait de faits affreux sur les boomers. « Mais la géographie, c'est le destin, non ? Si on veut changer nos vies et se sortir de cette impasse, il faut qu'on bouge. Tu connais Koffin ? »

Greg rit et fit mine de faire tourner des platines invisibles.

« Wicky-wicky-wicky. Latex noir ! Filles blanches ! Autour de ton cou ! Mes perles dégoulinent ! »

Puis il fit le robot tout en imitant des bruits de musique industrielle pourrie.

« C'était une chanson vraiment nulle », acquiesça Melanie. Elle était sur leur album de 2010, *9 Circles*, et c'était peut-être une des pires chansons jamais écrites. Elle se contentait de l'ignorer, en général. « Mais ils sont super importants pour moi. Et c'est eux qui m'ont donné cette idée. Ils jouent à Vegas en juin, c'est dans six semaines. Je peux avoir des places. Allons-y en bagnole.

– Dame blanche ! Ronds de fumée ! continua-t-il. Latex noir, noir, noir ! Pour mes nanas blanches, blanches, blanches ! »

Melanie insista. « Puis, une fois qu'on s'est tirés d'ici, on ne revient pas. »

Ces mots coupèrent la chique de Greg. Il la regarda en clignant des yeux.

« On se tue ? demanda-t-il.

– On continue de rouler. Jusqu'à L.A. Je peux faire la serveuse là-bas aussi bien qu'ici. On ira habiter à l'écart de la ville, dans la Vallée...

– C'est cher, la Vallée, dit Greg.

– On habitera à Pasadena.

– C'est encore pire.

– On habitera à Covina. N'importe où. Pourvu que ce ne soit pas ici. On prend un nouveau départ. Tu me suis ? »

Il s'avachit contre le dossier du canapé et tira sur son short en treillis.

« On a besoin d'argent. Rien que pour l'essence. Et comment comptes-tu rembourser ton emprunt ?

– Il faut qu'on essaie *quelque chose,* dit-elle. Tu te rappelles Sheila Bartell ? La fille la plus populaire de mon lycée, en terminale ? Elle vient de faire une overdose. C'est la treizième de ma promo. Mon père m'a dit qu'un mec a fait une OD au Walmart, aujourd'hui, et il a renversé un présentoir d'ordinateurs portables. Ils vont lui faire rembourser les ordis.

– Salauds de boomers, marmonna Greg.

– Si on se tire pas maintenant, on le fera jamais. Ce bled, c'est un trou qui aspire tout le monde. On va devenir des morts-vivants.

– Ouais. Je te soutiens à cent pour cent, sur tous les plans. Tu sais que je suis féministe, et j'adore quand tu te mets en mode killeuse, mais faut qu'on soit pragmatiques.

– Pragmatiques, mon cul. On va crever si on reste ici. Soit on fera une OD, soit on se fera écraser par un branleur qui se tape une OD dans sa caisse, soit nos cœurs et nos cerveaux vont lâcher parce que c'est le pire endroit d'Amérique et qu'on va se transformer en zombies. Est-ce que t'as envie d'arriver à trente piges sans avoir pris un risque de ta vie ?

– OK, OK. Prends un cachet, calmos. Comment tu comptes faire aboutir ce grand projet ? »

Elle lui expliqua. Elle allait travailler non-stop – motivée par son but en tête, elle pourrait prendre un double service deux ou trois fois par semaine, peut-être davantage. Ils résilieraient leur abonnement à Netflix. Ils prendraient des forfaits téléphoniques moins coûteux. Ils revendraient des fringues à elle. S'ils étaient malins, déterminés à voir le bon côté des choses et bossaient dur, ils pouvaient y arriver.

« Ouais, carrément, dit-il. Je te suis. »

Il se pencha en avant, sa main dans la sienne, et lui attrapa le sein gauche. Elle recula en sursaut. Il lui mit de nouveau la main en coupe sur le sein.

« T'es drôlement fougueuse, et tes yeux lancent des éclairs. Comme Selena Gomez. »

Elle savait qu'elle avait intérêt à le laisser faire pour maintenir la paix, alors elle embrassa sa bouche, qui avait un goût de tortilla à l'oignon, et plaça une main autour de son cou. Il y avait une étiquette à l'arrière de son tee-shirt ; elle essaya de la replier à l'intérieur de son col.

« Aïe ! » s'écria-t-il.

Ce n'était pas une étiquette – c'était collé à sa peau. Il s'écarta, mais Melanie saisit son épaule et regarda. Il avait un tampon de gaze blanche collé sur la nuque.

« T'as pas fait ça, dit-elle. Montre-moi. »

Il retira le pansement. Sur la peau rouge, rasée, de sa nuque luisante de lotion antiseptique s'affichaient les lettres VDM en écriture gothique.

« Tu vas jamais trouver de boulot avec "vie de merde" tatoué au-dessus du col. Et on est censés économiser.

– Aucun boomer ne sait ce que ça veut dire, dit Greg, le visage marbré de rouge. Et c'est mon fric aussi. »

La dispute fut venimeuse et se termina lorsqu'ils partirent tous les deux dans des directions opposées. Elle se rendit dans la chambre de Greg, dont elle payait une partie du loyer, et qui donc, techniquement, était la sienne également. Il se dirigea vers la porte de la maison. Sans doute pour aller fumer de la beuh chez Farmer Don's.

Le téléphone de Melanie émit un bip, et elle vit qu'elle avait un message de Hunter sur Kik.

Salut la belle – je pense à toi.

T'as réfléchi à ce dont on a parlé ?

Hunter. Elle n'avait pas parlé de lui à Greg, vu qu'il ne se passait rien, et il n'avait pas besoin de savoir, ça le ferait flipper sans raison. Ce n'était pas une liaison, même si elle lui envoyait une photo sexy de temps en temps – mais tout le monde fait ça. Elle l'avait rencontré sur Tinder un jour où elle était en colère contre Greg. Sa photo de profil le montrait torse nu et bronzé à la proue d'un bateau à moteur, brandissant un énorme poisson.

J'ai de la peine pour le poisson, avait-elle tapé.

L'ai remis à l'eau, avait répliqué Hunter. *Il était narcissique, il aimait trop se faire prendre en photo.*

Elle avait ri de bon cœur au milieu de ses sanglots, et ils avaient échangé toute la soirée. Et encore le lendemain. Il vivait à Las Vegas, il était branché CrossFit, c'était un joueur professionnel et il avait un permis d'agent immobilier.

32 ans, avait-il écrit. *Premier million à 35.*

26, avait-elle répliqué. *Premier millier jamais.*

Ça dépend de toi.

Puis il lui avait dit que la géographie, c'était le destin. Si elle voulait connaître le salaire maximal qu'elle pourrait jamais gagner, elle n'avait qu'à prendre le salaire moyen de ses cinq amis les plus proches. Son résultat était d'à peine un chiffre. Hunter était intelligent, il avait de l'ambition, et ce n'était pas tromper, car elle n'allait pas quitter Greg. Hunter était plutôt un ami qui la tirait vers le haut, c'était donc OK de continuer d'échanger avec lui sur Kik.

Il avait proposé de lui vendre des places pour le concert de Koffin à Vegas. Il en avait acheté deux de trop pour investir, avait-il expliqué, et elle était tentée. Aller là-bas, dormir chez Hunter, se donner l'impression d'avancer. Pour l'instant, elle tapa : *Je veux ces places.*

Hunter envoya :-)

Pour moi et mon copain.

Hunter envoya :-(

Je change de vie, je déménage là-bas, un nouveau chapitre, tapa-t-elle. *Plus près de toi.*

Envoie-moi une photo sexy, tapa Hunter. *Pour te faire pardonner de m'avoir fait de la peine.*

Elle sourit et souleva son tee-shirt. C'était le moins qu'elle puisse faire. Il allait les aider, elle et Greg, à voir Koffin et à échapper à ce piège qu'était devenue leur vie.

Demarcos : Une fusillade tragique a fait quatre victimes en fin d'après-midi à Allentown, laissant les autorités avec davantage de questions que de réponses. Scott Borzek, un habitant de la localité, aurait tué par balles sa femme et ses deux enfants âgés de quinze et dix-sept ans avant de retourner son arme contre lui. Selon la police, Borzek, ancien membre du groupe local Dürt Würk, avait un passé de toxicomane et d'alcoolique ; il avait récemment suivi une cure. Un chauffeur de chez UPS a découvert le massacre en tentant de livrer un paquet. La police est à la recherche d'un témoin non encore identifié qui serait susceptible d'apporter des détails clés. Ici Rick Demarcos, Newsradio 970, Allentown.

– 970 AM WAEB, « Les infos et la météo toutes les heures »,
11 mai 2019

9

Plongeur sacré[1]

C'était la colère qui avait poussé Kris à se rendre chez Scottie, mais ce fut la peur qui la fit tourner en rond pendant des heures au volant. Si Scottie avait raison, Terry pouvait surveiller son téléphone. Il avait accès à ses mails. Il pistait sa voiture. À la seconde où elle allait se garer, des camionnettes UPS allaient l'encercler et les chauffeurs l'abattre.

Son téléphone vibrait : appels entrants puis SMS de Little Charles. Elle l'éteignit et l'enferma dans la boîte à gants – encore un moyen pour eux de la localiser. Elle ne savait pas quoi faire ni où aller, jusqu'au moment où elle alluma la radio et entendit la façon dont l'histoire était présentée. Terry avait le pouvoir de changer un meurtre en suicide, il avait le pouvoir de faire passer une tentative d'assassinat pour une querelle domestique, celui de lui voler sa musique et de se faire des millions grâce à elle. Il lui fallait avertir les autres membres du groupe.

Après une halte de vingt minutes dans une bibliothèque à la limite de King of Prussia et quelques recherches sur Google et les réseaux sociaux, Kris se mit à sillonner les rues d'une banlieue de Philly en quête de l'entrée d'Eaglecrest, une ville nouvelle qui payait pour ne pas apparaître sur Google Maps, car l'intimité était le nouveau luxe. C'était là qu'habitait Tuck, et il paraissait logique de commencer par lui.

Eaglecrest était une banlieue résidentielle impeccable, entretenue à la perfection, conçue pour les piétons et remplie

1. *Holy Diver*, album de Dio, 1983.

d'espaces verts, de lieux publics, de pistes cyclables bien nettes et de villas toc écolos et durables. Lorsque Kris se gara devant la maison immaculée de Tuck, avec sa pelouse incroyablement verdoyante sous un crépuscule rose comme de la barbe à papa, elle eut l'impression d'être une intruse, une lépreuse vêtue de noir apportant des mauvaises nouvelles que personne ne voulait entendre. En descendant de voiture, elle faillit se cogner à un des citoyens parfaits d'Eaglecrest, lesquels faisaient de la marche rapide en horde pour brûler leurs calories à la fin de la journée. Elle avait l'intention de prendre quelques minutes pour rassembler ses esprits avant d'aller sonner à la porte de Tuck, mais dès qu'elle leva les yeux, elle le vit qui l'observait.

Il se tenait dans son garage ouvert, une glacière blanche dans une main, deux gilets de sauvetage jaunes dans l'autre. Une mèche blanche coupait en deux son bouc. Son polo bleu électrique était assez grand pour y faire dix tee-shirts de la taille de Kris. Son pantalon de treillis olive délavé lui arrivait juste au-dessus des chevilles, qu'il avait épaisses comme des troncs d'arbres.

Kris eut envie de remonter dans sa voiture et de filer, mais il était trop tard. Elle avait une mission, et elle ne pouvait plus reculer. Elle garda les yeux fixés sur les Converse de Tuck le temps de parcourir la distance qui les séparait. Lorsqu'elle approcha, il posa glacière et gilets. Elle s'arrêta de marcher à quelques centimètres de lui. Il n'avait encore rien fait, et elle trouvait que c'était bon signe. Elle s'avança, les bras ouverts pour lui donner l'accolade.

Tuck recula d'un bond.

« Ho, ho, ho, fit-il. Tu peux pas venir ici. Après tout ce temps ? Après ce que t'as fait ? Tu viens réclamer un câlin ? T'as perdu la boule ? »

Elle tenta de dire quelque chose mais ne parvint qu'à émettre un petit bruit plaintif.

« Je m'attarde pas sur le passé, dit Tuck. Je rêve pas de l'avenir. Je me concentre sur le présent. Et présentement, je veux pas te voir à ma porte.

– T'es pas encore…

– Oh que si, dit-il, ramassant sa glacière. Mais de l'eau a coulé sous les ponts, et j'ai trouvé le pardon dans mon cœur. Par contre, Lily est à la maison, et elle n'a pas autant évolué que moi sur la question. Si elle entend ta voix, elle va sortir te trancher la gorge et te balancer dans un fossé, et je pourrai pas l'en empêcher. »

Kris se rappela le jour où elle était allée rendre visite à Tuck à l'hôpital : son père ne l'avait pas laissée entrer dans la chambre. Elle avait repris l'ascenseur pour descendre et, en se dirigeant vers le parking, elle avait entendu derrière elle des pas précipités. Juste au moment où elle se retournait, Lily, qui n'était la copine de Tuck que depuis peu de temps à l'époque, un sac d'os, de tendons et de dents, lui avait jeté le contenu d'une tasse de café Dunkin' Donuts froid à la figure.

« Il faut qu'on parle de Scottie, dit Kris.

– J'ai entendu les infos, répliqua Tuck, se frayant un chemin dans son garage en pagaille. J'allais t'appeler dès que j'aurais fini de passer les gilets de sauvetage au jet. Le téléphone, ça va. Ta présence ici, non. Au revoir. »

Il appuya sur le bouton qui commandait la robuste porte du garage, laquelle se mit à descendre avec un grondement. Kris alla se placer sur le seuil, le mécanisme détecta sa présence, les roulements grincèrent et le mouvement s'inversa. Tuck appuya de nouveau sur le bouton, mais rien ne se produisit.

« Elle va pas se fermer sur moi, dit-elle. Je suis sous l'œil électronique.

– Bordel de merde, dit Tuck. Fous le camp. »

Elle le suivit dans la pénombre du garage.

« Scottie pensait qu'on était tous en danger, dit Kris. Il pensait que Terry risquait d'essayer de s'en prendre à nous. Il pensait que Terry nous espionnait.

– C'est exactement le genre de trucs que raconte un mec qui s'apprête à massacrer sa famille.

– Faut que tu lises ça, dit Kris, et elle lui tendit le mot de Scottie. C'est la dernière chose qu'il a écrite.

– Où t'as trouvé ça ?

– Chez Scottie. »

Tuck comprit subitement.

« C'est toi le témoin non identifié. Tout le monde te cherche. »

Kris joua cartes sur table. « Il s'est tiré une balle dans la tête, raconta-t-elle. Il venait de recevoir un coup de téléphone de quelqu'un, un sbire de Terry. Il habitait terré dans son sous-sol, et j'étais en bas avec lui quand il s'est suicidé, mais il n'a pas tué sa famille.

– Putain, Kris. Tu peux pas me faire ça.

– J'étais là ! s'écria-t-elle. Ta famille n'est pas en sécurité.

– Il était défoncé.

– Scottie ne prenait plus rien depuis sa cure de désintox.

– Ça, c'est ce qu'il t'a dit…, commença Tuck.

– Très bien. Continue à nettoyer ta glacière, je vais te le lire. »

Pour la première fois, le masque de Tuck tomba, et de la terreur apparut dans ses yeux. Il tenta de lui arracher le mot. Kris fit un grand pas en arrière, refusant qu'il le lui prenne. Tuck s'avança vers elle, la forçant à reculer.

« "Kris, lut-elle d'une voix précipitée, heurtant une cage de transport à chien dans sa retraite. Je suis désolé pour ce qu'ils m'auront obligé à faire"…

– S'il te plaît », fit Tuck. Il s'interrompit. « Arrête. Juste… Attends, je vais chercher mes loupes. »

Tuck chaussa ses lunettes et se posta près de l'entrée, où il lut à la dernière lueur rosacée du crépuscule. Kris avait mémorisé le mot, et elle se le répéta mentalement pendant que Tuck le découvrait.

Kris,

Je suis désolé pour ce qu'ils m'auront obligé à faire. Je ne suis pas assez fort pour rester moi-même, mais toi tu l'es, et c'est pour ça que je t'écris ces mots. Je suis fatigué en permanence. Je croyais que je prenais des antihistaminiques et du Paxator pour mes crises de panique, mais en fait, ces cachets, c'est autre chose. J'ai arrêté de les prendre il y a deux mois et demi, mais c'est trop tard pour moi.

Terry a implanté quelque chose à l'intérieur de mon cerveau au cas où tu me recontacterais un jour. Il observe tout ce que nous faisons à travers nos télévisions et nos téléphones. Il doit s'assurer que nous ne nous réveillons pas.

Quelque chose ne va pas chez moi. Je lève les yeux et je suis dans des endroits où je ne me rappelle pas m'être rendu.

Je crois que quelque chose de très noir vit en moi. Mais je ne crois pas que ce soit seulement moi. Je crois que c'est nous tous.

Tu crois que je suis fou ? C'est leur but. Mais pose-toi la question : pourquoi nous est-il impossible de nous rappeler la nuit du contrat ? Demande à Tuck et à Bill. Je parie qu'ils ne s'en souviennent pas non plus. Et toi ? Rien n'a été pareil depuis ce jour-là. Qu'est-ce qui nous est arrivé ? Qu'a fait le Blind King ?

Cherche les réponses dans TROGLODYTE. C'est là qu'elles se trouvent. Je ne veux pas les écrire ici, car je ne peux pas être certain que mes pensées m'appartiennent. Mais Black Iron Mountain est la conspiration derrière la conspiration. Ils nous observent par les yeux de Terry. Ils nous font tourner en rond. Ils nous poussent à nous faire du mal les uns aux autres.

Fais confiance à TROGLODYTE. Nous sommes tous des cibles. Black Iron Mountain va tenter de nous arrêter. Mais le metal ne meurt jamais. Le metal ne recule jamais. Il ne se rend pas. Le metal dit la vérité sur le monde.

Tu ne m'as jamais laissé tomber, Kris. Tu ne m'as jamais déçu. Il ne reste plus personne. Porte le flambeau.

Je t'aime,

Scottie Rocket.

Tuck abaissa le mot et retira ses lunettes. La monture à la main, il se pinça l'arête du nez, les yeux fermés.

« Je savais pas du tout qu'il allait si mal que ça, dit-il enfin, se frottant les yeux du plat de la main. Et toi ?

– Je l'avais pas vu depuis sa cure, mais j'étais chez lui aujourd'hui, j'ai vu ce qui s'est passé, et il faut qu'on aille avertir Bill avant que ça se reproduise.

– T'as fumé, ou quoi ? » Tuck avait haussé la voix. Il se reprit. « T'es la dernière personne que j'emmènerais voir Bill.

– Tu as lu son mot ! Quelque chose ne va pas chez nous ! »

Le visage de Tuck se ferma et il abaissa la porte du garage. Tandis que celle-ci descendait, les coupant du flot incessant de joyeux joggeurs qui passaient en top et pantalon de yoga haut de gamme noirs, Kris cracha le morceau.

« C'était UPS, dit-elle, sachant à quel point ça paraissait dingue de même prononcer ces mots. Enfin, pas UPS, bien sûr, mais des mecs habillés en livreurs de chez UPS. Quand Scottie s'est tué, Angela, sa femme, a appelé le 911. Mais les faux chauffeurs UPS sont arrivés à la place, et ils les ont assassinés, elle et ses enfants.

– Kris...

– Je me suis cachée, puis je me suis enfuie. Mais ils m'ont vue et ils me cherchent. Il faut qu'on avertisse Bill.

– Kris.

– Il se passe quelque chose, Tuck, et je ne comprends pas quoi, tu ne comprends pas quoi, mais pourquoi est-ce que je ne me rappelle pas la nuit du contrat ? Pourquoi est-ce qu'une soirée entière s'est effacée de ma cervelle ? Pourquoi Scottie pensait qu'on était tous en danger ? Faut qu'on aille trouver Bill, faut qu'on s'assure qu'il est en sécurité, et faut qu'on t'éloigne de ta famille. Imagine que tu représentes un danger pour eux ? Et s'ils arrivent à te pousser à faire ce qu'a fait Scottie ?

– KRIS ! » aboya Tuck.

Elle se tut.

« Je vais passer un coup de fil, deux minutes. Mais c'est complètement délirant ce que tu racontes, sache-le. Attends là. »

Il ouvrit la porte blanche dans le mur blanc et entra dans sa maison. L'air conditionné s'engouffra dans le garage et enveloppa les chevilles de Kris. Une musique lointaine s'échappa par la porte, paisible et paresseuse en ce dimanche soir. Puis elle reconnut le break : « Stand Strong » de Koffin.

Elle tituba tout d'abord vers la porte fermée du garage en se disant qu'il était encore temps de rejoindre sa voiture et de fuir ; mais ses pas la conduisirent vers les marches en pierre menant à la maison, puis sur le carrelage de l'entrée et dans le vestibule plongé dans la pénombre. C'était la chanson qui avait retenti sur le téléphone de Scottie Rocket avant qu'il sorte son flingue, et Kris, s'en rendant compte, se força à entrer. Si Tuck était allé chercher un revolver, mieux valait lui faire face.

Le soupir étouffé de la clim la baignait de nuages frais et sucrés. Le couloir sombre donnait sur une cuisine moderne et claire. Kris venait de passer devant l'îlot central lorsqu'elle entendit un bruit humain derrière elle. Elle se retourna. Lily était debout devant le plan de travail opposé, une planche à découper et une pile de carottes devant elle.

Le visage de Lily était tendu, sa bouche pincée. Ses yeux étaient les mêmes jetons durs que ce jour-là à l'hôpital. Dans la main droite, elle tenait un couteau de boucher, au niveau de sa hanche. Elle le serrait si fort qu'elle avait les doigts exsangues.

Elle s'avança d'un pas. Kris recula d'autant et heurta l'îlot.

« Qu'est-ce que tu fous chez moi ? demanda Lily en pointant vers elle son couteau.

– Je suis venue vous mettre à l'abri.

– Fous le camp d'ici immédiatement ! » cria Lily en s'approchant encore.

Puis Tuck débarqua dans la cuisine et se plaça entre les deux femmes. « Oh là, oh là. Lily, repose ce couteau. Kris s'en va.

– Je ne m'en vais pas. Pas sans toi ! Il faut que tu t'éloignes de ta famille. Cette chanson de Koffin est partout.

– Mais qu'est-ce qu'elle raconte, putain ! » hurla Lily.

Deux garçons à l'orée de l'adolescence et une fillette de six ans, attirés par les éclats de voix, se postèrent dans le salon pour observer les adultes. La vision des enfants fit paniquer Kris. Elle vit Martin par terre, un trou dans la poitrine, la bouche béante, Ursula en haut, étalée sur le seuil de la salle de bains dans sa tenue de foot. Angela allongée sur le carrelage de la cuisine, un œil fixant le plafond.

« Il faut qu'on parte *tout de suite*, dit-elle à Tuck.

– Attends, Kris, dit Tuck, les bras écartés pour empêcher les deux femmes de s'affronter. Attends. Écoute, j'ai eu Bill au téléphone, il dit qu'on peut venir. T'as qu'à dormir dans ta bagnole, ou à l'hôtel, comme tu voudras, et on partira demain matin.

– Il est *hors de question* que tu montes dans une voiture conduite par cette femme, dit Lily.

– Je conduirai, fit Tuck. OK, Kris ? Alors vas-y maintenant.

– On s'en va immédiatement, dit Kris. C'est maintenant que ça se passe. UPS peut frapper à la porte d'une minute à l'autre. Ou tu peux recevoir un coup de fil, et tu ne pourras pas te maîtriser. Tu vois ta famille, là ? Moi je vois de potentielles victimes de meurtre ! »

Les enfants avaient suivi la conversation du salon, et la petite fille se mit à pleurer bruyamment.

« Papa, demanda l'un des garçons. C'est quoi le problème avec UPS ?

– Arrêtez, tous ! essaya Tuck.

– Elle a un couteau, Tuck. Koffin vient de passer à la radio. Cette chanson, c'est le déclencheur. Personne n'est en sécurité.

– Calme-toi. Personne ne te veut de mal.

– Moi si ! s'exclama Lily.

– Silence ! cria Tuck. D'accord, on va partir ce soir. C'est bon. Je fais manger mes enfants, et on prend la route. Lily, on dégage le plancher dans une heure. Kris, tu vas attendre que je sois prêt dans ta bagnole. La discussion est close. »

Kris alla s'asseoir dans sa voiture et regarda la famille de Tuck dîner par la fenêtre de la maison. Elle tenta de se convaincre que les familles étaient comme ça, bruyantes et chahuteuses, qu'elles se disputaient à propos de qui avait la plus grosse ration de purée et des nuggets de poulet en plus. Qu'elles ne ressemblaient pas à Angela, Martin et Ursula.

Tuck mit une éternité à se préparer, et Lily les observa depuis sa chambre tout le temps, tandis que Kris scrutait la rue. Même dans le noir, les adeptes de la marche rapide continuaient leur manège vers nulle part, tandis que Tuck apportait ses en-cas, bouteilles d'eau, chargeurs et deux valises. Kris n'avait que son Bones et sa guitare.

Lorsqu'ils furent enfin prêts à partir, Kris crut qu'elle allait craquer en voyant Tuck s'installer à sa guise : son téléphone, son siège, la radio satellite, les rétros.

Pour se distraire, elle demanda : « Il est où, Bill, au fait ?

– Bill ? Il habite toujours dans la Witch House.

– Comment tu sais ça ? demanda Kris, choquée.

– On échange des cartes de vœux à Noël.

– J'en ai jamais reçu.

– Pourquoi Bill t'écrirait ? Je t'ai pardonnée, mais Bill... il est d'accord avec Lily, sur ce plan-là. Personne ne t'aime, Kris. »

Puis ils prirent la route. Et Kris se rappela le soir où elle avait dissous le groupe.

Dürt Würk
All That Cremains

Les guerriers de la route de Steeltown, j'ai nommé Dürt Würk, semblent habiter dans leur van d'occasion déglingué. Autant dire qu'ils ont renoncé à des luxes comme se laver ou se brosser les dents, et que la pochette de leur nouvel album, *All That Cremains*, est aussi laide qu'une chaussure orthopédique. Mais que disait maman ? Il ne faut pas se fier aux apparences, et l'adage se vérifie avec ces fourgueurs de riffs acérés qui se sont fait un nom dans l'underground en offrant du power metal taillé au cordeau à un public difficile dans les anciennes colonies (pourquoi pas un tour dans le coin, les gars ?). On pourrait vous pardonner d'avoir presque laissé tomber après avoir péniblement encaissé la platitude de titres comme « Keep on Digging », un écrin vain pour les talents du batteur Bill Cameron, et le dispensable « Reaper's Harvest », coincé en plein revival 1980. Mais les trois derniers titres tutoient le génie – « Chained to the Wheel », « Troglodyte Rising » et « Blinded by Darkness » frôlent dangereusement la grandiloquence gothique, mais s'en arrachent à la dernière minute pour mettre en valeur les envolées vocales de Terry Hunt et la basse organique de Tuck Merryweather, tandis que la lead guitar imperturbable de l'accorte Kris Pulaski et les solos électrisants de Scottie Rocket s'affrontent en beauté. Avec une meilleure production, on pourrait bien les voir s'imposer sur les ondes.

– Nick Sharman, *Kerrang !*, 15 février 1996

10

De l'esclavage à l'oblitération[1]

Il pleuvait toujours à la Witch House. Cette bicoque, ils l'avaient trouvée un été pendant une tournée, alors qu'ils étaient en quête d'un lieu pour stocker leur matos et se terrer deux ou trois nuits par-ci par-là entre leurs concerts dans le Midwest. C'était une maison à un étage, une épave de planches marron vermoulues avachies contre une cheminée en parpaings, bien cachée dans une forêt qui s'étalait entre deux collines du Kentucky, et le loyer était de cent quarante dollars par mois. Des arbres poussaient trop près des murs, la baraque était toujours humide. Même en plein hiver, il y régnait une odeur de moisi, et le chemin de terre qui rejoignait la route était invariablement boueux.

Ils y étaient revenus chaque été pour écrire, jouer, boire de la bière, faire des trous dans les murs à coups de pied et entasser leur matos dans le sous-sol glacial, protégé par un cadenas, où ils répétaient. Cet été-là, ils s'y étaient rendus pour enregistrer *Troglodyte*, et ça avait été les deux plus beaux mois de la vie de Kris. Puis, quand la tournée avec Slayer était tombée à l'eau, ils y étaient revenus pour virer Terry.

Leur nouveau manager, Rob Anthony, leur avait décroché la première partie de Slayer sur toutes les dates du nord-est de la tournée. Jusque-là, Dürt Würt avait des fans, mais ils étaient soit un super-groupe de bar, soit une petite tête d'affiche de club. La première partie de Slayer les rapprochait de la vraie notoriété, et avec *Troglodyte* en boîte, ils étaient prêts. L'idée, c'était que

1. *From Enslavement to Obliteration*, album de Napalm Death, 1988.

Rob devait amener des représentants de maisons de disques aux concerts. Les types sauteraient sur l'occasion de voir Slayer à l'œil, et ils écouteraient Dürt Würk au passage. S'ils étaient intéressés, le groupe avait déjà un album tout prêt.

C'était compter sans Terry. Ça leur avait pris longtemps pour arriver à ce stade, mais il lui suffit d'une semaine pour tout faire foirer.

Sur la tournée de Slayer, ils dormaient dans des Holiday Inn, pas dans le van. Il y avait de la nourriture digne de ce nom dans les loges, et des boissons qui n'étaient pas exclusivement de la Rolling Rock. Sauf que Terry s'était lancé dans une attaque en règle contre Tom Araya et Kerry King, les accusant d'être des vendus, racontant aux journalistes que Slayer allait se mettre à rapper sur son prochain disque. Il se comportait comme un parfait connard, si bien que le tourneur de Slayer avait fini par exiger ses excuses. Au lieu de calmer le jeu, Terry avait saccagé sa chambre d'hôtel et disparu. Le tourneur les attendait lorsqu'ils s'étaient pointés à la salle ce soir-là, prêts à jouer avec Tuck au chant. Il leur avait annoncé que la tournée était finie pour eux. Powerhole allait les remplacer. Une fois qu'ils eurent payé les dégâts commis par Terry dans sa chambre d'hôtel, il ne leur restait que sept cents dollars en tout et pour tout.

Personne n'avait compris pourquoi Terry avait tout foutu en l'air. Personne ne savait où il se trouvait. En désespoir de cause, ils s'étaient repliés à la Witch House. Bill conduisait, hébété, Tuck et Scottie somnolaient à l'arrière, et Kris était assise à la place du mort, hypnotisée par la pluie et le chuintement des essuie-glaces. Il était 4 heures de l'après-midi, mais toutes les voitures avaient déjà allumé leurs phares. Bill s'arrêta complètement avant de quitter la route à deux voies pour s'engager dans le chemin boueux qui menait à la Witch House. Leurs phares éclairèrent à peine l'obscurité du tunnel sinistre d'arbres détrempés avant qu'ils débouchent sur la clairière de la maison. La Porsche 911 bleu nuit de Rob Anthony était garée devant. Personne ne souffla mot.

Ils coururent à la porte de la cuisine sous la pluie battante et se précipitèrent à l'intérieur. L'odeur de moquette moisie était tellement puissante que Kris eut un haut-le-cœur. L'intérieur de la Witch House ressemblait à un donjon des années 1970, tout de taches d'humidité et de bois pourri. Les portes avaient disparu, remplacées par des tissus tie & dye et des rideaux de perles punaisés en haut des murs. La moquette était une mare de sang d'un rouge agressif qui recouvrait l'intégralité du rez-de-chaussée, éclaboussant les couloirs et le bas des escaliers. Chaque centimètre était couvert de brûlures de cigarettes ou d'auréoles d'humidité.

Mais cet après-midi-là, la cuisine sombre était éclairée par des bougies qui créaient une atmosphère chaleureuse et accueillante. La glacière grosse comme un cercueil qui leur servait de frigo était grande ouverte, débordant de glaçons et de champagne. Dans le salon, des bougies noires étaient posées sur toutes les surfaces, comme pour le tournage d'un mauvais clip vidéo. Terry et Rob Anthony, assis sur le canapé en velours vert défoncé, souriaient comme les meilleurs amis du monde. Rob semblait, comme toujours, taillé dans le miel cru et le soleil d'été. Devant lui, étalés sur la table basse à trois pieds qu'ils avaient récupérée dans une poubelle, cinq contrats. Leur propreté, leur blanc resplendissant tranchait avec la pièce à l'atmosphère confinée.

« Putain, mais qu'est-ce que c'est que ça ? demanda Kris.

– Ça, fit Terry avec un grand sourire, c'est notre avenir.

– Dürt Würk est mort, annonça Rob Anthony en se levant, brandissant une bouteille de champagne. Vive Koffin. » Il fit sauter le bouchon.

« Tu nous as plantés, fit Tuck. T'as foutu notre tournée en l'air et tu t'es tiré. Et c'est quoi cette merde, Koffin ?

– Tout est dans les contrats, Tuck, expliqua Rob, décochant un sourire aveuglant.

– Tout quoi ? » demanda Bill. Puis il montra Terry du doigt. « T'es viré. On te vire. »

Terry trouva ça très drôle. « Bienvenue dans le monde des stars, dit-il. Il suffit de semer le doute dans le crâne des têtes d'affiche pour leur faire perdre la confiance, si bien que, du coup, leurs concerts sont moins bons, et nous, on fait plus d'effet aux représentants des maisons de disques.

– Tu racontes n'importe quoi, répliqua Tuck. T'as pris quoi, là, au juste ?

– Tout doux, les gars, dit Rob, s'interposant entre Terry, sur le canapé, et le reste du groupe. Inutile de ressasser les vieilles rancœurs, c'est du passé tout ça. Buvons un peu de champ', faisons-nous quelques rails, et célébrons votre avenir.

– Il s'est démerdé pour qu'on se fasse jeter de la plus grosse tournée de notre vie, fit Bill. C'est une crise.

– Tu savais que le caractère chinois qui signifie "crise" veut également dire "opportunité" ? dit Rob. C'est une fille asiatique avec qui j'ai vécu qui me l'a dit. J'ai failli me le faire tatouer sur le poignet, tellement j'ai trouvé l'idée puissante. Elle s'est suicidée, et ça m'a sincèrement déprimé pendant un moment, mais au final je suis sorti avec Neve Campbell, à l'époque où elle jouait dans *La Vie à cinq*, alors tu vois ? Rien n'est jamais vraiment ni bon ni mauvais, tout est une question de point de vue.

« Les gars de Slayer vous ont virés à cause du potentiel qu'ils ont pressenti dans Dürt Würk. C'est ça que j'ai perçu dans ce groupe. C'est pour ça que je double mon investissement. Mais Dürt Würk ne décolle pas. C'est une impasse, alors vous allez devenir Koffin. J'ai engagé des stylistes qui vont complètement repenser votre look, et je fais intervenir aussi des maquilleuses et des costumières pour concevoir un vrai show. Interscope a déjà fait une offre. »

Kris ne voulait pas toucher au champagne de Rob, mais elle avait besoin de boire quelque chose : elle rafla la bouteille sur la table et en siffla la moitié d'un trait. Les autres allèrent s'asseoir sur les rebords de fenêtres et sur les chaises pliantes.

« Je pensais bien que ça allait vous plaire, dit Rob en souriant. C'est un contrat pour trois albums sur cinq ans.

– *Troglodyte* et deux autres, fit Bill. Pas mal.

– *Troglodyte,* on oublie, corrigea Rob. Attention, c'était super comme carte de visite, je dis pas le contraire, mais les cartes de visite, ça ouvre des portes, ça fait pas vendre. N'empêche que vous devriez être fiers, OK ? Pas de quoi faire la gueule. C'est grâce à ça que vous avez décroché l'avance dont vous avez besoin pour écrire votre premier véritable album. »

La colère monta au cerveau de Kris. *Troglodyte* n'était pas une carte de visite, c'était sa vie entière déversée dans neuf chansons. (Dix, en fait, mais Terry avait coupé « The Door with Cerulean Hue » du mix final pour des raisons qui la mettaient encore en rage.) Des mots arrachés à son journal intime, pris dans sa vie, des chansons forgées à partir d'idées, de mélodies et de fragments qui flottaient dans l'océan obscur de son esprit depuis des années. Elle ne pouvait imaginer écrire un autre album après *Troglodyte.* C'était son chef-d'œuvre.

« Je sais ce que t'es en train de penser, lui dit Rob. Mais *Troglodyte* n'est pas un chef-d'œuvre. T'aurais dû voir la tête des ingénieurs du son quand on l'a mixé à L.A. Ça tombait complètement à plat. Mais l'album suivant ? Sous le nom de Koffin ? On a Das Jacks qui est en train de nous composer des trucs super accrocheurs, Terry a des idées très novatrices pour les paroles, bref Koffin va prendre possession des ondes. »

Bill leva les yeux. Il avait déjà lu la moitié du contrat. « Va falloir que mon avocat jette un œil à ça, dit-il.

– Poule mouillée, persifla Terry.

– Toutes les questions que tu te poses, je me ferai un plaisir d'y répondre. » Le sourire de Rob étincelait dans la lumière tamisée.

« Je vais quand même le faire revoir par mon avocat », insista Bill.

Terry se leva d'un bond. « Rob le fait relire par des avocats depuis un mois, cria-t-il. J'en ai marre de vos conneries. Signe ce soir, ou tire-toi.

– Je peux pas faire ça !

– Tu sais depuis combien de temps je me tape votre cinéma ? À vous tous ! Elle est où, ma carotte ? Pendant dix ans, ça a été bâton, bâton, bâton. J'en ai ras-le-cul d'attendre !

– Ce contrat dit que tu peux nous virer à n'importe quel moment. Tu possèdes le nom, on est que des employés.

– Je vous offre des sièges à la table. Alors t'avise pas de m'en vouloir parce que je suis intelligent.

– Tu gardes les droits d'édition, dit Bill, citant une autre clause d'une voix glaciale. Tu gardes les droits sur le nom. On touche tous un salaire, au lieu de royalties. Pourquoi j'irais signer ça, putain ?

– Parce que je possède le nom. Parce que j'ai déposé les droits d'édition. Faites pas chier, je vous accorde une part équitable basée sur votre contribution telle que Rob et moi l'avons évaluée.

– Évalué notre contribution ? hurla Scottie, allant se planter nez à nez avec Terry. Et ça s'est passé quand ça, putain ?

– Tâchons de calmer le jeu… », commença Rob.

Scottie Rocket empoigna sa chaise pliante et la jeta sur Rob, qui esquiva juste à temps. Deux des pieds allèrent se planter dans le lambris en sapin au mur et la chaise resta suspendue là.

« Hé », dit Kris.

Elle n'avait encore rien dit, et d'abord personne n'écouta. Puis elle se leva et répéta, plus fort : « Hé, Terry ! »

Il se tourna vers elle. Scottie se tut.

« Qu'est-ce que ça veut dire : "Koffin va prendre le contrôle des ondes" ? Qu'est-ce que tu changes ? En quoi ça diffère de Dürt Würk ?

– On a raté la vague grunge parce qu'on n'était pas prêts. Ça ne se reproduira pas cette fois. Koffin, c'est du nu metal. »

Le bruit le plus fort dans la pièce était celui d'une bougie dont la flamme vacillait dans le courant d'air froid qui s'infiltrait, plaintif, sous une fenêtre.

Le nu metal, c'était du metal light, la mode du moment, qui permettait à des groupes de hardcore d'accéder au succès mainstream, au prix de leur dignité. Des groupes qui autrefois rugissaient se mettaient soudain à rapper. Les lignes de basse jadis meurtrières se teintaient maintenant d'un groove funky presque dansant. Il n'était plus question que de *branding*, de racoler toujours plus de fans et d'attitudes appliquées comme on se met de la laque, le tout visant à attirer des foules d'ados blancs de la fosse aux stands de merchandising pour leur faire acheter des sous-bocks Limp Bizkit à vingt dollars et des bandanas Korn à trente.

« Le nu metal, c'est complètement creux, répliqua Kris. Les fans de nu metal, c'est des gros bébés débiles avec leurs casquettes à l'envers. Toutes les chansons parlent d'un petit garçon qui chiale dans sa chambre parce que sa nana veut pas lui faire un sandwich comme sa maman.

– Est-ce qu'on peut vraiment dire ce qui est bon et ce qui est mauvais ? intervint Rob. Un groupe, c'est un business, et il faut penser en hommes d'affaires. Le nu metal, c'est ça qui se vend.

– Si je voulais faire des affaires, j'aurais pris un boulot, dit Kris.

– Pour une fois dans ta vie, arrête d'être tellement têtue, putain, s'écria Terry. Tu fous tout le monde dedans, là.

– Aux chiottes le nu metal, articula Scottie. Si je joue du metal, je veux pas entendre parler de ces pleurnicheries d'ado attardé. Je veux des putains de dragons, et tout.

– Vous savez où ils sont, Slipknot, en ce moment ? demanda Rob. À Malibu, en train d'enregistrer leur premier album. »

Scottie courut vers sa chaise et tenta de l'arracher du mur pour la balancer de nouveau sur Rob. Tuck le retint.

« J'arrive pas à croire que ce connard ait le culot de nous parler de Slipknot ! cria Scottie, se débattant pour se dégager de l'étreinte de Tuck.

– Sauf que, grâce à ce "connard", on va devenir riches, dit Terry. Et inutile de casser Slipknot, bordel. Leur label leur a accordé une avance d'un demi-million de dollars.

– Ouais, et ils portent des masques de Halloween, dit Kris.

– Parce que c'est leur look, dit Terry.

– Parce qu'ils ont honte de ce qu'ils jouent.

– Ils sont l'avenir du metal. Ils ont un point de vue.

– *Troglodyte*, c'est un point de vue. Tu veux nous transformer en Korn.

– Sois pas snob, répliqua sèchement Terry. *Follow the Leader* est entré directement à la première place des charts. Korn tourne dans tout le pays en foutu jet privé. J'ai pas envie de bouffer des frites et de dormir dans le van jusqu'à la fin de mes jours.

– Aux chiottes le nu metal », répéta Scottie, et il partit en trombe dans la cuisine. Ils l'entendirent donner des coups de pied dans la glacière, puis pousser un grognement ; il la souleva, et un monticule de glaçons s'écrasa sur le sol. Les bouteilles roulèrent sur le lino.

Tuck se laissa tomber lourdement sur le canapé, tel un bouddha triste et silencieux, et se roula une cigarette.

« On a besoin de changer d'approche, dit Terry. Au cas où vous auriez pas remarqué, on va nulle part, et on y va vite. Ça fait dix ans. Dix ans ! Rien que de le dire, ça me fait chier. On a de la chance qu'un mec du calibre de Rob s'intéresse un tant soit peu à nous.

– Je m'estime chanceux d'être en position de vous aider à canaliser votre talent, fit Rob.

– Mais fermez-lui sa putain de gueule, quelqu'un ! beugla Scottie depuis la cuisine.

– Mec, je vais signer ce truc rien que pour avoir la paix », dit Tuck.

Rob leva les deux mains : « Qu'est-ce que vous en dites, tous ? Terry a travaillé dur à tout ça. Je veux dire, vous auriez dû le voir avec ces avocats. Il s'est battu comme un lion pour être sûr que vous soyez tous pris en charge correctement. Il m'a rappelé qu'on a beau avoir une Porsche, une Lamborghini, ou même un de ces Hummer de luxe, c'est quand même l'amitié qui passe en premier. Pourquoi pas soutenir votre ami ?

– Parce qu'il est en train de nous dépouiller ! » hurla Kris.

Poussant Rob au passage, elle se rendit dans la cuisine d'un pas décidé et faillit déraper sur les glaçons. Elle rafla deux bouteilles de champagne et sortit de la maison en claquant la porte. Il était hors de question qu'elle encaisse tranquillement ce traitement ignoble. Elle s'avança dans les bois lugubres, détrempés, en s'envoyant le champagne à grands traits, même si elle savait qu'elle aurait mal au crâne le matin suivant. Où étaient leurs avocats ? Ce n'était pas correct. Quand Terry était-il devenu propriétaire de tout ?

Elle erra des heures durant, de plus en plus soûle et de plus en plus furieuse. Ensuite, ses souvenirs devenaient plus lacunaires, mais elle se rappelait avoir jeté les bouteilles vides contre un tronc d'arbre et avoir été déçue qu'elles ne se cassent pas. Elle se rappelait avoir eu extrêmement froid, même avec son Bones. Elle se rappelait être retournée à la Witch House. Il n'était pas question qu'ils signent ce soir-là. Si le deal était réglo, le montrer à un avocat ne ferait de tort à personne. Son petit frère était avocat spécialisé dans le spectacle, il aurait un contact. Ou bien elle trouverait quelqu'un pour le relire à Allentown. Ou à Philly.

La maison était silencieuse. Il n'y avait personne dans le salon. Les contrats étaient étalés sur la table basse, tous signés, sauf le sien. Elle se rendit dans le vestibule et constata que la porte bleue qui donnait sur le sous-sol était ouverte. Elle descendit.

Tout le monde était là, sauf Rob et Terry. À ce moment-là, il y avait un blanc dans ses souvenirs, peut-être à cause du champagne, toujours est-il qu'elle se rappelait avoir soudain senti l'angoisse palpiter dans ses veines. Elle sut qu'elle devait les sortir de là immédiatement. Tuck était assoupi, ivre, sur un canapé humide, Bill étalé sur un fauteuil poire à moitié rembourré, et Scottie sur un matelas dégonflé contre le mur. Pour des raisons qu'elle ne comprenait pas, Kris les crut morts. Elle se précipita pour les réveiller à coups de gifles. Elle devait les sortir de là.

Elle se rappelait avoir donné des claques sur les joues rebondies de Tuck, avoir secoué l'épaule de Scottie de sa Doc Martens, avoir crié : « Hé, Bill ! » La panique faisait crépiter ses veines. Elle devait les sortir de la Witch House. Elle improvisa en leur criant dessus, frustrée par leur lenteur.

« Terry a pris les contrats ! mentit-elle, se raccrochant à tout ce qui lui passait par la tête. Faut qu'on arrive à l'aéroport avant qu'il se tire avec Rob. »

Ils étaient groggy, ils étaient bourrés, ils étaient défoncés, mais sa peur était communicative. Ils obéirent parce qu'elle faisait du bruit, elle les tirait, elle les poussait, et elle parvint à les faire remonter et sortir de la Witch House.

« Hé, grogna Scottie. La Porsche de Rob est encore là. »

Kris ne releva pas. Elle le prit par le poignet et l'attira dans le van. Il pleuvait fort lorsqu'elle claqua la portière arrière. Quand elle mit la main sur la poignée côté conducteur, la pluie tambourinait bruyamment sur les feuilles au-dessus de leur tête, et elle s'aperçut à quel point elle était soûle ; une petite partie d'elle pensa : « Ce n'est pas une bonne idée. »

Puis elle tira la portière, manquant de se couper le nez. Le reste lui revenait par éclairs, par flashs saccadés, comme si elle avait regardé un concert éclairé par des stroboscopes. Tourner la clé de contact, noyer le moteur avec le groupe qui se plaignait dans le froid et la pénombre. Le van démarrant par à-coups sur le chemin, les roues arrière zigzaguant dans la boue, les cahots dans les bois, sa terreur à l'idée de se prendre un arbre avant qu'elle pense à allumer ses phares, agrippée au volant, les doigts froids et douloureux. Quel soulagement d'atteindre enfin le bitume, d'appuyer sur l'accélérateur, et Tuck, à côté d'elle, tout défoncé, qui s'était exclamé : « Holà ! », et elle avait tourné la tête pour le voir se retenir au tableau de bord. Puis elle avait regardé de nouveau devant elle et, à travers le pare-brise, elle avait vu les phares de ce camion UPS.

Appelant : … les océans ont dépassé le point de non-retour, il n'y a plus d'eau dans trente pour cent des pays habités, les services de cartographie génétique ont codé cinquante et un pour cent de l'ADN de notre population, la FEMA vient d'acquérir trente mille housses mortuaires, la CIA vient d'ajouter sept milliards de dollars à son budget d'opérations secrètes, nous avons des massacres sous fausse bannière toutes les semaines depuis des mois. Nous sommes au point critique. Quelque chose se prépare.

Ruth Moore : Qu'est-ce qui se prépare, monsieur ? Monsieur ? Vous êtes toujours en ligne ?

– 103.0 AM, « Agence cervotronique », 13 mai 2019

11

Compte à rebours avant l'extinction[1]

Kris se réveilla en sursaut, la tête appuyée contre la vitre de la Chevy Equinox blanche de Tuck. Il faisait nuit.

« Cauchemar ? » lui demanda Tuck, au volant.

Kris fit oui de la tête.

« Bien. »

Kris regarda défiler les affiches de Koffin. Il y en avait une après chaque sortie, car aucun conducteur ne devait échapper aux sollicitations commerciales du Blind King. C'était épuisant de voir encore et encore le visage de Terry proclamant que les concerts étaient complets, que des packages de diffusion en VOD allaient être mis en vente, qu'Atlantis les projetterait en direct dans plusieurs salles de cinéma triées sur le volet. Autour d'eux circulait un flot ininterrompu de voitures et de pick-up avec la lettre *K* en décalcomanie sur la lunette arrière.

Un drone apparut brusquement, soixante mètres au-dessus de la nationale. Kris le fixa des yeux jusqu'à ce que ses lumières se changent en petits points puis disparaissent dans l'obscurité.

« Un drone radar », commenta Tuck.

Terry disposait de tant de moyens de les suivre. GPS, Waze, Google Maps, hélicoptères, péages, dashcams. Ça n'avait plus d'importance. Terry savait peut-être où ils se rendaient, mais c'était trop tard pour les arrêter. Oui, l'idée de voir Bill la stressait, mais avant 7 heures du matin, les membres survivants de Dürt Würk seraient réunis.

1. *Countdown to Extinction*, album de Megadeth, 1992.

La Virginie-Occidentale était une maison hantée. Les supermarchés étaient plongés dans le noir, les *diners* déserts les fixaient à travers leurs fenêtres vides, les fermes s'écroulaient en bord de route telles des dents pourries. Les panneaux d'affichage étaient squattés par des annonces de numéros verts pour l'addiction aux opiacés, de services de regroupement de dettes, et d'agences de *leasing* de voitures réservées aux titulaires d'une allocation mensuelle des services sociaux. Les véhicules se changeaient en tas de ferraille, les hommes portaient des treillis camouflage, et la route se mit à faire des lacets à travers les collines.

Enfin, Kris n'y tint plus : « À ton avis, il va dire quoi, Bill, en me voyant ? » demanda-t-elle.

Tuck se renfonça dans son siège et parla avec diplomatie : « Je suis sûr qu'avec le temps Bill a accepté ce qui s'est passé la nuit du contrat. Comme nous tous.

– Si c'est vraiment arrivé, déjà. D'après ce qu'a dit Scottie, on ne peut pas se fier à nos souvenirs.

– Scottie est aussi devenu fou et a massacré sa famille. » Kris dut se mordre l'intérieur de la joue pour s'empêcher de provoquer une dispute. « Si tu doutes que la nuit du contrat ait vraiment eu lieu, je vais te montrer mes cicatrices. »

Kris regarda par la vitre pendant qu'il parlait, car le SUV lui semblait soudain étriqué et étouffant. « Je faisais des puzzles avec ma mère, de temps en temps, dit-elle. J'aurais jamais cru que je finirais par passer mes vendredis soir comme ça, mais elle aimait ça. Tu en fais, des fois ?

– Je vois ce que c'est qu'un puzzle.

– Il y a toujours un moment où on sait que telle pièce va dans telle case. C'est la seule qui puisse convenir, sauf qu'elle ne se loge pas. Alors tu la retournes, tu la tords, tu essaies de la faire entrer de force, et tu te dis : ah, peut-être qu'elle a été mal découpée à l'usine, peut-être qu'elle a un défaut. Et tu te penches sur d'autres parties du puzzle, mais tu ne peux pas cesser d'être obsédé par cette pièce qui ne s'emboîte pas. C'est ça, la nuit du contrat. Je n'arrive pas à la faire rentrer dans le tableau.

– On était dans un groupe, Kris. On n'était pas les potes dans *Le Plein de super*. On fumait de l'herbe, on buvait du vin, on faisait des concerts. Puis ça s'est terminé, mal. Mais on a tous tourné la page. Tous sauf toi.

– Si Terry a tourné la page, pourquoi est-ce que Scottie est mort ?

– Dürt Würk, pour Terry, c'est du passé, soupira Tuck en se penchant sur le volant. Et maintenant, il est plus riche que Jésus. Qu'est-ce que ça peut lui foutre, ce qu'on fabrique ? On a revendu nos parts et on est partis chacun de notre côté. Point final.

– *Troglodyte* nous aurait lancés. Tout ce qu'on avait à faire, c'était de s'accrocher. On était tellement près du but. Pourquoi nous a-t-il arrêtés ?

– Ah ouais, t'as lu ça dans les cartes, ou quoi ? C'était prévu pour quand, notre percée ? Attends encore un jour, puis un autre, et un autre, et tout d'un coup, t'arrives à cinquante ans, et qu'est-ce que t'as foutu de ta vie ? Rien. »

Kris changea de sujet.

« Qu'est-ce qui s'est passé quand je suis partie faire un tour ? La nuit du contrat ?

– Je ne suis pas certain que cette discussion soit très productive.

– Sincèrement, tu t'en fous ? Tu peux me dire franchement qu'il n'y a rien dans cette soirée qui te semble inachevé ? Rien qui te gêne ? »

Ils roulèrent en silence pendant un moment. Kris sentait que Tuck était en train de réfléchir, donc elle ne dit rien. Elle ne remua même pas. Au bout de trois kilomètres environ, il s'agita dans son siège et dit : « On a fait ce que ferait n'importe quel groupe qui vient de signer un gros contrat. On a fait la fête. » Il se lécha les lèvres. « T'as loupé quelque chose, y avait de l'excellent champagne. Après, je sais plus, tout à coup on était au sous-sol et tu nous collais des baffes en nous disant qu'il fallait qu'on foute le camp. »

Kris regarda une autre affiche de Koffin devant Star City et se rappela les quatre-vingt-dix secondes les plus intenses de son existence. Les phares aveuglants d'UPS. Le choc métallique, creux. Une violence faite à son corps qu'elle n'avait jamais éprouvée avant ni depuis. Elle se rappelait chaque tonneau qu'avait fait le van en quittant la route : deux tonneaux et demi avant qu'ils ne heurtent l'arbre, son estomac qui tombait plus bas que son ventre, le vomi qui lui jaillissait par les narines. Le sommet de son crâne qui cognait contre le plafond encore et encore. Les bruits de viande mouillée, les corps des autres qui rebondissaient contre les parois. La camionnette qui avait fini sur le toit, et les éclats du pare-brise pulvérisé dans ses yeux, puis cet instant de silence parfait avant que Bill se mette à hurler dans le noir, un hurlement suraigu, régulier, d'animal à l'agonie.

« Je ne sais toujours pas pourquoi vous êtes venus avec moi, tous », dit-elle.

Leurs voix étaient plus basses à présent, plus franches et plus directes. Ils ne tentaient plus de s'impressionner mutuellement.

« On se sentait tous un peu coupables d'avoir signé sans toi. Tout le monde respectait ton talent, à l'époque, même Terry. C'est vrai, tu étais à l'origine de toutes les chansons de *Troglodyte*. Alors, quand tu nous as réveillés en gueulant : "Prenez vos affaires, on se casse !", je sais pas, personne a eu le courage de discuter. C'est bien dommage. »

Distraitement, il écarta la ceinture de sécurité de sa poitrine et joua avec. Dans le silence, Kris énonça ce qui lui trottait dans la tête depuis qu'elle s'était réveillée : « Il était quelle heure, d'après toi ? »

Tuck roula sa lèvre inférieure entre son pouce et son index. « Aucune idée, dit-il. Tu es partie dans les bois vers 7 heures du soir ? 8 heures ? On a fait la fête jusqu'à minuit, puis on s'est effondrés. Tu es revenue, tu nous as réveillés, on a pris la route.

– J'ai retrouvé une copie du procès-verbal de l'accident, dit Kris. Dans les papiers de l'assurance. Apparemment, l'ambulance a été envoyée à 4 h 14 du matin.

– Ça paraît coller. »

Kris prit une profonde inspiration, faisant bien attention à ne pas le regarder. « Admettons que j'aie vraiment marché dans les bois avec deux bouteilles de champagne pendant quatre heures. Admettons que je vous ai réveillés à minuit, ou même à 1 heure. Il nous a fallu trois heures pour faire quatre cents mètres ?

– C'est l'heure à laquelle ils ont envoyé l'ambulance. On est peut-être restés coincés un long moment.

– Le chauffeur de chez UPS a appelé les secours par radio. Immédiatement.

– Et tu veux en venir où ?

– Les pièces ne s'assemblent pas. Je marche dans les bois pendant cinq heures ? Puis on roule pendant quatre heures, mais on arrive juste à la route goudronnée ? Je quitte la maison à 7 heures du soir, et je reviens à minuit, pourquoi la camionnette dans laquelle on est rentrés n'appelle les secours qu'à 4 heures du matin ?

– On était bourrés, on était défoncés. T'as oublié ça ?

– Pas si bourrés que ça. Pas si défoncés que ça. Il y a un laps de temps qui manque, là, Tuck. T'as pas lu le mot de Scottie ?

– Je préférerais l'avoir pas lu.

– Qu'est-ce qui nous est arrivé cette nuit-là ? demanda Kris, parlant plus vite. Qu'est-ce qui s'est passé pendant ces quatre ou cinq heures ? Terry nous a fait quelque chose. Il a fait quelque chose à nos souvenirs. »

Il commençait à faire jour. En sens inverse, davantage de voitures arrivaient.

« T'as l'intention de déblatérer tes foutus délires complotistes à Bill ? Après ce que tu lui as fait ? Je t'en supplie, Kris, garde pour toi tes théories sur notre enlèvement par des ovnis pour l'instant, laisse-lui le temps de digérer ce qui est arrivé à Scott.

– Scottie n'a pas tué sa famille. » Kris se pencha en avant. Sa ceinture de sécurité lui cisaillait la poitrine. « Et il nous manque des heures de nos vies. T'as pas envie de savoir ce qui s'est passé ?

– On était des jeunes cons, défoncés, qui n'auraient jamais dû conduire un véhicule motorisé, répliqua Tuck. Voilà ce qui s'est passé. » Il s'écarta d'elle, appuyant son épaule contre sa vitre en secouant la tête. « Je savais que t'étais cinglée, mais ça c'est vraiment le pompon. »

Vers Huntington, Kris prit le volant pour laisser dormir Tuck, et ils arrivèrent dans le Kentucky ; le soleil levant se montra au-dessus des collines. Ils se perdirent. Tellement de routes barrées, d'arbres abattus, tous leurs vieux repères étaient effacés. Ils firent des demi-tours, prirent des sorties qu'il ne fallait pas, se garèrent deux fois pour consulter le téléphone de Tuck.

Enfin, après un virage, ils aperçurent un bosquet de pins familier sur la crête d'une colline. Kris quitta la deux-voies pour s'engager sur un chemin de terre. Ils retrouvèrent les nids-de-poule et les bons vieux virages, puis elle relâcha le frein et ils stoppèrent devant un énorme portail en bois blanc flanqué de deux piliers de pierre.

« Qu'est-ce qui se passe, maintenant ? » demanda-t-elle. Son estomac se retournait de nouveau dans son ventre.

Le portail automatique s'ouvrit en douceur, sans bruit, vers l'intérieur, révélant une route de graviers blancs étincelants qui zigzaguait entre les arbres.

« Je sais pas si je suis prête pour ça », dit Kris, bafouillant comme un singe paniqué.

Le SUV de Tuck remonta la voie en faisant crisser les graviers. La forêt sombre et détrempée des souvenirs de Kris avait subi un lifting. La végétation jadis sauvage et humide était désormais soignée et rustique. On apercevait des jardins de méditation en retrait parmi les arbres, et des panneaux « PASSAGES DE CHEVAUX » en bois sculpté le long de la route. Enfin, la voie de graviers blancs se termina en un cercle parfait qui se dessinait autour d'une sculpture abstraite en forme de V, constituée de deux troncs d'arbres découpés, frappés par la foudre. Kris s'engagea dans le cercle, stoppa et serra le frein à main ; là, devant eux, se dressait la Witch House.

Elle était claire et vernie, le bois luisant et huilé. Elle n'avait plus rien d'affaissé, mais se tenait bien droite, sa cheminée en parpaings fendillée remplacée par une cheminée anglaise rustique de conte de fées, en briques. Là où il y avait autrefois des murs de bois vermoulu, l'espace était désormais scindé à l'aide de cubes et de rectangles de verre placés à des angles spectaculaires, de façon à ménager vérandas, Velux et solariums. Une rampe en bois descendait du porche, s'avançait dans l'herbe et se terminait par un ponton surélevé à côté d'eux.

Au bout du ponton, dans son fauteuil roulant, Bill les attendait.

Russ Starlin : … et je dis, Jérémie, 13, 17, « le troupeau de l'Éternel sera emmené captif ». Ils détruisent votre individualité, ils détruisent votre libre arbitre, ils détruisent votre personnalité et la remplacent par une des leurs. J'ai JD ici en ligne.

Appelant : Russ, j'aimerais que vous réfléchissiez à la chose suivante. Ils disent qu'il faut être « en bonne santé », ils disent qu'il faut être « sobre », puis ils vous collent dans des programmes qui sont des camps de lavage de cerveau clandestins. Les Alcooliques anonymes, les Narcotiques anonymes. Les seuls anonymes, ce sont les élites mondialistes qui utilisent ces camps pour fabriquer des assassins manipulés par MKUltra.

– WWCR, radio à ondes courtes, « Russ Starlin vous déchaîne »,
13 mai 2019

12

En rade[1]

Kris descendit de voiture et croisa le regard de Bill pour la première fois depuis plus de vingt ans. Des rides profondes s'étaient creusées de ses narines jusqu'aux coins de sa bouche. Ses yeux bleus étaient maintenant délavés comme de l'aquarelle. Ses cheveux blonds semblaient plus rêches et gagnés par le gris. Son visage n'exprimait rien.

En deux gestes sobres, Bill fit rouler son fauteuil jusqu'au bord du ponton. Ils se retrouvèrent face à face.

« Bill... », commença Kris.

Bill se pencha en avant, les yeux plantés dans les siens, et elle se rappela ce hurlement interminable, ininterrompu dans le noir, dont on aurait dit qu'il ne cesserait jamais.

« Je suis désolée, Bill, dit-elle d'une traite sans reprendre son souffle. J'aurais dû venir plus tôt, j'aurais pas dû conduire. J'aurais dû... »

Il lui prit le menton dans la main.

« Blondie, dit-il, tu vas rester ici jusqu'à tes dix-huit ans, alors faut que tu t'y fasses. »

Entendre une citation de « Dead End Justice » fit fondre en elle une chose dont Kris ne savait pas qu'elle était congelée. Dans un battement d'ailes noires, une bête énorme s'échappa de la cage dans sa poitrine et s'envola. Scottie Rocket était mort, mais au moins ils étaient réunis, tous ensemble, eux, les trois survivants. Pour la première fois en six ans, Kris eut le sentiment que tout

1. *High 'n' Dry*, album de Def Leppard, 1981.

pourrait s'arranger. Elle se jeta en avant, passa les bras autour des épaules de Bill et ils se serrèrent l'un contre l'autre ; Kris pleurait.

Au bout d'une minute, Bill se recula, et Kris en profita pour s'essuyer les yeux et le nez sur sa manche. Bill écarta la main charnue de Tuck et l'embrassa aussi.

« Vous avez fait bonne route ? » demanda-t-il. Puis il rit de lui-même. « Enfin on s'en fout, hein ? Qu'est-ce que vous pensez de ce taudis ? J'ai fait quelques aménagements. »

Bill fit un geste de la main et une jeune fille blanche aux traits fins, avec des dreads épaisses, apparut, suivie de deux assistantes à l'air agressivement sain, en blouse et pantalon en lin blanc. L'une d'elles s'approcha de Kris, et l'autre de Tuck. Elles leur offrirent des petites serviettes chaudes. Kris perçut une faible odeur de citronnelle en s'essuyant les mains.

« Quand est-ce que t'es devenu si riche ? demanda-t-elle.

– Ça, dit Bill, c'est le Puits dans les Bois, une communauté de bien-être où nous brisons les chaînes et reconstruisons des vies. » Devant le regard vide de Kris, il ajouta : « Un centre de désintox pour riches junkies.

– Il y en a beaucoup ?

– La réserve est inépuisable. Et ils sont vraiment riches. »

Une autre employée arriva avec deux tasses en argent martelé sur un plateau en ardoise.

« Goûtez ça », dit Bill.

La tasse irradiait des vagues de froid qui ankylosaient les doigts de Kris. L'eau tremblait tel du mercure et diffusait un parfum de nuit, avec un accent minéral. Elle descendit en cascade dans sa gorge : c'était l'eau la plus pure qu'elle ait jamais bue, limpide et glacée, comme un plongeon dans un étang montagnard. Tout son corps reprit vie.

« Qu'est-ce que c'est ? demanda-t-elle à voix basse, impressionnée.

– J'ai vu des alcooliques qui picolaient depuis trente ans et n'avaient pas adressé une parole sobre, aimante à un autre être humain de toute leur vie d'adulte boire cette eau, tomber à genoux et fondre en larmes, dit Bill tandis que la femme remportait sa tasse.

– Oh, merde, dit Kris. Le puits ?

– On est connus pour ça. » Bill rayonnait. « Pas celui du sous-sol. Il est à sec depuis longtemps. Mais on a trouvé la source, derrière la maison, et c'est elle qu'on exploite. Le gouvernement a insisté pour faire des analyses, et on n'a pas trouvé la moindre bactérie, ni sodium, ni fer, ni nitrates, ni sulfates. C'est l'eau minérale la plus pure de l'État. »

Kris se rappelait le puits dans la cave. Un soir, tandis qu'elle cherchait un coin pour écrire, elle avait écarté le couvercle en contreplaqué et ne l'avait pas replacé. Le puits était si profond qu'on ne voyait pas le fond avec une lampe torche, mais on l'entendait, un océan rugissant, obscur, enfoui sous terre. Pendant qu'elle écrivait *Troglodyte,* Kris était restée assise près de cet ancien puits pendant des heures, écoutant le grondement de la mer secrète tandis que l'histoire de Troglodyte, du Blind King et de Black Iron Mountain se matérialisait sur les pages de son journal. Il lui arrivait encore d'entendre cette eau dans ses rêves.

« Je m'apprêtais à me rendre au sauna, déclara Bill. Je vais vous montrer où vous pouvez vous changer, et ensuite retrouvez-moi derrière, on pourra transpirer un peu et éliminer des toxines pendant que vous m'expliquez ce que c'est que ce bordel.

– Qu'est-ce que tu veux dire ? demanda Tuck.

– Tu déconnes ? La tournée de Terry ? La mort de Scott ? Kris qui se pointe chez toi ? Après vingt ans, tout ça en même temps ? Je ne crois pas au hasard. L'univers a toujours un plan. À nous de percevoir lequel. »

Puis il fit pivoter son fauteuil et roula jusqu'aux portes vitrées qui donnaient sur la Witch House. La jeune femme avec des dreads leur ouvrit et s'écarta d'un pas.

« Merci, Miranda », dit Bill, et ils le suivirent.

L'ancienne cuisine était à présent une zone d'accueil qui ressemblait à l'intérieur d'un sauna suédois. L'odeur de moisi de la vieille moquette avait été remplacée par du bois de santal et de l'encens. De la lumière ruisselait par un énorme Velux et de la musique New Age tintait doucement dans des haut-parleurs invisibles.

« Comment tu savais qu'on arrivait maintenant ? demanda Kris, derrière lui.

– Je vous ai vus quitter la nationale. Puis je vous ai vus de plus près quand vous avez fait halte au portail. Ne vous laissez pas berner par le côté royaume enchanté – j'ai des caméras partout. La troisième fois qu'un junkie se fait livrer un paquet de cocaïne par son assistant via un drone, tu apprends qu'il te faut savoir tout ce qui se passe sur chaque centimètre carré de ton terrain. »

Tandis qu'ils longeaient le couloir du fond, Kris s'arrêta, et Tuck également. Quelque chose clochait, et Kris se rendit compte qu'ils se trouvaient devant l'ancien emplacement de la porte bleue, la seule qui fermait à clé, celle qui menait au sous-sol où ils stockaient leur matos et répétaient. Le sous-sol où ils avaient enregistré *Troglodyte*. Sauf que le mur était vierge.

Kris passa les mains sur la surface, mais il n'y avait ni creux ni bosse pour indiquer l'endroit précis où se trouvait autrefois la porte bleue. Bill revint vers elle.

« Je sais, dit-il. Ça fait bizarre, hein ? Mais le sous-sol n'arrêtait pas d'être inondé, alors nous l'avons comblé il y a des années. Puis on a muré le tout.

– C'est un peu une métaphore, observa Tuck.

– Quoi ? demanda Bill. Ah oui, j'ai compris. Ce qui était autrefois une porte est désormais un mur. Comme si on ne pouvait plus rentrer à la maison. Je crois qu'on sait tous ça, désormais.

– Tous sauf Kris, à mon avis », dit Tuck, et ils se remirent en route.

Miranda conduisit Kris dans une petite salle bordée de casiers sans cadenas, avec trois lavabos creusés dans un même bloc de granit. Elle retira ses vêtements pour s'envelopper dans un paréo en lin brut, prit une serviette, remonta une petite rampe, passa une porte en bois brut et entra dans un royaume féerique.

La terrasse surplombait le terrain. Des chemins de rondins s'enfonçaient dans la forêt, contournant les arbres, s'enroulant autour de leurs troncs. Aussi lumineuses qu'une poignée de bijoux dispersés, des dépendances constellaient les bois, de la taille d'une grande cabine téléphonique pour les plus petites, jusqu'à une énorme cabane en verre à demi enterrée. Tout était éclairé comme un plateau de théâtre, spots enfouis et lanternes cachées guidant l'œil d'un détail architectural magnifiquement équilibré à un autre. Kris n'avait pas l'impression que des bulldozers et des hommes en casque de chantier avaient travaillé là – on aurait plutôt dit l'œuvre d'elfes et de fées.

« Sacré métamorphose, hein ? dit Bill en faisant rouler son fauteuil jusqu'à elle.

– J'arrive pas à croire qu'on est au même endroit », répondit Kris.

La terrasse vibra et s'enfonça lorsque Tuck sortit, enveloppé d'un grand tissu blanc.

« Pas de commentaire », lança-t-il.

Le soleil teinta la cime des arbres de vert émeraude tandis que la lumière du matin se faisait dorée alentour. D'une minute à l'autre, Kris s'attendait à ce que retentisse la musique du *Seigneur des anneaux* et à voir débouler des bois des elfes qui se mettraient à danser dans l'herbe.

« Allons suer un bon coup », dit Bill, tandis qu'un employé ouvrait la porte d'un dôme en adobe.

Bill se hissa hors de son fauteuil et un employé l'aida à entrer. Kris et Tuck le suivirent en baissant la tête. Un éclairage encastré jetait une lueur dorée sur une salle d'aspect confortable, pas étouffant. Ils s'assirent sur des gradins de bancs en bois magnifiquement sculptés, reliés par des queues d'aronde et des crochets en bois – pas un clou métallique en vue.

Un autre employé entra, portant un seau de pierres chaudes qu'il empila sur un brasero en bronze fatigué au centre de la pièce. Tuck, si énorme qu'il avait du mal à se mettre à l'aise, s'assit près de la porte. Bill s'installa de l'autre côté du brasero, en face de Kris. La chaleur chatouillait les poils de son nez. Elle savait que si elle inspirait profondément, elle allait se brûler les poumons.

L'agitation cessa et les employés se retirèrent, refermant la porte derrière eux, les laissant tous trois seuls dans le demi-jour. Les sons étaient doux et étouffés dans le sauna. Les pores de Kris s'ouvrirent et vomirent de la sueur le long de sa cage thoracique, de ses clavicules, de l'arrière de ses genoux. Même ses coudes étaient trempés.

« Hé, les amis ? Me tenez pas en haleine. Qu'est-ce qui se passe, alors ? »

Les pierres crépitèrent et se stabilisèrent de nouveau ; la pièce devenait encore plus chaude.

« C'est à Kris de gérer, là, dit Tuck.

– J'étais chez Scottie quand il est mort », commença-t-elle.

Elle expliqua Scottie Rocket, le revolver, son suicide, puis, après une hésitation, elle raconta le mot, les livreurs d'UPS, les micros dans les appareils, et Terry. Bill l'écouta, puis poussa un profond soupir, étala une serviette derrière lui et s'allongea.

« Je vais méditer là-dessus. Je vous recommande d'en faire autant. Ensuite, on prendra une douche, puis on rompra le pain et on discutera de nos options. »

Il ferma les yeux et le silence se fit dans la pièce. Kris tenta d'accrocher le regard de Tuck, mais il avait les yeux fermés, et son torse luisant montait et descendait régulièrement. Elle posa les yeux sur le tas de pierres dans la coupelle au milieu de la pièce.

Son long cauchemar avait commencé après l'accident. Le lendemain matin, Terry n'était pas venu à l'hôpital. Au lieu de leur rendre visite, il avait envoyé Rob Anthony, flanqué de deux jeunes avocats avec un épais contrat. Ils avaient trouvé Kris dans la salle d'attente, où elle attendait de savoir si ses amis allaient vivre ou mourir. Elle leur avait dit non, qu'elle ne voulait pas faire ça maintenant, mais ils avaient insisté pour passer en revue les termes du marché.

Le contrat transférait la propriété de Dürt Würk à Terry et interdisait à Kris de jouer des morceaux de Dürt Würk, et même de jouer de la musique dans le style de Dürt Würk. En échange, elle touchait cinq cent mille dollars.

Pour la première fois de sa vie, Kris était entrée dans une telle colère qu'elle ne se rappelait plus ce qui s'était passé. Tout ce dont elle se souvenait, c'était d'avoir déchiré le contrat en hurlant sur les avocats, et de les avoir vus décamper à toute vitesse dans l'ascenseur et appuyer frénétiquement sur « FERMETURE PORTE ». Elle se rappelait le bien que ça lui avait fait que quelqu'un ait peur d'elle, pour une fois.

Ce sentiment avait duré jusqu'au moment où elle était rentrée chez elle et avait appelé la mère de Bill. C'est le frère de celui-ci qui lui avait répondu et annoncé que Bill ne marcherait plus jamais. Il avait dit à Kris qu'ils allaient porter plainte. Après quoi, il avait raccroché sans lui laisser placer un mot.

Deux jours plus tard, elle était au tribunal pour conduite en état d'ivresse aggravée. Lorsqu'elle était rentrée, il y avait un message du père de Scott sur son répondeur. Elle savait que Scottie ne lui avait pas adressé la parole depuis des années, il n'empêche qu'il voulait porter plainte contre Kris, lui aussi. Elle avait repêché la carte de Rob dans sa poche et l'avait appelé. Il était arrivé à sa porte avec un panier de fruits dans les bras et n'avait pas fait la moindre allusion à la scène de l'hôpital. C'était inutile. Il avait gagné. Elle avait signé le contrat sur sa table basse, puis passé le reste de sa vie dans son ombre.

L'intégralité de son indemnité était revenue au père de Scottie, à la mère de Tuck et au frère de Bill. Le temps qu'elle s'aperçoive qu'elle devait cent trente mille dollars de la somme aux impôts, il ne restait quasiment plus un cent. Elle avait demandé un échéancier à l'IRS et s'était remise au travail.

Elle avait monté un nouveau groupe. Ils joueraient dans les bars, les mariages, n'importe quoi pour faire rentrer du fric. Mais au bout de cinq concerts, Terry l'avait traînée devant les tribunaux, et elle avait découvert que n'avoir pas le droit de jouer de la musique du même style que Dürt Würk signifiait qu'elle n'avait pas le droit de jouer de musique du tout. Elle avait trouvé un avocat pour attaquer Terry. Puis un autre. Et encore un autre. Plus Terry devenait riche, plus les avocats étaient prêts à lui donner des consultations juridiques. Les premiers ne la facturèrent même pas.

Ils disaient tous la même chose : pourquoi se battre ? Terry allait gagner. Les termes du contrat étaient nébuleux et ouverts à l'interprétation, la moindre clause truffée de pièges juridiques qui risquaient de lui exploser au visage. Pourquoi n'avait-elle pas fait réviser le contrat par un avocat avant de signer ? Ils l'avertissaient qu'ils ne pourraient pas accepter son dossier sur honoraires conditionnels. Les frais allaient engloutir ses économies, sa maison, sa vie. Elle commença à avoir l'impression que tous les avocats du monde travaillaient pour Terry.

Alors Kris ne se battit pas. Elle plia. Elle rentra chez elle, enferma sa guitare dans un placard, prit un job au Best Western et fit de son mieux pour s'adapter, vivre le reste de sa vie sans faire de vagues.

Dans le silence du sauna, Bill dit : « Qu'est-ce que vous vous rappelez de la nuit du contrat, vous autres ? »

D'abord étourdie par la chaleur, Kris ne fut pas certaine d'avoir bien entendu : « Quoi ? » demanda-t-elle.

Tuck avait ouvert les yeux et observait sa réaction.

« J'ai construit cet endroit pour aider les gens à se trouver, dit Bill, toujours allongé sur le dos. Mais faut avouer que cette région du Kentucky n'est pas franchement une destination touristique. Je crois que j'ai fondé le Puits dans les Bois ici parce que c'est ici que j'ai perdu une partie de moi-même. »

Kris garda les yeux sur Tuck en prenant la parole.

« Comment ça, Bill ? demanda-t-elle, la voix calme et posée.

– Eh bien, je me rappelle la plus grande partie de la soirée très clairement, pour des raisons évidentes, mais le timing ne colle pas. Disons que tu nous as plantés vers 6 heures du soir. On a tous ingurgité diverses substances, on a piqué du nez, puis tu es revenue nous réveiller vers minuit. Quand j'étais dans l'ambulance, un des aides-soignants a demandé l'heure, parce qu'il devait envoyer un code. Je me rappellerai toujours la réponse de l'autre : 4 h 56. Où sont passées ces cinq heures ? »

La silhouette de Tuck scintillait dans la chaleur. Les murs parurent soudain très lointains. Kris garda les yeux sur lui jusqu'à ce qu'il redevienne distinct, puis se tourna vers Bill. De la sueur dégoulinait à travers ses sourcils.

« Oui, dit-elle, plus fort qu'elle n'en avait l'intention. Exactement. Qu'est-ce qu'elles sont devenues, ces foutues cinq heures ? »

Bill leva la tête et la regarda, les yeux mi-clos. « On dirait que tu as une théorie.

– Non, dit Kris, et elle voulait s'éclaircir les idées, mais il faisait vraiment chaud dans le sauna. En revanche, je sais que... »

La porte s'ouvrit et Miranda entra. Kris se mura dans le silence. Miranda portait un panier en bambou tressé avec des serviettes roulées, fraîches. Elle ferma la porte derrière elle et des gouttes de transpiration perlèrent immédiatement sur sa peau.

« Tu peux parler devant Miranda, dit Bill. Elle a mon entière confiance. »

Il enroula une serviette fraîche autour de son front. Miranda en passa une à Tuck, qui s'essuya le visage, puis le torse.

« Terry nous a fait quelque chose, dit Kris. Il nous a joué un tour, et je ne sais pas lequel, mais c'est lui.

– Et c'est reparti avec le conspirationnisme », grogna Tuck.

Miranda donna une serviette à Kris. Elle avait les bras et les jambes en coton à cause de la chaleur.

« Mais ça n'a pas de sens, dit Bill.

– Parce que c'est Terry depuis le début. Scottie m'a dit avant de mourir : "Il y a un trou au centre de l'univers, et dans ce trou, il y a Black Iron Mountain." Et si c'était vrai ? Ou la métaphore d'une espèce de conspiration ? Quelque chose ne tourne pas rond dans nos vies depuis le jour où on a signé ces contrats. Comme s'il manquait quelque chose. Et maintenant ça ? Avec Scottie ? Il n'a pas tué sa famille. C'est Terry. Je le sais. »

Bill fit basculer ses jambes du banc avec ses mains et se redressa. Kris tenta de se lever, mais le sauna fit un demi-tour paresseux devant ses yeux et elle tomba violemment en arrière, assez fort pour se froisser le coccyx. Elle essuya la transpiration de son visage avec la serviette. En baissant les yeux, elle remarqua une étiquette cousue le long de la doublure. Un logo.

« T'as raison, Kris, dit Bill. Il te manque quelque chose. On s'est tous beaucoup inquiétés. »

Kris déplia la serviette de ses doigts gonflés, maladroits, et vit un éclair orange et noir. Le logo du Puits dans les Bois. Un papillon, exactement comme le tatouage sur la jambe de Scottie Rockett.

« Tuck... », commença Kris. Elle avait déjà perdu la sensibilité de ses lèvres.

« Je suis désolé, Kris, dit Tuck dans le lointain. Mais tu dois laisser tomber le passé.

– Tu nous remercieras plus tard », dit Bill.

Miranda allongea doucement Kris sur le banc, et celle-ci eut honte de la faiblesse qui l'empêchait de résister. Elle tenta de repousser Miranda, mais ses bras ne lui obéissaient plus. Miranda se pencha sur elle et remplit son champ de vision de ses yeux vides, plastiques. Kris sut alors que Scottie Rocket avait raison, mais il était trop tard. La pièce s'éloignait tellement vite, et son corps était tellement lourd, comme si elle était sous une montagne. Puis tout devint noir.

Voix féminine : J'étais perdue, j'errais dans la vie. Tout était une bataille. Je me disputais avec mes parents et avec mon copain. J'ai perdu mon boulot. Je pensais tous les jours au suicide.

Voix masculine : Mais quand Rachel Small est arrivée au Puits dans les Bois, nous étions prêts.

Voix féminine : Le personnel attentif m'a aidée à affronter les problèmes qui m'empêchaient d'avancer. Ils m'ont appris à cesser de lutter et à accepter le monde tel qu'il est.

Voix masculine : Le temps que Rachel termine son programme de quatre-vingt-dix jours, la jeune femme calme et heureuse ne ressemblait en rien à la personne en colère, furieuse qui était arrivée.

Voix féminine : À présent, quand je me sens dépassée par les événements, je m'arrête, j'écoute et je me rappelle ce que j'ai appris au Puits dans les Bois.

– Publicité radiophonique pour le Puits dans les Bois, 17 mai 2019

13
Théâtre de douleur[1]

Kris se réveilla dans une pièce blanche. Les murs étaient blancs, le plafond était blanc. Un large drap de caoutchouc maintenait son corps et ses bras aplatis contre le matelas et elle ne pouvait pas se lever. Elle se trémoussa pour se donner du champ.

« Qu'est-ce qui s'est passé la nuit du contrat, d'après toi ? » demanda Bill.

Sa voix venait de derrière elle, comme celle d'un méchant dans un *James Bond*, et elle avait beau se tortiller dans tous les sens, il n'y avait pas moyen de le voir.

« Je me suis évanouie ? » demanda-elle. Elle avait l'impression d'avoir de la boue dans les veines.

« La chaleur t'a étourdie », dit Bill, qui avança son fauteuil à sa droite, entrant dans son champ de vision. Il lui sourit, le visage franc et honnête. « Comment tu te sens ?

– Je voudrais m'asseoir », dit Kris.

Bill continuait de sourire, donc elle tenta de s'asseoir toute seule. Elle remua sous le drap de caoutchouc pendant une minute, agitant ses jambes de droite à gauche, mais elle n'avait aucune prise. Elle commença à paniquer.

« Tout va bien, Kris. C'est la procédure quand quelqu'un s'évanouit dans le sauna. Il s'agit de te maintenir immobile le temps que ta circulation retrouve son équilibre.

– Je suis claustrophobe, protesta Kris, la voix tendue.

1. *Theatre of Pain*, album de Mötley Crüe, 1985.

– Respire profondément, dit Bill. Inspire par le nez, expire par la bouche. On était en train de parler de la nuit du contrat. »

Pour se soustraire à la panique qui montait en elle, Kris se concentra sur ses souvenirs. Elle se rappelait avoir poussé la porte bleue qui menait au sous-sol la nuit du contrat. Elle se rappelait avoir descendu les marches et trouvé tout le monde étalé sur le canapé, le fauteuil poire vert à moitié rembourré, le matelas gonflable à carreaux presque dégonflé, leur matos contre les murs, les câbles qui pendaient des cartons à lait bleus. Puis elle se revoyait dans le van, conduisant, les idées confuses, terrifiée.

« Il y a un trou dans ma mémoire, dit Kris.

– Bien, dit Bill. La meilleure chose que tu puisses faire du passé, c'est l'oublier.

– Où est Tuck ?

– Il est parti. Il a une famille, des responsabilités, une vie confortable. Il a tourné la page. Scott aussi avait une vie confortable, avant ton arrivée.

– C'est pas ma faute. »

Bill haussa les sourcils, surpris. « Et c'est la faute à qui ?

– Terry. Les livreurs UPS, dit Kris.

– Et c'est reparti, dit Bill en faisant claquer sa langue. Tu refuses d'assumer la responsabilité de tes actes. »

Sous les draps, Kris sentit un tuyau contre son mollet droit. Elle le coinça entre ses orteils et tira. Immédiatement, elle éprouva une douleur aiguë dans la vessie.

« Ah !

– Tire pas là-dessus. C'est le cathéter. On l'a installé pour te faciliter la miction. »

La colonne vertébrale de Kris se changea en glaçon. « Depuis combien de temps je suis là ? demanda-t-elle.

– Un séjour au Puits dans les Bois comprend trois phases. L'orientation, l'intégration dans la communauté et, enfin, la cérémonie de sortie. Pour l'instant, tu es une chenille, mais nous allons te transformer en un magnifique papillon. Qui vole en liberté. Sans être ligoté au passé. Qui vit dans l'instant. C'est ce qu'on a fait pour Scott. »

Kris revit le tatouage de papillon sur le mollet de Scott. Elle vit le logo du papillon sur la serviette. Elle entendit la sonnerie « Stand Strong » sur le téléphone de Scottie.

« Scottie est venu ici pour se désintoxiquer, dit-elle.

– Il est l'une de nos plus belles réussites, dit Bill, puis ses yeux devinrent tristes. Était.

– Depuis combien de temps je suis là ?

– Trois jours. »

À ses mots, Kris sentit son estomac partir en chute libre.

« Un référent nommé par le tribunal t'a vue et, avec l'aide de ton frère, tu as été admise ici afin de te remettre de ton expérience traumatique chez Scott. Nous pensons tous que tu as fait une bouffée délirante. Terry a généreusement accepté de payer l'addition. Notre établissement n'est pas donné. »

Bill rit de sa petite blague, mais Kris se mit à paniquer. Il n'y avait pas assez d'oxygène dans l'atmosphère. « Il faut que je sorte, dit-elle. Je peux pas respirer. »

Elle se débattit de nouveau contre les draps, mais ne parvint qu'à exécuter une petite danse maladroite et son cathéter la pinça. La douleur la rendit furieuse.

« Pourquoi Terry a si peur de moi ? demanda-t-elle, les yeux fixés sur Bill. T'es pas obligé de faire ce qu'il te dit.

– Et ça recommence avec Terry. Terry paie ton traitement parce que ses vieux amis comptent pour lui. Il aime bien savoir comment tu vas. Il aime bien prendre de vos nouvelles à tous.

– Il nous espionne.

– J'aimerais pas être marié avec toi. Quand t'as un truc dans la tête, tu lâches jamais. »

Kris expulsa tout l'air qu'elle avait en elle, projetant sa voix si fort qu'elle résonna contre les murs.

« Laisse-moi me lever ! cria-t-elle.

– Et voilà la colère, dit Bill, faisant semblant de consulter sa montre. À point nommé. J'espère que l'acceptation, c'est pour bientôt.

– Bill, dit Kris, maîtrisant sa voix et parvenant à actionner ses joues dans un semblant de sourire – du moins elle priait pour qu'il en soit ainsi. Allez, quoi, on est amis. Desserre juste un peu ça, d'accord ? »

Bill l'examina un instant, le visage sans expression, sans essayer de jouer les patrons, avec naturel. C'était Bill, rien de plus. Kris vit le jeune homme qu'elle se rappelait, sa bouche serrée, son regard soucieux et ses épis qui rebiquaient.

« D'accord, dit-il et sa voix semblait sincère pour la première fois depuis qu'elle s'était réveillée. Juste un peu. »

Le cœur de Kris s'emballa lorsqu'il se pencha sur son fauteuil et tâtonna sous son lit, grognant sous l'effort. Puis il se redressa.

« À la réflexion, c'est sans doute pas une bonne idée, dit-il.

– Non, protesta Kris, luttant pour garder une voix et un visage amicaux. Non, Bill, c'est bon. Je suis calme. Je ferai rien. C'est pas grand-chose.

– Tu me prends vraiment pour un con, Christine ? Tu nous as toujours pris pour des cons, tous ? Tu te comportais comme si tu valais mieux que nous, toi, la vraie musicienne, avec ton numéro d'artiste torturée qui te rendait supérieure à nous. »

Kris avait assez vécu pour savoir que, lorsqu'un homme vous accuse d'être meilleure que lui, il y a danger.

« Non, Bill, c'est pas vrai, dit-elle, s'efforçant de continuer à sourire. J'ai jamais cru que j'étais meilleure que vous. J'ai jamais cru que j'étais meilleure que qui que ce soit. J'étais timide. Peut-être que ça passait pour de l'arrogance.

– T'étais jamais contente de rien, sauf si c'était ton idée. Jouez cette chanson, sortez cet album, signez pas ces contrats. On a tous signé les contrats, Kris, et on est tous satisfaits. Mais c'était pas assez bien pour toi, et maintenant tu as mis tout le monde dans une position difficile. Je ne veux pas te faire de mal, et Terry non plus. On a fait la paix depuis longtemps. Il m'a aidé à lancer le Puits dans les Bois, et aujourd'hui, il est notre plus gros investisseur. C'est grâce à lui qu'on a pu ouvrir des centres dans tout le pays. »

Bill n'était pas conscient du petit sourire qui lui échappait chaque fois qu'il prononçait le nom de Terry, de la façon dont il en savourait les syllabes, mais Kris le voyait.

« Bill, j'ai aucun problème avec ce que tu me dis là. Je trouve que c'est super.

– Non. C'est *toi* le problème. T'arrives pas à lâcher le passé, et maintenant tu te démènes pour salir le nom de Terry juste au moment où il a tous ces concerts qui approchent. T'as jamais rien fait de ta vie, alors tu veux le détruire parce que lui, si. Ce sont les concerts les plus importants que Terry ait jamais donnés, Kris. Le message qu'il apporte au monde va tout changer. Il a un rêve pour l'humanité, et ce sera son apothéose. Et parce que ça n'a rien à voir avec toi, tu veux tout gâcher. »

Tout se mit en place dans la tête de Kris. La sonnerie « Stand Strong » et la façon dont elle avait altéré la personnalité de Scottie, Terry sortant de sa retraite, eux tous placés sous surveillance. Pourquoi maintenant ? Les concerts.

« Qu'est-ce qu'il va faire, à ces concerts, Bill ? » demanda-t-elle. Elle n'avait plus seulement peur pour elle-même.

« Tu te croyais meilleure que tout le monde, mais Terry est meilleur que toi. Il est plus riche, c'est une célébrité mondiale, une icône du rock'n'roll, et toi, tu es réceptionniste au Best Western. Tu joues pas dans la même cour. Essaie pas de rivaliser. »

La porte s'ouvrit, et Kris sentit une bouffée d'espoir l'envahir lorsque Miranda entra dans la pièce, poussant un chariot à roulettes en acier.

« Aidez-moi, s'écria-t-elle. Je suis retenue ici contre ma volonté. C'est illégal. Je vous en prie. »

Miranda se pencha au-dessus du lit, ses dreads rêches tombant sur le visage de Kris, qui renfonça sa tête dans l'oreiller en caoutchouc pour essayer de lui échapper, mais c'était sans issue.

« Nous t'aimons », dit Miranda. Elle embrassa Kris sur le front et caressa ses joues avec des mains douces qui sentaient le désinfectant. « C'est pour ça que nous allons te remettre en forme. »

Miranda sourit et se redressa.

« Avant que Miranda t'aide pour ton orientation, dit Bill, qui avait retrouvé son calme, je veux t'expliquer une chose. Le trou dans ta mémoire – c'est pas grave, Kris. Arrête de t'inquiéter pour ça. Tout le monde a un trou à l'intérieur de lui-même, et c'est pas un problème. Le monde entier a un trou à l'intérieur de lui, et avec le temps on apprend à l'aimer.

– Et dans ce trou, il y a Black Iron Mountain », dit Kris.

Bill réfléchit un instant, puis son sourire disparut, et la tristesse se peignit sur son visage.

« Le mot de Scottie, dit-il en hochant la tête à part lui. T'aurais pas dû lire ça, Christine. Franchement, si on avait pu imaginer qu'il écrirait un truc pareil, on serait allés le trouver plus tôt. C'est jamais bon de prononcer leur nom.

– C'est une chanson, dit Kris. Je l'ai écrite. J'ai tout inventé. »

Bill semblait agité à présent, se tortillant pratiquement sur son fauteuil.

« Non, Kris. Tu as seulement nommé quelque chose qui existait avant qu'aucun d'entre nous soit né. Terry m'a mis dans la confidence et m'a montré. C'est tellement beau, une fois que tu vois le motif. Toute la philosophie qu'apporte Black Iron Mountain consiste à accepter sa place avec joie, au lieu de lutter contre des choses qu'on ne peut pas changer. On a tous une place, et Black Iron Mountain nous dépasse tous. Plus vite on accepte sa place, plus vite on cesse de souffrir. »

Il s'écarta légèrement du lit. Miranda retira l'emballage d'une seringue hypodermique jetable.

« Attends, protesta Kris. Et si je ne dis rien à personne ? Et si je promets d'arrêter de lutter ? Je parlerai à Terry. Laisse-moi lui parler.

– Terry n'a pas le temps de parler avec toi, Kris. Il est tout en haut, et tu es tout en bas. Tu n'es qu'un détail d'une longue liste de choses à régler avant le premier concert à San Francisco. Plus on discute, plus je me rends compte que tu ne vas pas être une personne utile que l'on peut renvoyer dans le monde comme Scott. Tu vas sans doute devoir rester longtemps ici.

– Pourquoi Terry a si peur de moi ? demanda Kris pour gagner du temps, un œil sur Miranda qui remplissait la seringue.

– Tu es un moineau, Kris. Tu te prends pour une dure, tu te la joues, tu frimes, mais tu n'es qu'un tout petit oiseau qui volette autour d'une montagne. Tu auras disparu en un clin d'œil, et rien de ce que tu as fait ne restera dans les mémoires. Mais nous autres, nous avons été choisis pour faire partie de quelque chose qui nous dépasse. Quelque chose d'important, qui sera là longtemps après notre mort. »

Miranda frotta un coton froid imbibé d'alcool sur le côté du cou de Kris.

« Ne fais pas ça, Bill, dit Kris. On a été amis. Il a peur de moi, t'as pas envie de découvrir pourquoi ? »

Une abeille la piqua au cou. De la glace se répandit dans sa gorge, un liquide noir et épais coula dans ses veines. Du ciment remplit sa poitrine, sa respiration se fit oppressée, son cœur ralentit.

« Tu es une hystérique, Kris. Tu cours partout, tu stresses tout le monde, dit Bill en s'approchant. Mais on va t'apprendre à accepter les choses telles qu'elles sont. Si jamais tu retournes à ton job au Best Western, tu cesseras de penser que c'est minable. Tu seras enfin heureuse. »

Son champ de vision commença à se rétrécir.

« Que veut Black Iron Mountain, Kris ? Elle te veut. Elle me veut. Elle veut tout. »

Avant que tout devienne noir, Kris vit Bill et Miranda qui se souriaient en hochant la tête, très contents d'eux. Elle vit Little Charles, Tuck, Bill, Terry. Des hommes qui pouvaient lui faire du mal, des hommes qui la contrôlaient. Elle était une fille, seule, attachée à un lit. Ils étaient plus grands qu'elle, ils étaient plus puissants, et elle avait été abandonnée par sa famille, abandonnée par ses amis. Elle n'avait rien. À part sa musique.

Dans sa tête, elle entendit la voix de Scottie : « Fais confiance à *Troglodyte.* »

Le metal ne meurt jamais. Le metal ne recule jamais. Le metal ne se rend jamais.

Le monde devint noir.

Elle était prête.

Danielle Otomies : La sécurité est en alerte maximale et l'anticipation à son comble pour la première soirée de la tournée Farewell to the King de Koffin, dont le coup d'envoi sera donné au Rose Bowl dans une heure. Avec seulement cinq concerts à guichets fermés avant de mettre un terme à sa carrière, Terry Hunt a suscité une véritable frénésie médiatique, en particulier après le meurtre-suicide impliquant son ancien partenaire, Scott Borzek. Le Rose Bowl est quadrillé et la police a demandé aux spectateurs d'arriver deux heures avant le spectacle afin d'être fouillés. Ni eau ni ordinateurs portables ne seront autorisés à l'intérieur du Rose Bowl par crainte d'une bombe liquide.

– 790 AM KABC, « Aujourd'hui à L.A. », 30 mai 2019

14
En guerre contre le monde[1]

Melanie enchaîna les services, deux par jour, l'un après l'autre. Elle vendit ses vieux manuels sur Amazon. Elle vendit les vieux manuels de Greg sur Amazon. Elle détoura des photos sur Fiverr pour cinq dollars pièce.

Tu viens au concert ? lui écrivit Hunter, trois semaines avant la date. *Faut que je sache.*

Elle convertit l'image vectorielle du logo d'un spécialiste des saisies en bons d'achat iTunes d'une valeur de vingt-cinq dollars qu'elle revendit pour vingt dollars en liquide. Elle tondit la pelouse de l'immeuble qui abritait l'appartement de Greg pour quarante dollars. Elle se mit à préparer de grandes marmites de ragoût qu'elle congelait pour ses déjeuners.

Je t'attends ou j'y vais avec mes potes ? demanda Hunter deux semaines avant.

Après avoir tenté de convaincre Greg de chercher du boulot, Melanie considéra ça comme une victoire lorsqu'il résilia son abonnement à Netflix. Elle fouilla ses canapés, souleva ses tapis et rassembla les pièces qu'elle trouva. Elle regarda leur compte en banque se gonfler, un cent après l'autre, s'approchant de la somme dont ils avaient besoin pour partir s'installer dans l'Ouest. Mais dix jours avant la date fatidique, elle dut se rendre à l'évidence : ce n'était pas assez.

Le concert était d'enfer, écrivit Hunter. *Vu les deux.*

Elle avait manqué les concerts du Rose Bowl à L.A. en mai. Elle avait manqué le concert à San Francisco. À présent, les deux

1. *Fighting the World*, album de Manowar, 1987.

derniers concerts de Koffin à la T-Mobile Arena de Las Vegas allaient se dérouler sans elle aussi.

Vu les 3, j'y retourne à Las V, écrivit Hunter. *Trop trop bien.*

« T'as qu'à le regarder en VOD, dit Greg le soir du deuxième et dernier concert à Las Vegas. Tu peux le mettre sur la grosse télé, j'irai jouer dans ma chambre. »

Melanie tenta d'expliquer que ce n'étaient plus les places qui comptaient (elle ne pouvait pas lui dire que son ami virtuel, de sexe masculin, qui posait torse nu sur son profil Tinder, les leur aurait achetées). Il s'agissait de partir s'installer sur la côte Ouest et de faire quelque chose de leur vie. Elle tenta de lui expliquer que le package VOD à quarante-neuf dollars quatre-vingt-quinze ne ferait que les éloigner de cinquante dollars du jour où ils pourraient s'évader de Virginie-Occidentale. Elle tenta de lui expliquer qu'il leur fallait absolument partir, même sans la *deadline* des concerts de Koffin. Mais sans l'excitation que celle-ci fournissait, ses plans prenaient l'eau de toutes parts.

Ce soir-là, elle rêva de mains froides qui sortaient de la terre boueuse de Virginie-Occidentale pour la maintenir au sol. Pas besoin d'un psy pour analyser ça. Le soir du dernier show à Las Vegas, elle alla au Pappy's et se désista des doubles services pour lesquels elle s'était inscrite. Pourquoi se tuer à la tâche en vain ? Elle aurait dû apprendre à être davantage comme Greg. Au moins il était heureux. En rentrant chez elle ce soir-là, elle craqua et acheta un paquet de cigarettes. Elle n'avait pas fumé depuis des années car c'était trop cher, mais à quoi bon faire des économies ? Elle n'allait nulle part.

Son téléphone émit un tintement pendant qu'elle ouvrait le paquet dans sa voiture.

T'as vu ? disait Hunter. *T'en es ?*

Elle alla sur Internet. Les dernières minutes du dernier concert de sa tournée d'adieu, Terry s'était planté à l'avant de la scène et avait annoncé qu'il avait pris tant de plaisir et que les places étaient parties si vite qu'une infinité de gens avaient encore besoin d'entendre le message de Koffin ; par conséquent, en septembre, dans le désert à la sortie de Las Vegas, il organiserait Hellstock '19.

« On encule Burning Man, avait-il hurlé. On brûle en enfer, nous, les mecs ! »

Melanie vendit ses cigarettes à l'unité un dollar pièce à des étudiants bourrés dans le parking de Pappy's. Elle retira vingt dollars de son investissement de cinq et recommença à économiser chaque centime.

Même Greg participait cette fois. Le soir où il lui annonça qu'il avait trouvé un boulot à temps partiel au GameStop de Morgantown, elle fit tout ce qu'il voulait au lit. C'était comme une lune de miel, elle avait le sentiment d'être sa partenaire, elle se sentait ressuscitée. Elle devait le dire à Hunter.

Peux pas accepter tes places, lui écrivit-elle, expliquant qu'elle et Greg mettaient leur argent en commun, qu'ils allaient s'installer tous les deux sur la côte Ouest, qu'ils restaient ensemble. Elle s'attendait à ce que Hunter la rejette, mais au lieu de ça, il répondit : *Bravo. Engagement. Intégrité. Respect.*

Melanie faillit pleurer. Hunter insista pour acheter deux places pour elle et Greg pendant qu'il y en avait encore, car elles partaient vite.

Merci, écrivit-elle. *Te rembourserai –> promis.*

L'affiche de Hellstock '19 était démentielle. Avec deux scènes à remplir, toutes les formations un peu dures, toutes celles qui avaient en elles une once de heavy metal furent programmées. Le premier Woodstock n'était que hippies qui baisaient dans la boue. Woodstock '99 avait été un désastre, qui s'était terminé en incendie généralisé. Hellstock '19 promettait de combiner ces deux événements en une fête apocalyptique pour la fin des temps.

Toute la mauvaise presse que s'était attirée la tournée d'adieu de Koffin ne fit qu'échauffer davantage les esprits. À Vegas, des *rednecks* avaient jeté une cannette de bière de leur pick-up sur des Koffin Kids déguisés en cadavres qui se dirigeaient vers la salle. L'un des jeunes fans avait un .22 et il avait tiré sur le véhicule, éborgnant le conducteur, qui dut se faire poser une plaque dans le crâne.

À L.A., une femme attaquée dans le parking du Rose Bowl fut secourue par une bande de Koffin Kids qui ne furent pas loin de laisser pour mort l'agresseur. Le type était toujours dans le coma une semaine plus tard. Sauf qu'ensuite les Koffin Kids tirèrent la femme en larmes de sous la voiture où elle s'était cachée. L'un d'eux avait une paire de ciseaux. Ils lui coupèrent la langue en deux par le milieu. Trois d'entre eux furent arrêtés. Le plus jeune se pendit dans sa cellule en attendant sa caution. Il avait quatorze ans et n'avait rien à faire là, mais les flics l'avaient cru plus âgé. Ses parents intentaient un procès au LAPD. Les autres jeunes passeraient en jugement la semaine suivant Hellstock '19.

Tout ce tapage eut pour seul résultat de faire partir les places encore plus vite. Une semaine après l'annonce faite par Terry à Las Vegas, les places pour Hellstock '19 furent retirées de la vente en ligne. Entre-temps, quatre cent quarante mille billets avaient été écoulés, soit dix mille de plus que prévu. Deux d'entre eux étaient aux noms de Melanie et Greg.

Hunter devint le coach de vie de Melanie. Il lui envoyait des textos à 5 heures du mat pour s'assurer qu'elle était levée afin de finir ses travaux pour Fiverr avant de partir au boulot. Elle reprit les doubles services qu'elle put et transmit son emploi du temps de chez Pappy's à Hunter pour qu'il lui envoie des citations inspirantes pendant son service.

La voie de la plus grande résistance est celle qui conduit vers le haut.

Elle transportait d'énormes plateaux. Elle remplissait les pichets plus vite que quiconque. Elle débarrassait comme une putain de championne.

La souffrance n'est qu'un gros mot qu'emploient les faibles pour esquiver leurs responsabilités.

Elle se shootait à l'aspirine. Elle buvait du café. Elle appliquait du baume du tigre sur ses poignets endoloris.

Jette-moi aux loups, je finirai chef de meute.

Elle ignorait les mecs qui pressaient leur érection contre elle quand la salle était pleine à craquer. Elle souriait à ceux qui lui disaient : « Souris, beauté. » Elle faisait semblant de boire des shots avec ceux qui disaient : « Cul sec. » Elle mettait tous les pourboires sur son compte en banque. En particulier les espèces. C'était trop tentant de les dépenser si elle les gardait à la maison. Elle pouvait y arriver. Elle était en train d'y arriver. Elle n'avait jamais été plus fatiguée. Elle n'avait jamais été plus heureuse.

Assise sur le canapé un lundi, le seul jour de congé de chez Pappy's qu'elle s'autorisait dans la semaine, elle faillit ne pas remarquer la qualité des graphismes sur la télé de Greg. Elle avait la tête sur sa cuisse, et il jouait à un jeu qui ressemblait à *Call of Duty*, mais situé dans le futur.

« C'est quoi, ce jeu ? demanda-t-elle.

– *Shockwave: Infinity.*

– C'est nouveau ?

– L'image déchire grave, hein ?

– Je croyais qu'on n'achetait plus rien, dit-elle en se redressant.

– Je l'ai emprunté à un pote, dit Greg, trop vite. Arrête de gigoter. Tu fous en l'air mon score.

– Quel pote ? »

Il ne prit même pas la peine de mentir. Il avoua qu'il n'avait travaillé chez GameStop que le temps d'avoir sa réduction employé et d'acheter la nouvelle Xbox dès sa sortie. À savoir trois semaines plus tôt. Lorsqu'elle le croyait au boulot, il était en train de fumer de l'herbe avec ses potes. Il avait puisé dans son compte pour faire semblant de déposer son salaire sur leur compte commun. Il avait pris un nouveau crédit avec un TAEG de vingt-six pour cent pour acheter des jeux. Il n'était pas seulement fauché, il était à découvert de mille cent dollars.

Elle hurla. Elle cassa le bong de son coloc. Elle jeta le CD de *Shockwave* comme un frisbee avec une telle force qu'il fit une encoche sur le mur de la cuisine. Elle sortit de la maison en rage tandis que ses colocs revenaient de leur brunch.

« Mec, dis donc, ça plaisante pas quand elle a ses ragnagnas, ta gonzesse », dirent-ils à Greg tandis qu'il les dépassait au petit trot.

« Tu me quittes ? » demanda Greg, comme un con, par la fenêtre de sa voiture.

Il lui fallut tout son self-control pour ne pas lui reculer dessus en démarrant.

Une fois rentrée, elle se rendit dans sa chambre et éteignit les lumières. Elle bloqua le numéro de Greg sur son téléphone, se blottit dans son lit et sentit sa vie tomber en morceaux tandis que son crâne se remplissait d'électricité statique – une énergie noire. Au bout d'un moment, elle parvint de nouveau à penser. Elle pouvait vider le compte joint. Même si elle remboursait sa part à Greg, il lui resterait presque assez pour prendre la route seule. Elle avait besoin de changer sa boîte de vitesses si elle prenait la Subaru pour se rendre à Las Vegas, mais ça ne lui coûterait que mille trois cents dollars si son cousin s'en chargeait. Greg ne partirait pas, mais elle si.

Elle ouvrit Kik et envoya un message à Hunter :

T'as encore une place pour moi ?

Une seconde plus tard, son téléphone tinta :

2 places.

Non, répondit-elle. *Que moi.*

Si tes rêves ne te font pas peur, écrivit-il, *c'est qu'ils ne sont pas assez grands.*

Greta Ulaby : Pourquoi avoir monté Hellstock '19 ?

Terry Hunt : Je ne « monte » pas de concerts. Invoquer Koffin exige une opération magique. Pour réaliser ce rituel, des centaines d'heures de travail sont sacrifiées, des structures sont érigées, des millions de volts d'électricité sont acheminés vers des espaces sacrés. Pour pénétrer ces espaces, les adorateurs apportent l'offrande la plus précieuse qu'ils possèdent : leur argent. À l'heure dite, le jour dit, ils sont guidés vers la position appropriée. Ils ont mémorisé les incantations et ils appellent leur dieu, se perdant dans une communion où leurs personnalités viennent s'intégrer à la mienne.

Greta Ulaby : Vos fans ont été à l'origine de plusieurs incidents violents lors de la dernière tournée. Est-ce que ça vous gêne ?

Terry Hunt : Fais ce que tu voudras sera le tout de la Loi.

– 90.9 WHYY, « La page culture », 11 juin 2019

15

Détruis, efface, améliore[1]

Au Puits dans les Bois, chaque journée ressemblait à une pub pour des produits pharmaceutiques : ensoleillée, superbe, sans stress. Tout le monde se réveillait à l'aube et écrivait dans son journal pendant vingt minutes avant de rejoindre Miranda pour les salutations au soleil. Sur la terrasse de derrière, elle leur faisait faire des exercices de respiration et des séries d'asanas soft, suivies de séquences de pleine conscience silencieuses, et de leur premier Paxator de la journée.

Ensuite venaient un petit déjeuner sain, puis la Séance de l'Aube Silencieuse, les travaux manuels dans la Ferme des Activités, et Apprendre à Écouter, l'atelier de midi. En fin d'après-midi, ils pique-niquaient dans un pré ensoleillé au cœur de la propriété : là, ils se lançaient des frisbees, mangeaient des sandwichs à la tomate, buvaient du thé glacé et se racontaient leur vie en riant. La journée se terminait par le Bilan du Crépuscule, après quoi on leur donnait un autre Paxator, ils regardaient le ciel virer au mauve lavande, puis au violet, puis au noir et rentraient se coucher à la lueur des lucioles.

Le moindre recoin du Puits dans les Bois était sûr grâce aux caméras nichées dans les arbres, encastrées dans les murs, cachées derrière des rochers artificiels, perchées sur les toits, dans les douches, et enfouies sous les buissons. Si un papillon s'aventurait où il n'aurait pas dû, un employé apparaissait instantanément pour l'aider à ressortir. Au Puits dans les Bois, nul n'était jamais seul.

---

1. *Destroy Erase Improve*, album de Meshuggah, 1995.

Ils avaient mis Kris sous une telle quantité de tranquillisants, psychostimulants, régulateurs d'humeur et anxiolytiques qu'elle ne marchait pas sur l'herbe, elle flottait. Tous les contours étaient arrondis. Le Puits dans les Bois était suspendu dans une bulle de Maintenant. Il n'y avait aucune raison de s'inquiéter, car on savait toujours ce qui venait ensuite. Ils étaient des papillons, et les papillons vivaient dans le présent.

Kris cessa de parler. Elle n'écrivait jamais un mot dans son journal. Mais à part ça, elle allait où on lui disait, faisait ce qu'on lui disait. Miranda la soumit à de nombreuses séances individuelles, mais Kris ne dit jamais rien. Ils se demandaient si elle avait craqué. Ils se demandaient si, avec tout ce qui s'était passé, elle avait atteint son point de rupture et s'était refermée définitivement. Ils se demandaient si elle les entendait, au moins, lorsqu'ils s'adressaient à elle. Bill voulait programmer un encéphalogramme afin de voir si son cerveau montrait la moindre activité.

De l'activité cérébrale, ce n'était pas ce qui lui manquait. Dans sa tête, toute la journée, chaque jour, Kris se repassait l'album que Terry n'avait jamais voulu sortir, celui qui lui faisait si peur qu'il s'était donné bien du mal pour le jeter aux oubliettes. Chanson après chanson, accord après accord, note après note, Kris reconstruisait silencieusement *Troglodyte* en secret.

Le premier morceau de *Troglodyte* n'était pas à proprement parler une chanson, car aucun album de metal qui se respecte ne commence par une chanson. Ils commencent tous par une intro. Parfois, il s'agit de samples inquiétants sur un fond sonore *ambient*, parfois de nappes de clavier et de clochettes lointaines. Certains pensent que l'intro pose l'ambiance. D'autres trouvent que c'est de la merde prétentieuse.

Les membres de Dürt Würk se disputaient au sujet de l'intro comme au sujet de tout le reste. Scottie trouvait le principe complètement bidon. Kris était d'accord avec lui, parce que les guitaristes se serrent les coudes. Bill, par contre, était dingue de cette intro. Il la ramenait sans cesse avec ça, si bien qu'ils avaient cédé et l'avaient laissé en faire une, à condition qu'elle dure moins de deux minutes. Tous les soirs, pendant que les autres buvaient de la bière tiède piochée dans la glacière de la cuisine, Bill partait dans les bois autour de la Witch House avec leur enregistreur DAT portable, et le matin, au réveil, ils retrouvaient l'évier plein de branches de céleri, de tomates écrasées et de brindilles. Des morceaux de gaffer noir jonchaient le plan de travail à l'endroit où il avait fixé son micro.

Il leur avait finalement dévoilé un collage sonore dense intitulé « Little Sounds from the Underground ». Ça commençait par des oiseaux dans un champ en plein jour, et la brise dans les arbres, puis le micro descendait dans un puits, les sons diurnes s'étouffaient et disparaissaient pour laisser place au son de vers grouillants, d'asticots en train de dévorer des cadavres, de morts en train de bourrer de coups de poing le couvercle de leur cercueil et, au loin, le grincement puissant de la Roue qui tournait sans cesse. On entendait des hurlements, après quoi le son se divisait en deux, passant de mono à stéréo, et le micro pénétrait dans l'énorme grotte souterraine qui abritait la Roue. Même Scottie fut forcé d'admettre que l'effet était impressionnant. On pouvait entendre les millions d'esclaves enchaînés à ses rayons, gémissant en poussant son poids énorme dans un cercle sans fin. Le son de leur torture se faisait de plus en plus fort, puis arrivaient les premières notes tonitruantes de « Beneath the Wheel ».

Rien que pour les emmerder, Bill avait fait une intro de trois minutes.

« Le monde n'est pas un endroit compliqué, dit Miranda au groupe dans l'atelier Apprendre à Écouter, à midi. Il est en fait très simple. »

Les neuf résidents étaient assis en cercle autour d'elle. Le soleil cognait, l'herbe dégageait une odeur sucrée et le vent chuchotait dans la cime des arbres tandis que Miranda leur révélait la vérité sur le monde.

« Qui a raison et qui a tort ? demanda Miranda. Quelle est la valeur de telle chose ? La valeur de telle autre ? Que dois-je faire de ma vie ? C'est ça, les grandes questions, n'est-ce pas ? »

Le cercle approuva d'un hochement de tête.

« Qui a raison ? Vous. Quelle est la valeur d'une chose ? La plupart des choses matérielles portent une étiquette. Plus ça coûte cher, plus ça a de valeur. Que devez-vous faire de vos vies ? Ce qui vous fait plaisir, et voilà tout. »

Les gens saluèrent de nouveau sa sagesse.

« Inquiétez-vous pour vous-mêmes, pas pour des gens que vous ne connaissez pas, dit Miranda, et ils sourirent, car ils n'avaient jamais envisagé les choses de cette façon. Nous aimons créer des crises qui nous permettent de jouer les héros. Mais la vie est très simple, mes papillons. On n'a pas besoin de héros. Prenez soin de vous. Ignorez tout le reste. On efface tout et on recommence. »

Kris était assise, comme tous les jours, le même sourire neutre aux lèvres, mais elle n'entendait pas Miranda. À l'intérieur de son crâne, elle écoutait Terry chanter les premières lignes de « Beneath the Wheel ».

L'histoire
Est une botte
Qui t'écrase le visage
Pour l'éternité

Les accords étaient tous des tritons magistraux de doom metal, de gros blocs de son noir s'écrasant les uns contre les autres. Elle avait écrit le morceau comme un écrin pour la voix de Terry, laissant son ténor aigu se détacher sur l'ouverture lancinante, en mode doomcore. Il atteignait un *do* aigu, clair, sur le mot *écrase* avant de descendre de plusieurs octaves pour pousser un grognement à la Macaron le glouton sur les mots *sous la roue*. La basse de Tuck venait prolonger sa note grave, traînant la chanson comme on le ferait d'un cadavre. Et ça continuait ainsi, un titre éreintant, répétitif, conçu pour reproduire le mouvement perpétuel de la roue.

Éternité
Dans la boue
Écrasé comme un cafard
Qu'importe

Tu nais dans un vagissement
Meurs où tu t'agenouilles
Tout cela est réel
Écrasé
Sous la roue

« Accepte chaque jour pour ce qu'il est », dit Miranda, et tout le monde l'approuva.

Identité
Lessivée
Chimiquement retirée
Pour toujours

Ma lèpre
Est tout
Ce qu'il reste de moi
Oppresseur

« Personne ne vous espionne, personne ne contrôle votre vie, poursuivit Miranda. Vous êtes les seuls responsables de ce qui vous arrive. Vous et seulement vous. »

Emprisonne-moi
Sous terre
Esclaves enchaînés
Tous ensemble

« Concentrez-vous sur l'ici, concentrez-vous sur l'instant présent. Oubliez le passé. »

Tu nais dans un vagissement
Meurs où tu t'agenouilles
Ça te fait quoi ?
Écrasé
Sous la roue

Après « Beneath the Wheel » venait « My Master's Eye », l'inévitable ballade. Personne dans Dürt Würk ne voulait de ballade sur *Troglodyte* parce qu'ils se disaient que ce serait forcément une power ballad, avec tout le groupe chantant sur le refrain, une steel guitar de cow-boy triste sur le pont et une intro acoustique pleine de bruits de doigts sur les cordes pour faire genre. Ils imaginaient « Forever » de Kiss ou « Without You » de Mötley Crüe. Mais Kris avait chopé un riff de glam metal et l'avait trituré pour l'adapter à une idée notée dans son carnet. Le résultat s'intitulait « My Master's Eye », et c'était la chanson d'amour la plus sombre et la plus cynique jamais enregistrée.

Tout ce que je fais il l'étudie
Tout ce que je fais il le sait
Il m'observe où que je sois
Il me suit partout où je vais

Dans sa tête, elle entendit le groupe entrer sur le refrain, tout de cynisme mielleux et écœurant.

Il a cent mains
Il a des yeux qui voient tout
Il est tout ce que je suis
Sans lui je meurs et meurs et meurs et meurs et meurs

Puis venait un solo en picking que Kris jouait sur une guitare acoustique, qui évoquait des pétales de rose tombant au ralenti, des bougies brûlant en cercle autour du groupe et une guitariste à l'ancienne assise sur une chaise cassée dans une maison abandonnée, le tout filmé en noir et blanc. Terry chantait le couplet suivant d'une voix tremblante, au bord des larmes.

Mon maître ne m'abandonnera pas
Pas d'échappatoire pour moi
Ses mains aimantes me guident
Il possède mon esprit, c'est lui qui l'a formé

Puis le groupe revenait pour le refrain, tout en vocaux éthérés et montants, un son qui disait : « Chérie, je t'aimerai toujours », perverti en message sur leur humiliation totale face à l'Œil aux Cent Mains.

Je suis sourd je suis muet
Mon maître appelle, je viendrai
Ne me demandez rien

Et un… deux… trois… quatre…

Je ne sens plus rien

Un soir, au coucher du soleil, ils firent un feu de joie derrière la Witch House, et sous les yeux de l'assistance, Miranda présenta à Kris sa guitare et son Bones, qu'elle plaça sur le sol à côté d'elle.

« Comment te sens-tu en voyant ces objets ? » demanda Miranda.

Kris ne répondit rien. Elle continua simplement de sourire en silence. Miranda commençait à être agacée.

« Je sais qu'ils te rendent nerveuse, dit Miranda. C'est qu'ils te relient à ton passé malsain. Ils sont tes chaînes. »

Un papillon blanc palpitait sur la manche du Bones de Kris. À côté, sa guitare était posée sur son étui, luisante dans le crépuscule. La guitare avec laquelle Kris avait enregistré la première démo de Dürt Würk, celle dont elle jouait sur *Troglodyte*. Cette vision lui fit penser à Scottie Rocket et à la chanson suivante de *Troglodyte*, qu'elle avait écrite spécialement pour qu'il puisse faire étalage de son picking alterné hyperactif bourré de trémolos et d'escaliers, une chanson qui lui permettrait de se déchaîner et de relâcher la vapeur de façon à être assez posé pour qu'ils puissent enregistrer les autres titres.

Elle s'intitulait « Eating Myself to Live ».

« Il est temps de tourner la page », dit Miranda. Elle lui tendit un flacon d'essence à briquet en plastique blanc avec un capuchon rouge. Kris le regarda, sans expression.

Miranda se pencha et ramassa le Bones de Kris. « Ne réfléchissez pas, dit-elle à l'assemblée. Agissez. »

Le brasero était un énorme bol rouillé fixé à un socle en béton. Miranda y laissa tomber le Bones et il étouffa les flammes. Tout s'assombrit autour d'eux. Le papillon blanc voleta autour des épaules de Kris, rebondissant comme au bout d'une corde invisible.

« Soyez libres », dit Miranda.

Puis elle l'aspergea d'essence à briquet et un drap bleu de flammes rampa sur le blouson, la peinture blanche se mit à bouillonner et se fendit, le cuir cloqua. Les flammes s'élevèrent soudain jusqu'à sa poitrine. La chaleur cuisait le visage de Kris, tirait sa peau sur son crâne. Tout le monde applaudit et l'embrassa. Elle n'opposa aucune résistance.

« La semaine prochaine, annonça Miranda, on brûlera ta guitare. »

Kris pensa à Scottie Rocket en ces lieux, enchaîné à la roue, avec Miranda et Bill s'employant à lui briser l'esprit. Scottie, doux et confiant, converti aux ténèbres, avec ce papillon tatoué sur son mollet. Elle pensa à lui dans son sous-sol, pratiquant ce dernier acte de résistance qui avait consisté à refuser de blesser quiconque, à part lui-même, pressant le canon du revolver contre sa propre tête. Ces images faillirent la faire hurler, alors elle se mit à penser à ce qui rendait Scottie le plus heureux : le break de « Eating Myself to Live ». Il aimait ce break comme Slash aimait le Jack Daniel's. Il le jouait à tout bout de champ, et lorsqu'ils traînaient dans le salon de la Witch House, avec sa moquette couleur sang, il grattait encore les accords sur sa guitare débranchée pendant qu'ils échangeaient des craques en parlant de la session du lendemain.

Le break, c'était là que le tempo de la chanson chutait jusqu'à pratiquement s'arrêter, Kris étouffant sa guitare, suivie de Tuck à la basse, alors que Scottie s'emballait avec ses progressions chromatiques. Après avoir donné presque une minute à Scottie pour étinceler, Terry faisait son entrée tel un rasoir et le tempo s'accélérait de nouveau.

Et tout est un jeu
Tout est domestiqué
Tout est pareil
Et tout le monde est coupable
Et personne ne veut la douleur
Le Blind ! King ! règne !

La chanson suivante s'appelait « Poincaré's Butterfly ». Terry n'en voulait pas car la première moitié n'était qu'escaliers mélodieux, doux, sur le manche, avec des pauses pensives remplies d'écho et une intro en cascade jouée par Kris de ses doigts calleux. L'ensemble dégageait un calme introspectif inattendu dont Terry pensait qu'il équivalait, sur un album de metal, à se coller un revolver dans la bouche. Mais Tuck l'avait soutenue, à son grand étonnement.

C'est Bill qui avait trouvé le titre, emprunté à un livre qu'il était en train de lire, *Chaos*, lequel parlait de la façon dont tout, dans le monde, était interdépendant : le battement d'ailes d'un papillon à Bombay pouvait causer un ouragan à Boston. Kris avait étudié les techniques de fingerpicking de Mark Knopfler pendant longtemps afin de réussir à jouer ce qu'elle avait dans la tête, et Terry en avait été drôlement impressionné. Dans leur studio en sous-sol, il l'avait regardée enregistrer sa piste en une seule prise, puis s'était approché du micro sans rien dire et avait donné tout ce qu'il avait, chantant dans un falsetto suraigu et tendre.

Plus bas
À travers le sol
À travers la terre
À travers la porte

Des tunnels
D'obscurité
Et de chuchotements
Et de hurlements
Comme un chœur

Kris ne cessait de sourire. Elle ne les laisserait pas pénétrer son esprit. Celle qu'elle avait été à vingt-sept ans était la seule personne à laquelle elle pouvait se fier désormais. Une fille qui n'avait jamais mal au dos, qui ne baissait jamais la tête, dont le genou ne ployait jamais, qui jetait hardiment en direction du futur une salve brûlante intitulée *Troglodyte*, comme pour avertir celle qu'elle était devenue, cette adulte fatiguée, amoindrie, ratée, que ce monde était bel et bien une prison, et que cette prison s'appelait Black Iron Mountain.

Sur des ailes
Faites de rouge
Faites de jaune
Faites de feu

Elle se pose
Sur ma main
Cette étrange chose
Ailée

Tandis que Troglodyte faisait tourner la Roue, un papillon s'introduisait mystérieusement dans Black Iron Mountain et se posait sur le dos de sa main. Il n'en avait jamais vu, et ce petit être lui faisait prendre conscience que le monde ne se résumait pas à Black Iron Mountain. Il y avait une échappatoire quelque part, une issue, une Porte bleue.

Me fait comprendre
Que ce théâtre d'ombres
Que la voix de mon maître
Ne sont que mensonges

D'un geste preste, à ce moment de la chanson, Kris récupérait son médiator dans sa bouche et plaquait un accord bruyant :

Il y a un feu

Elle faisait retentir un power chord de *sol* sur le mot *feu* puis attaquait la conclusion lourde, hachée, de « Poincaré's Butterfly », un enchaînement qui déchirait tout, réveillant tout le monde, de même que Scottie avait donné sa vie pour la réveiller, elle. À la fin de « Poincaré's Butterfly », une fois que Troglodyte avait compris qu'il pouvait briser ses chaînes et s'échapper, Kris reprenait avec Scottie Rocket un riff rugueux qui se répétait *ad libitum*, de plus en plus fort chaque fois, et Terry chantait :

Il y a plus
Au-delà de la douleur
Et de la honte

Et du sang
Et des cris
Après le déluge
Et le feu
Et le Roi
Et son chœur
À travers la torture
Et les barbelés
Et le meurtre
Et l'horreur
Au-dessus de ces tunnels noirs...

C'était le son de la rage et du triomphe tandis que Troglodyte pulvérisait ses chaînes et commençait sa longue marche vers la surface, car le metal vous réveillait. Le metal vous libérait.

Il y a une porte

Ils étaient un groupe autrefois, ils étaient bons, ils étaient peut-être même géniaux. Puis le Blind King les avait tous trahis. Ils pourraient la droguer tant qu'ils voudraient, Kris n'oublierait jamais. Jamais plus.

« Quand tu es arrivée chez nous, tu étais en proie à une hallucination bizarre, lui dit Miranda lors d'une de leurs séances individuelles. Tu te rappelles ce que c'était ? »

Kris sourit doucement, regardant droit devant elle.

« Tu es sans doute gênée, dit Miranda. Tu croyais que des gens t'espionnaient. Tu pensais que Terry Hunt contrôlait ta vie. Qu'il t'empêchait de décoller. Tu te rappelles ? »

Kris ne modifia pas son expression.

« Mais tu sais pourquoi ta vie était sens dessus dessous, n'est-ce pas ? »

Kris ne lui offrit aucune prise.

« À cause de toi, dit Miranda en la regardant dans les yeux. Tu es la seule responsable de tes problèmes. Cela n'a jamais été la faute de quelqu'un d'autre. Ça n'est que toi, depuis toujours. »

Elle soutint le regard de Kris pendant un long moment, tentant de la faire tressaillir, de la faire cligner des yeux. Mais Kris resta de marbre, car désormais elle savait pourquoi *Troglodyte* était une arme capable de pulvériser les chaînes, elle savait pourquoi cet album faisait peur à Terry, elle savait pourquoi Black Iron Mountain tentait de le faire disparaître complètement.

Ce disque prédisait le futur. Elle vivait à Gurner, enchaînée à la roue, et l'Œil aux Cent Mains de Terry l'observait. Elle se dévorait pour survivre, mais Scottie était arrivé avec le papillon de Poincaré sur sa jambe et l'avait réveillée. Le Puits dans les Bois était également la Roue. Chaque jour semblable au précédent, chaque être enchaîné.

« Kris, fit Miranda. Je sais que tu m'entends. »

Miranda se pencha en avant et lui pinça la main entre son pouce et son index. Elle tordit la peau en la tournant comme un tire-bouchon, ce qui en fit partir tout le sang, jusqu'à ce qu'elle devienne blanche. Elle cherchait une réaction.

Kris ne lui céda rien. En partie parce que, au cours de ses mille trois cent vingt-six concerts, ses milliers de répétitions, ses dizaines de milliers d'heures de pratique, elle avait fait subir bien pire à ses mains.

Mais surtout parce qu'elle connaissait la vérité : *Troglodyte* prédisait le futur. Scottie lui avait demandé de reprendre le flambeau. Elle n'allait pas le laisser tomber.

Et elle savait quel était le morceau suivant.

Miranda relâcha la peau de Kris, qui l'élança lorsque le sang revint dans ses vaisseaux malmenés.

« Bon, fit Miranda. On réessaiera demain. »

La chanson suivante, c'était « Down Where the Worms Squirm ». Le titre sur la pluie.

On s'attend à une pluie battante et à des inondations fulgurantes dans le comté de Clay à partir de demain soir, alors que la tempête tropicale Stephen arrive par la côte atlantique. Plusieurs dizaines de centimètres de pluie pourraient tomber sur l'est du Kentucky en l'espace de quelques heures, accompagnés de puissants orages et de vents violents qui souffleront jusqu'à soixante-douze kilomètres heure. On s'attend également à de la grêle jusqu'aux premières heures de lundi matin. Les habitants de la région sont invités à rester chez eux.

– 162.4 KEC58, « Alerte nationale météo », 10 août 2019

16

Battons-nous[1]

Toute la journée, la température chuta. Des nuages gris filaient à toute vitesse au-dessus de la Séance de l'Aube Silencieuse. À l'atelier Apprendre à Écouter, les oreilles de Kris se bouchèrent tant la pression atmosphérique dégringolait. Des employés couraient en tous sens sur la propriété afin de poser des plaques de contreplaqué sur les parois de verre et de protéger les portes. Au déjeuner, Miranda annonça qu'une dépression tropicale allait stationner sur la Virginie, projetant des vents violents et une pluie torrentielle sur le Kentucky, jusqu'au Puits dans les Bois, bien qu'il soit situé dans l'extrême ouest de l'État. Le Bilan du Crépuscule se déroulerait à l'intérieur, dans la salle de l'Éveil de Groupe. Les activités de l'après-midi étaient annulées. On distribua une dose supplémentaire de Paxator à tout le monde et l'heure du coucher fut avancée.

Dans le noir, un seau d'eau cogna sa fenêtre et Kris se réveilla. À tâtons, elle trouva l'applique au-dessus de son lit et tourna l'interrupteur. Le clic se produisit, puis se reproduisit, mais la pièce resta plongée dans l'obscurité. La vitre branlait dans son cadre. Kris se leva dans l'obscurité et eut le tournis. En deux pas rapides, elle parvint à la fenêtre sans tomber. Dehors, des torches sillonnaient les terres. Toutes les lumières étaient éteintes. L'électricité était coupée. Kris sourit, et c'était un vrai sourire. Elle avait fait confiance à *Troglodyte* et *Troglodyte* se réalisait. La tempête de « Down Where the Worms Squirm » était là.

1. *Let's Rumble*, album de Love/Hate, 1993.

Les mains tremblantes, elle s'habilla en vitesse. Elle n'avait que le pantalon et la chemise en lin qu'ils lui avaient fournis, et des chaussons avec de minces semelles en caoutchouc, mais c'était mieux que rien. Sur la pointe des pieds, elle se dirigea jusqu'à la porte, l'ouvrit d'une poussée et se glissa dans le couloir. Son cœur battait aussi vite qu'un morceau de thrash metal, galopant tel un lapin dans sa poitrine, si fort qu'elle crut qu'elle allait vomir. Chaque virage suscitait une terreur qui lui retournait les boyaux, mais elle se força à avancer jusqu'à l'escalier dont les marches disparaissaient dans l'obscurité dense du rez-de-chaussée.

La lueur d'une lampe torche se posa sur la marche du bas et se mit à monter, et Kris alla se tapir sur le seuil d'une pièce. C'était un bureau, tellement moderne et progressiste qu'il n'avait pas de porte. Au lieu d'une chaise, une balle de yoga trônait derrière la table de travail. Un téléphone portable était posé sur le rebord de la fenêtre, branché à un chargeur. L'étui de Kris était appuyé dans un coin et elle savait qu'à l'intérieur se trouvait sa guitare, prête à être brûlée bientôt. Ce devait être le bureau de Miranda. En se cachant derrière la table, Kris vit la lampe torche balayer rapidement la pièce, continuer dans le couloir et disparaître.

Kris débrancha le portable et le fourra dans sa poche, puis retourna dans le couloir. Elle allait s'engager dans l'escalier mais s'immobilisa lorsque, au coin, elle vit la lampe torche qui se rapprochait de nouveau, vacillante.

« ... même pas... dans le bureau, disait la voix, hachée par le bruit de la pluie. Fenêtres ouvertes... ou... »

À côté de Kris se trouvait la chambre d'un patient, un boulimique en rémission qui avait la cinquantaine, un certain Gray. Kris tourna la poignée, entra et referma la porte aussi silencieusement que possible.

L'air froid lui pinça les narines et lui gratta la gorge. L'obscurité était totale. Un bruit mouillé remplissait la pièce. Kris alluma la lampe du téléphone pour voir ce qui fuyait, la brandit au-dessus de sa tête, et la lumière crue vint se poser sur quelque chose sur le lit. Aussitôt, la dernière pièce du puzzle vint se mettre en place et Kris se rappela ce qui s'était vraiment passé la nuit du contrat.

Kris se tenait dans les bois derrière la Witch House, ses deux bouteilles de champagne à la main. Il avait commencé à pleuvoir et elle avait froid; elle était trempée et furieuse lorsqu'elle retourna à l'intérieur. La première chose qu'elle vit, ce fut les contrats, quatre liasses de papiers alignées sur la table basse, trois signés par Bill, Tuck et Scottie Rocket, et le dernier qui l'attendait. Des aigreurs lui brûlèrent le fond de la gorge. Son cerveau l'élança puissamment.

Passant la porte bleue, dévalant les marches du sous-sol, elle sut que quelque chose clochait. C'était trop calme. Il faisait trop sombre. En général, ils laissaient les guirlandes de Noël allumées, ou la lanterne Coleman, et on entendait toujours Scottie qui parlait sans cesse, Tuck qui grattait sa basse, ou Terry qui brodait sur quelque fantasme de célébrité alambiqué, mais cette nuit-là, le silence était complet.

Dans l'obscurité, tout en allumant la lampe torche qu'elle avait trouvée à mi-hauteur dans l'escalier, elle avait entendu les mêmes sons étouffés, malsains, de succion qu'elle entendait à présent. Dans un premier temps, elle n'avait pas compris ce qu'elle voyait. Elle reconnaissait le jean noir de Bill aux déchirures symétriques qu'il avait faites aux genoux, avec le tissu qui s'ouvrait comme une bouche boudeuse, mais elle ne captait pas ce qu'il avait sur le haut du corps. Un tas de serviettes ? Un sac de linge sale ? Elle avait dirigé la lampe vers le fauteuil poire et vu un sac blanc qui couvrait le haut du corps et le visage de Tuck.

Le dernier endroit où s'était posée la lampe, c'était le matelas pneumatique écossais contre le mur. Scottie était inconscient, sur le dos, complètement avachi, et en cet instant elle avait su à quoi il ressemblerait mort. Le matelas pneumatique s'était dégonflé, enfoncé dans le sol par le poids de la chose accroupie sur sa poitrine. La lumière la clouait au mur, effaçant toutes les ombres, et Kris crut qu'il s'agissait d'une femme à cause de ses cheveux longs et des tétines creuses qui se balançaient d'avant en arrière.

C'était un cadavre, émacié bien au-delà du point de survie, blanc comme de la chaux, avec toutes les côtes sorties, la moindre vertèbre de la colonne traversant affreusement la peau. Ses ongles étaient noirs et la chose était penchée sur Scottie, aspirant la mousse noire qui sortait, bouillonnante, de sa bouche. Kris pointa de nouveau la lampe vers le canapé, et elle vit que la même créature était accroupie sur Bill : une momie affamée, blanche comme un asticot, la peau pendante en plis distendus. Un ourlet de peau entre ses jambes dépassait d'une toison pubienne grise, rebondissant, obscène, telle une tique engorgée.

Au début, les créatures étaient tellement concentrées sur leur repas qu'elles ne remarquèrent pas sa présence. Mais celle qui était accroupie sur l'énorme ventre de Tuck la sentit. Elle tourna la tête, ses yeux aveugles se rivèrent sur Kris, et celle-ci ne put se détourner. La chose avait un regard vieux, froid et affamé, et de son menton dégoulinait une mousse noire qui lui faisait comme une barbe. Elle renifla l'air et cracha, faisant vibrer sa langue jaune vif et dévoilant ses gencives d'un rouge vibrant. Les mains de Kris s'engourdirent, et la lampe torche glissa entre ses doigts et roula follement au bas des marches. Lorsqu'elle s'immobilisa, son rayon éclaira un carré de sol vide. Dans le noir, Kris entendit que les deux autres créatures avaient interrompu leur succion. Un sifflement affamé, comme un pépiement, retentit dans le noir.

Une main blanche se planta au milieu du rayon de lumière, et Kris ne put bouger, car la chose qui se tenait sur la poitrine de Tuck s'approchait d'elle, rampant à quatre pattes telle une araignée. Elle tenta de s'enfuir, mais quand elle vit que les coudes et les genoux de la bête se pliaient à l'envers, ses propres articulations se bloquèrent. L'autre avançait prudemment, lentement, un pas après l'autre, puis tout à coup, elle grimpa sur la rampe à toute vitesse. Le métal grinça sous son poids, et Kris sentit le froid que dégageait la créature, par vagues ; le visage aveugle se tourna vers elle puis… plus rien.

Kris se retrouva dans les bois détrempés, un laps de temps décollé de sa mémoire, les yeux levés sur la pluie qui tombait sur son visage. Elle dérapait sur le sol mouillé et froid. Des branches et des feuilles remontaient dans son dos, sous son tee-shirt. Elle leva la tête et vit la créature blanche, à quatre pattes, se déplaçant de nouveau comme une araignée, qui la ramenait vers la Witch House en la traînant par une cheville. Son esprit court-circuita ; elle roula sur la droite en se tortillant, mais la chose lui monta dessus, vite, la clouant au sol boueux plus froid que la pluie.

La bouche de la créature était énorme et affamée, ses ongles ébréchés et coupants. Il n'y avait rien dans ses yeux, hormis la faim. Elle cloua Kris au sol par les épaules d'une main, puis lui plongea les doigts dans la bouche. Kris eut un haut-le-cœur, les dents pressées contre les phalanges froides. La main s'enfonçait dans sa gorge, ses ongles agrippaient la base de sa langue, et la panique s'empara de Kris, qui remua la seule partie de son corps qu'elle pouvait commander.

Kris mordit. Un liquide amer se répandit dans sa bouche et ruissela dans sa gorge. La chose recula, libérant sa main, et se pencha sur ses doigts blessés. Kris se mit à quatre pattes et vit un tas de planches destinées à un projet de rénovation oublié qui luisait dans la pluie à côté d'elle. Elle en saisit une et l'abattit sur le crâne de la chose avec toute la révulsion et le dégoût qu'elle aurait eu à écraser un cafard – une fois, deux fois –, puis la chose tomba en arrière, sur le dos, et se tortilla dans la boue.

Personne ne bougeait à l'intérieur, et Kris se mit à courir avant même d'avoir cessé de vomir. Elle se rua dans la cuisine et dévala les escaliers avant que sa peur ait le temps de parvenir à son cerveau. Les créatures étaient parties, et le rayon de la lampe torche qu'elle avait laissé échapper par terre était aqueux et faible. Kris se mit à gifler ses camarades à toute volée et à les bourrer de coups dans les épaules en hurlant : « Venez, venez, allez, faut qu'on se casse d'ici tout de suite ! »

Elle se rappelait les avoir poussés dans le van, avoir rejoint la nationale, fait des embardées sous la pluie, et avoir vu non pas des phares devant elle, non pas un camion UPS, mais un éclair blanc dans le rétroviseur. Elle se retourna juste au moment où la créature des bois, la tête fendue et suintant un sang noir, se hissait sur l'arrière du van en marche, à une vitesse incroyable.

« Qu'est-ce que c'est que ça ? » demanda Tuck tandis que la chose martelait le toit de coups. Puis le visage de la créature explosa sur le pare-brise.

Tuck hurla lorsque la chose donna un coup de son poing osseux contre le verre, ses yeux des trous irréguliers, sa bouche un gouffre noir, béant, et Kris enfonça la pédale de frein et tourna le volant au maximum sur la droite. La créature fit un vol plané et Kris sentit deux de ses pneus quitter la route : la dernière chose qu'elle vit avant le premier tonneau fut le visage de la bête qui s'arrachait à son champ de vision. La pesanteur s'abolit, il y eut la violence, puis le calme, et le hurlement monotone de Bill, interminable et solitaire. Mais avant de sombrer, elle entendit la chose revenir et fouiller dans l'épave pour finir sa besogne…

La créature accroupie sur la poitrine de Gray tourna son menton noir dégoulinant vers la lueur du portable, et les vingt ans entre les points A et B s'anéantirent. Le vent compressa les murs du bâtiment tandis que la chose reniflait l'air, puis se retournait vers la bouche de Gray, où elle se remit à laper la mousse noire, telle de la pâtée dans la gamelle d'un chien, sans prêter davantage attention à Kris.

C'était ça qui vivait dans Black Iron Mountain, et Kris sut en un éclair qu'il y avait nous, et eux. Il y avait les êtres humains, et il y avait Black Iron Mountain. Et la chose l'avait dédaignée, ignorée comme si elle n'avait pas d'importance. Comme si elle n'était pas dangereuse.

Kris recula contre la porte, la poussa et se précipita dans le couloir d'un pas trébuchant. Elle courut jusqu'au bureau de Miranda, se faufila derrière la table à quatre pattes et défit la fermeture éclair de son étui. Elle avait oublié la taille et le poids de sa guitare. Elle l'empoigna par le manche, les cordes en acier coupantes sous ses doigts, et sentit la force qui s'en dégageait remonter le long de ses bras tel un courant électrique lorsqu'elle retourna au galop dans la chambre de Gray.

Les gens surnomment les guitares *axes* parce qu'elles ont la forme d'une hache. Un long manche en acajou, et le corps en guise de lame. Celui de la Gibson Les Paul Melody Maker se constituait d'un bloc d'érable de cinq kilos, d'environ trois centimètres et demi d'épaisseur, avec une encolure de trente centimètres. Déséquilibrée entre les mains de Kris, elle cherchait à se dégager de son frêle poignet, lorsque celle-ci prit le manche et le leva au-dessus de son épaule droite. Kris effectua un ample moulinet, mettant tout son poids dans son geste pour y arriver du premier coup. Le corps de la guitare s'abattit sur la chose avec un *plonk* grave, et celle-ci dégringola en arrière contre le mur mais se redressa en un instant, crachant en direction de Kris, sauf qu'elle avait déjà brandi sa guitare une nouvelle fois et frappa de nouveau. La créature tenta d'esquiver en se penchant sur la gauche, mais Kris exécuta une rotation et la frappa de nouveau du plat de sa Les Paul. Trois cordes métalliques lâchèrent des *twing* comiques en claquant et en se recroquevillant en tire-bouchons.

La chose se ramassa sur elle-même pour lui bondir dessus, mais Kris n'en avait plus rien à foutre. Elle laissa son élan la porter vers la droite, et au pic de son arc, pivota et abattit sa guitare sur la gauche, attaquant les vertèbres de la créature par-derrière. Il y eut un craquement, et la chose s'effondra sur l'abdomen de Gray, faisant gicler de la bouche de celui-ci une fontaine de mousse noire qui alla éclabousser le plafond. Les membres de la bête tressautèrent à toute vitesse lorsque Kris abattit sa guitare encore et encore, les cordes de *mi*, *la*, *ré* restantes lâchant de longues vibrations tandis que le tas de merde s'écrabouillait sous ses coups.

Elle finit par s'arrêter, les bras douloureux, les tendons tremblants, les paumes brûlantes, hors d'haleine. Alors la chose poussa son torse vers le haut, élançant une main griffue vers Kris, et celle-ci se pencha en arrière, exécuta un ample arc de cercle avec sa guitare, derrière son dos, par-dessus sa tête, et écrasa l'instrument sur la base du crâne de la bête.

Cette fois-ci, elle ne bougea plus.

Kris entendit des hommes crier par-dessus les gémissements du vent dehors, des voix filtrer à travers le crépitement de la pluie. Elle courut dans le couloir, sa guitare endommagée dans la main droite. Elle alla jusqu'à l'escalier, dévala les marches et parvint à sortir par la porte de derrière. Elle se retrouva sous l'averse tonitruante qui tambourinait sur la terrasse et, sans réfléchir, courut vers la Witch House.

Derrière elle, des torches dansaient aux fenêtres. Ils la cherchaient. La pluie froide lui flagellait la poitrine et le visage et nettoyait la mousse noire du corps de sa Les Paul en piteux état. Elle monta en courant les marches en bois de la Witch House, traversa la terrasse et poussa la porte. Il n'y avait qu'une issue qui ne soit pas protégée par une clôture ou un portail. La seule solution était de compter sur le fait que Miranda et Bill étaient des menteurs. Kris se jeta de tout son poids contre la porte, la ferma à la face du vent qui grondait, et le silence se fit, complet.

La lumière d'une torche en plein dans son visage la cloua sur place. Kris eut un mouvement de recul.

« Petite simulatrice, susurra Miranda dans l'obscurité derrière la lumière aveuglante. Tu vas regretter… »

Ces quelques mots laissèrent le temps à Kris de viser. Sa guitare lui donnait une portée supplémentaire d'un mètre cinquante. Elle l'abattit droit devant elle, du verre se brisa et la torche s'éteignit. Dans ce couloir étroit, elle n'avait pas assez d'espace pour faire un moulinet de côté avec son instrument, donc elle le dressa juste au-dessus de sa tête, et l'écrasa sur quelque chose de mou.

Dans la pénombre, elle vit une ombre courbée en deux, plus noire que le reste de la pièce, et Kris abattit de nouveau sa guitare dessus. L'ombre s'écroula et cessa de remuer. Kris lui donna un coup de pied, histoire d'être sûre.

Elle tâtonna le mur jusqu'à repérer l'emplacement où elle se rappelait qu'était autrefois la porte bleue. Elle se campa sur ses jambes et prit sa guitare par le manche, une main près du corps, l'autre près de la tête. La paroi était lisse, parfaite, solide. Pendant un instant, elle hésita – Bill avait dit qu'ils avaient entièrement comblé le sous-sol. Puis elle se remémora qu'ils étaient tous des menteurs, et elle cogna de toutes ses forces avec la tranche de la Les Paul.

Elle frappa deux fois, trois fois, quatre fois. Le corps de la guitare creusa des ovales dans le Placo, puis le mur se mit à se fendre, à plier, à céder. Les muscles à vif de Kris hurlaient pendant qu'elle poursuivait sa besogne brutale. Le froid aspirait la force de ses bras et de ses cuisses, et elle avait des crampes aux mollets. Des ampoules se formaient et se déchiraient sur ses paumes, ses épaules vibraient jusqu'à la moelle à chaque coup.

Mais enfin, le rebord d'une porte émergea. Kris alluma la lampe du portable de Miranda, et à travers la poussière coagulée et les gravats, elle vit apparaître un pan du vieux cadre de porte des années 1970. Elle éteignit de nouveau et se remit à cogner.

Elle empoigna le Placo avec ses mains gourdes et le déchira par couches qui tombèrent en tas sur le sol. Kris se hissa sur le tas et se mit à donner des coups de pied et des coups de poing dans le mur, l'entailla avec la guitare, et finalement, elle la vit : la Porte bleue.

Kris n'était pas le moins du monde dans les vapes. Elle avait la niaque et elle se sentait aiguisée, comme si elle venait enfin de se rappeler le titre de cette chanson, de retirer ce petit résidu de nourriture entre ses dents, de compléter le puzzle.

À la lumière du téléphone, la peinture était tellement passée que la porte ne semblait pratiquement plus bleue. Ils avaient retiré la serrure et la poignée et muré le tout, mais elle était toujours là, enfouie derrière les parois de la Witch House, à attendre. Kris se campa solidement sur ses jambes et donna un grand coup avec sa guitare. Le corps s'enfonça brutalement dans la porte bleue, les gonds cédèrent, et dans un énorme fracas, la porte s'arracha et dégringola dans les ténèbres de l'escalier.

Le centre de gravité de sa guitare se déplaça soudainement, le manche se fendit dans un craquement sinistre et se sépara du corps. Elle était tordue, foutue, ne tenant plus que par trois cordes. Mais elle avait rempli son office. Elle avait aidé Kris à s'échapper, d'abord de Gurner, puis de son long sommeil, et maintenant du Puits dans les Bois. Elle l'embrassa, récoltant du plâtre sur les lèvres, puis la déposa sur les gravats. Après quoi, Kris passa la porte et descendit les marches. Elles étaient noires et tachées, et elles conduisaient sous terre, au sous-sol, là où tout avait commencé.

Howard Pears : Pour des questions de droits, Suzy et moi n'allons pas pouvoir vous passer un enregistrement de *Troglodyte* de Dürt Würk, mais en raison de sa place dans l'histoire du heavy metal, nous nous devons de décrire cet album à nos auditeurs.

Suzy Baum : C'est justement ce mystère qui en a fait un enregistrement si légendaire. Mais ceux qui l'ont entendu pourront vous révéler la vérité derrière la légende – il n'est pas très bon. La production n'est pas terrible, la technique un peu faible, et les paroles peuvent au mieux être décrites comme juvéniles.

Howard Pears : Et pourtant, ce disque exerce une fascination sans égale et retient l'attention malgré les problèmes que vient de décrire Suzy. Sa mythologie suggère plus qu'elle n'affirme, implique plus qu'elle n'explique, et dissimule plus qu'elle ne révèle.

Suzy Baum : On a constamment l'impression qu'il y a un tableau plus grand juste à la limite de notre champ de vision, caché derrière un autre voile, que ce que nous entendons n'est que la partie émergée de l'iceberg.

– BBC Radio 3, « L'histoire de la musique en cent disques »,
14 juin 2019

17

La montagne sacrée du sommeil[1]

Éclairés par le téléphone de Miranda, les murs du sous-sol étaient plus petits et plus sales que dans le souvenir de Kris – un cube de béton nu. Des traînées de rouille s'étalaient sur le muret blanc autour du puits, sur lequel était toujours posé le couvercle de contreplaqué. Elle n'avait qu'une minute avant que quelqu'un remarque le trou dans le mur, le Placo éboulé dans le couloir, sa guitare explosée. Ils allaient bientôt être là.

Kris boitilla jusqu'au puits. Le couvercle était une grande plaque de contreplaqué bleu consolidée par des piquets, et quelqu'un avait percé des anneaux de levage aux quatre coins. Des chaînes étaient accrochées à quatre anneaux scellés dans le béton. Quatre cadenas ouverts étaient posés sur le sol crasseux. Avec effort, Kris poussa le couvercle sur le côté, juste un peu, et dévoila le puits obscur. L'odeur froide de tombe la prit violemment aux narines lorsqu'elle se pencha, la lumière crue du téléphone montrant le cylindre infect à l'intérieur. Des échelons en fer à béton rouillé descendaient dans la pénombre. Kris passa une jambe par-dessus le rebord du puits, trouva le premier du bout du pied et passa l'autre jambe. Elle se râpa le ventre sur le béton, le dos sur le contreplaqué, puis elle ramena le couvercle par-dessus sa tête et descendit dans le puits.

Ses bras tremblaient d'épuisement. Elle devait forcer ses paumes écorchées à empoigner chaque échelon métallique, mais elle ne

1. *Sleep's Holy Mountain*, album de Sleep, 1992.

s'arrêta pas. Les barreaux lui mâchaient la plante des pieds à travers les semelles trop minces de ses chaussons trempés. Lorsqu'elle posa le pied sur le fond en béton, elle était descendue tellement profond sous la terre que tous les sons étaient absorbés sauf le grondement sourd, creux de l'air qui s'élevait à travers le puits. Kris alluma le téléphone de Miranda et vit qu'il ne lui restait que seize pour cent de batterie. Un tuyau en argile luisant d'environ un mètre cinquante de large dépassait du mur, face à un autre, identique, sur le mur d'en face. Ça devait être ces tuyaux qui amenaient l'eau de la rivière souterraine et l'évacuaient de nouveau.

Au-dessus d'elle, des cris retentirent. Ils étaient déjà au sous-sol. Le cœur de Kris s'accéléra, sa respiration se bloqua. Elle devait se cacher, mais elle n'avait nulle part où aller. Les tuyaux étaient trop petits. Elle ne pourrait jamais s'y loger. Le contreplaqué au-dessus d'elle racla un peu contre le puits, puis retomba en place, cognant dans ses tympans. Il y eut de nouveau un grattement, et elle aperçut les rais de lumière d'une lampe torche qui tremblotaient sous le couvercle. Ils allaient regarder à l'intérieur du puits.

Elle n'avait pas le choix. Kris s'accroupit et passa la tête dans l'un des tuyaux. Il n'était pas encombré, à part une trace de terre au fond. Au-dessus d'elle, le couvercle en contreplaqué émit un nouveau raclement. Kris éteignit le téléphone de Miranda et le glissa dans son pantalon, leva les bras et entra dans le tuyau juste au moment où le couvercle était tiré sur le côté et tombait par terre dans un grand fracas.

Kris balança ses hanches d'un côté à l'autre, les bras tendus devant elle comme une plongeuse, et se traîna en avant à la force de ses mains écorchées. Elle donna une poussée du bout des pieds, puis quitta le plancher du puits et ondula en avant jusqu'à être entièrement dans le tuyau. Elle s'arrêta – juste hors de vue, espérait-elle. Elle aurait voulu regarder derrière elle, mais lorsqu'elle tenta de tourner la tête, elle se cogna à la paroi du tuyau.

Tout ce qu'elle avait à faire, c'était de rester là, et de rester calme. Malgré elle, elle se mit à haleter. Elle allait devoir se maîtriser. Soudain, il y eut un craquement sourd, puis un, deux, trois, quatre bruits de ferraille. Ils avaient remis le couvercle et les chaînes. Kris se débattit une minute, mais elle ne trouvait aucun appui pour reculer, et son cœur battait si vite qu'il faisait vibrer la paroi. Un autre *boum*, puis un autre. Ils posaient un objet lourd sur le couvercle du puits. Le silence se fit. Ils l'avaient enfermée.

Kris tenta de ressortir de son tuyau, mais elle n'arrivait pas à lever suffisamment les fesses pour faire la chenille. Elle était coincée.

« Non, non, non, non, non, non, non », gémit-elle.

Elle aurait voulu hurler, s'étirer, se débattre, mais le tuyau l'enserrait trop étroitement. Il allait devenir son cercueil. *Là où se tortillent les vers.* « Down Where the Worms Squirm » était la chanson suivante sur *Troglodyte*, et elle s'efforça de se concentrer sur les paroles, de les repasser dans sa tête pour se soustraire à la panique qui montait en elle.

Black Iron Mountain est froide, froide, froide

Ça commençait comme une chanson de marin.

Black Iron Mountain est froide, froide, froide
La langue qu'ils parlent est vieille, vieille, vieille
Et leurs mensonges sont faits d'or

Kris se répéta ces mots. Elle ne pouvait pas regarder en l'air car il n'y avait pas de place pour lever la tête sans se cogner au plafond du tuyau. Ses épaules touchaient les parois. Elle tortilla ses hanches, se tira par les paumes, poussa du bout des orteils et avança de quelques centimètres. Puis elle recommença.

Black Iron Mountain est froide, froide, froide

Et encore.

La langue qu'ils parlent est vieille, vieille, vieille

Et encore.

Et leurs mensonges sont faits d'or

Et encore.

Kris frissonnait dans l'obscurité glaciale. Elle imagina la pluie qui tombait, bien au-dessus d'elle, puis entendit le solo de batterie sec de Bill qui lançait le premier couplet de « Down Where the Worms Squirm ».

Bienvenue dans mes ténèbres
Des cercueils macèrent dans le noir
Entourés de visages aveugles
Leurs esprits portent sa marque maléfique

Trois centimètres en avant. Puis trois centimètres. Et trois centimètres.

Tout ce que je sais c'est ce qu'ils me disent
Un chat hurle dans ma tête
Et des kilomètres au-dessus de mon cercueil
Un ciel d'acier crache une pluie d'acier

Troglodyte disait encore vrai. Il pleuvait, et elle était enfermée dans un cercueil. Mais elle ne pouvait pas déjà mourir car il restait quatre chansons. Soudain, les doigts de Kris heurtèrent un mur solide. Elle ne pouvait pas lever la tête pour le voir, donc elle poussa, elle gratta, elle appuya et s'aperçut que c'était le bout du tuyau.

D'instinct, elle tenta de reculer et ses épaules se coincèrent complètement. Il n'y avait pas du tout de jeu. Dans l'obscurité, quelque chose effleura la semelle de sa chaussure droite, et Kris tenta de retirer sa jambe d'une secousse, mais ne parvint qu'à fourrer son genou sous elle, ce qui eut pour effet de pousser ses fesses tout contre le haut du tuyau. Elle était comme un bouchon dans le goulot d'une bouteille.

Le refrain retentit dans sa cervelle.

Là où se tortillent les vers
Là où bouillonne le sang
Là où brûle la souffrance,
Dans mes ténèbres
Enterré avec les vers

Elle était enterrée avec les vers. C'est tout. Ce n'était qu'une chanson. Elle n'était qu'une actrice dans un clip vidéo. Elle prit trois respirations, pas trop profondes, puis imagina les muscles de sa jambe droite en train de se détendre, et l'étendit de nouveau lentement derrière elle, prudemment, prête à la ramener sous elle si quelque chose la touchait une fois de plus. Elle écarta les bras, posant la joue dans la terre au fond du tuyau, et tâta les parois. Son bras droit remonta le long de la courbe lisse et dure, mais le gauche trouva de l'air : le tuyau ne se terminait pas, il faisait un virage à quarante-cinq degrés.

Kris se coinça en essayant de prendre le virage, et ses poumons se fripèrent, car sa position ne leur permettait pas de se dilater. Son corps cessa de se plier. Elle se força à se concentrer sur les mots :

Black Iron Mountain est froide, froide, froide
La langue qu'ils parlent est vieille, vieille, vieille
Et leurs mensonges sont faits d'or

Elle pouvait tenir deux minutes sans air; tout allait bien se passer. Elle s'obligea à se détendre. Ses épaules et la base de son cou se décoincèrent et elle glissa de nouveau en avant. Elle s'étira de tout son long et se lança dans le deuxième couplet de « Down Where the Worms Squirm » en se balançant en avant, progressant lentement le long du tuyau.

Une pluie d'acier tombe
Sur les corps des massacrés
Le Blind King ne cesse d'appeler
Enfermé dans un cercueil de douleur

Un gémissement creux retentit plus avant dans le tuyau, plus haut, et Kris s'immobilisa. Il persista, invariable, et elle se força à reprendre sa progression. Le gémissement se changea en hurlement, Kris sentit de l'air froid souffler sur ses mains, et soudain, elle ne sentit plus la paroi sous ses doigts. Le tuyau donnait sur le vide. Kris parvint à s'en extraire, posant ses mains devant elle sur un sol rugueux, et poussa un grand soupir de soulagement. Ses pieds tombèrent du tuyau et elle se retrouva à quatre pattes. Elle sortit le téléphone de Miranda et alluma la torche. Elle se trouvait dans une petite grotte où coulait autrefois l'eau. La rivière avait dû être comblée en amont. De l'autre côté de la grotte, un tunnel de pierres irrégulier partait en pente sous un plafond bas, mais elle pouvait tout juste y entrer en se courbant en deux.

Kris enjamba les rochers qui jonchaient le sol et se dirigea dans le passage en pente. La batterie du téléphone était à neuf pour cent, mais elle devait le laisser allumé pour voir où elle mettait les pieds, sans quoi elle risquait de se tordre la cheville.

Tout ce que tu disais vouloir
Pourrit et se désagrège
Au royaume du Blind King
Il mange ton cœur meurtri

Au début, ce n'était déjà pas évident, mais ensuite le tunnel rétrécissait, et à présent, les pierres qu'elle enjambait n'étaient plus qu'à soixante centimètres du plafond de terre. Une dentelle de racines pendait comme des cheveux morts. Puis le passage ne fit plus que trente centimètres de hauteur, et elle se mit à ramper parmi les cailloux sur le ventre tel un lézard, téléphone à la main.

Elle n'avait plus que sept pour cent de batterie. Elle se demanda si elle avait pris la mauvaise décision, si elle aurait dû choisir l'autre tuyau ou prendre le risque d'affronter Bill. Le temps qu'elle découvre qu'il s'agissait d'une impasse, il se pourrait qu'il soit trop tard. Le passage se faisait plus étroit, et les parois se rapprochaient peu à peu l'une de l'autre comme dans un entonnoir.

Là où se tortillent les vers
Là où bouillonne le sang
Là où brûle la souffrance,
Dans mes ténèbres
Enterré avec les vers

Le téléphone était à six pour cent lorsqu'elle arriva à l'endroit où elle dut décider : les pieds ou la tête d'abord. À partir de là, le tube de roche serait trop étroit pour permettre un demi-tour. Elle passa la tête la première, plongeant dans le cœur de la montagne, les bras allongés devant elle. De la terre tombait en pluie chaque fois que son dos heurtait le plafond, des pierres coupantes lui déchiraient les mains, ses coudes et ses genoux saignaient. La montagne serrait le poing et la compressait.

En fin de compte, elle cessa de ramper. Devant elle, le plafond et le sol la prirent en sandwich : il ne restait entre eux que l'équivalent de deux poings. Impossible de bouger d'un pouce. Elle examina la configuration du terrain et se rendit compte que cette fente plate se poursuivait un bon moment. Elle éteignit le téléphone et le rangea dans sa poche de pantalon. Dans l'obscurité froide, elle sentit toute la masse de la montagne qui pesait sur elle. Kris tourna la tête sur le côté, mais son crâne, même ainsi, logeait à peine dans la fente. Elle se mit à plat ventre, en étoile de mer, étendant ses bras et ses jambes autant qu'elle le put, puis elle se glissa en avant, faisant porter tout le poids de son corps sur sa poitrine, ses doigts, ses orteils et sa joue. Elle avança centimètre par centimètre, son oreille gauche se remplit de terre, et soudain la roche se referma brusquement et la bloqua dans ses mâchoires. Coincée.

Le plafond de la grotte compressait son dos. Le sol compressait sa poitrine. Ses poumons ne pouvaient se dilater complètement. Elle ne pouvait même pas ouvrir la bouche pour s'humecter les lèvres.

Elle ne pouvait pas respirer.

À travers les ténèbres ses vers s'amoncellent
De l'eau noire inonde leurs grottes noires
Cette rage que j'éprouve est une tempête froide
Qui noie tous ses esclaves

Kris n'aurait su dire si ses yeux étaient ouverts ou fermés. Fermés, sans doute. Elle prit une petite inspiration bien au fond de son ventre, sentant son estomac appuyer contre le sol rocheux et ses omoplates contre le plafond. Elle prit une autre inspiration. Puis une autre. Elle attendit et sentit son pouls se ralentir, ses muscles se détendre.

Que s'abatte le ciel
Qu'il nettoie tout
Les vers hurlent sous terre
Et je n'ai plus peur

Elle pouvait plier un tout petit peu son bras droit, mais le gauche était irrémédiablement coincé par le poids de son corps. Elle effectua un léger balancier avec son bras droit, à plusieurs reprises, dans un mouvement d'essuie-glaces. Ses bouts de doigts se promenaient sur les pierres devant elle. Il y avait un vide, une fissure dans la roche par laquelle entrait de l'air chaud. Si celle-ci s'avérait suffisamment large, et le passage pas trop étroit d'un centimètre fatal, elle pouvait y parvenir.

Contractant ses muscles, Kris se glissa en avant et le plafond lui rabattit l'oreille gauche en arrière. Elle referma sa paume droite sur le rebord du trou. Elle tenta d'y faire pénétrer son bras gauche. Elle eut l'impression que son coude allait se déboîter, mais soudain, dans une secousse, il entra. Les deux mains sur le rebord, elle tira. La pierre lui arracha de la peau du dos, du ventre et des cuisses, mais elle glissa dans le trou jusqu'à la taille, puis se laissa tomber dans l'espace, se cognant les deux genoux, et atterrit les deux mains dans la boue. L'odeur fétide de musc animal lui fit monter les larmes aux yeux. Elle se leva, de la boue jusqu'aux genoux. Elle avait perdu une de ses chaussures et son pied droit était nu dans le cloaque chaud. Instantanément, elle sentit la jambe de son pantalon bouger. Kris fourra sa main dans sa poche, sortit le téléphone, l'alluma et le regretta aussitôt.

Elle se tenait dans une petite grotte, et le sol était couvert de merde de chauves-souris jusqu'aux genoux. L'odeur d'ammoniac lui brûlait les yeux. La surface grouillait d'un tapis noir luisant de cafards. Des roches dressaient leurs pointes au-dessus du guano tels des icebergs. Kris se força à lever les yeux. Dix centimètres au-dessus de sa tête, le plafond bruissait d'un tapis ondulant de chauves-souris aux corps mous. L'une d'elles se réveilla et tourna vers elle ses yeux aveugles, la bouche ouverte en un hurlement silencieux, montrant ses minuscules dents blanches acérées comme des aiguilles. Kris frotta son pantalon pour faire tomber les insectes. Leurs crochets de chitine lui pincèrent les mains. Elle s'obligea à éteindre le téléphone et à le ranger dans son pantalon. Stupéfaite, Kris s'aperçut que, même sans téléphone, elle parvenait toujours à distinguer le contour de la grotte. Il y avait de la lumière en haut.

Elle avança dans le marécage grouillant et pria pour que cette lueur ne vienne pas d'un trou trop haut hors de sa portée. Sous elle, les cafards craquaient et tentaient de remonter sur l'arrière de ses genoux, sur ses cuisses, s'accrochaient à sa ceinture, à son ventre. Le guano lui tenait les pieds au chaud et les rochers lui déchiquetaient la peau. Elle se cogna la rotule contre un rocher et tomba en avant, mit les mains et s'enfonça dans la crotte de chauve-souris jusqu'aux épaules. Un mille-pattes s'accrocha à son menton.

Elle se redressa d'une poussée et sentit que le sommet de sa tête frôlait plusieurs chauves-souris qui se mirent à se balancer. L'un de leurs corps chauds et mous tomba sur son épaule, et elle l'écarta d'une claque. L'animal s'aplatit sous sa main, ses crocs acérés s'enfoncèrent dans le gras de son pouce comme des lames de rasoir, et y restèrent plantés un moment tandis qu'elle agitait frénétiquement l'avant-bras. Puis l'animal disparut. Du velours et du cuir tièdes la giflèrent au passage. Kris lutta contre son envie irrépressible de hurler. Elle avança plus vite, péniblement.

Les coléoptères avaient atteint son cou. Elle sentit leurs pinces coupantes et leurs antennes fouiller l'intérieur du col de son tee-shirt, s'infiltrer sous ses cheveux. Elle les écarta, les écrasa, s'enduisant les paumes d'ichor poisseux. Devant elle, la grotte faisait un virage, et lorsqu'elle tourna, elle reçut la lumière en pleine face. Il y avait une crevasse déchiquetée d'environ un mètre de haut et trente centimètres de large, encombrée de racines et d'herbes, mais après les mâchoires de la montagne, Kris la trouva aussi large qu'une allée de chez Walmart.

Il y eut une ondulation au plafond, déclenchée par ses gestes effrénés, et des chauves-souris lâchèrent prise, formant un nuage démentiel autour d'elle. Kris avança tant bien que mal, se retournant les ongles de pieds contre les rochers. Puis elle bondit vers la fente de lumière et se glissa par l'ouverture, se hissant dans l'herbe haute, brûlant de sortir avant que le nuage de chauves-souris qui la mordaient et poussaient des cris aigus ne la submerge. Elle crut qu'elle allait devenir folle si elles touchaient de nouveau son visage.

Une racine se prit dans sa taille, la souleva un bref instant, puis céda et Kris glissa sur le ventre le long de la colline humide. Ses roulades se ralentirent, puis s'arrêtèrent, et elle resta sur le dos, haletante. La montagne s'élevait au-dessus d'elle. Kris n'avait jamais été aussi soulagée d'être à l'air libre. Ses pieds saignaient, elle était couverte de merde de chauve-souris, mais elle était en vie et elle aspirait de grandes bouffées de bon oxygène, froid et pur.

En dessous d'elle, un pick-up passa à toute vitesse dans la lumière grise du petit matin, se dirigeant vers la nationale. Elle était au bord d'une route goudronnée à deux voies. Il y avait un panorama imprenable sur l'autre côté de la route, et une énorme colline d'herbes hautes.

Et maintenant, que faire ?

Elle devait continuer à bouger. Elle devait s'échapper. S'ils la trouvaient et la ramenaient au Puits, son esprit n'y survivrait pas. Kris se laissa glisser le long de la colline et, après avoir regardé des deux côtés, elle traversa la deux-voies en boitillant pour rejoindre l'embranchement. Elle se traîna dans un massif de buissons, se fraya un chemin de l'autre côté, et continua à descendre.

Et d'un coup, l'Amérique lui tendit les bras et l'engloutit tout entière.

Jack Blast : Pour les auditeurs qui viennent de nous rejoindre, ici Radio Amérique libre de Jack Blast, en direct du Bunker, dans le merveilleux État d'Arizona, où les hommes ont des revolvers, les femmes des nichons, et où c'est tous les jours la saison de la chasse. À vous l'antenne.

Appelant : Ici JD.

Jack Blast : Notre vieil ami. Comment ça va, *compadre* ?

Appelant : Les forces sont en mouvement, Jack. Les péchés du passé vont se payer dans le sang. Vous avez entendu comme les langues se délient ? Tout le monde s'y met pour couvrir ses arrières. C'est le grand, cette fois.

Jack Blast : Et c'est quoi « le grand », JD ? Allô ? Vous êtes toujours en ligne ? [*Silence.*] OK, je suis sûr que notre auditeur reviendra aussitôt qu'il aura recommencé à prendre ses médocs.

– WJET, « Radio Amérique libre », 13 août 2019

18
Garde la niaque[1]

Les jambes raides, Kris dévala la pente, tentant de mettre autant de distance que possible entre elle et le Puits dans les Bois.

Derrière un groupe d'arbres à l'agonie, elle trouva une petite maison. Il n'y avait pas de voiture devant. Elle but au tuyau du jardin jusqu'à ce que son estomac sature et nettoya le plus gros de la merde de chauve-souris. Il n'y avait pas un centimètre carré de sa peau qui ne soit pas mâché, coupé, éraflé ou déchiré. Elle se sentait si étourdie qu'il lui semblait que sa tête allait s'envoler de ses épaules, mais elle se força à longer la route dans ses frusques en lin blanc détrempé, s'accroupissant derrière des voitures en stationnement ou s'enfonçant dans les bois lorsqu'un pick-up s'approchait.

Dans un centre commercial pourri, elle trouva une boutique de l'Armée du Salut. Deux vieux mecs déballaient des cartons de jouets dans le fond.

« Vous avez des vêtements ? demanda Kris, la gorge sèche.

– Bien sûr, dit l'un d'eux. À l'intérieur. En vente. »

Kris écarta les bras. La tenue en lin blanc qu'elle portait était tellement mouillée et sale qu'elle était transparente. Elle n'avait qu'une chaussure.

« Je vous en prie », dit-elle.

Un des types entra dans le magasin. Kris resta plantée sur le bitume, profitant de la chaleur du soleil qui montait. L'homme ressortit et lui jeta un tas noir.

---

1. *Stay Hungry*, album de Twisted Sister, 1984.

« Tenez. On peut pas vendre ça, de toute façon. »

Derrière une benne à ordures, Kris enfila un pantalon de survêt rose avec une grosse tache sur une jambe. Du chocolat, espéra-t-elle. Il y avait aussi une paire de Teva et un sweat à capuche noir avec sur le devant un dessin ultraréaliste de boyaux qui se déversent, en couleurs. À l'arrière, l'inscription « Slipknot World Domination Tour ».

« Génial », fit Kris.

Elle l'enfila à l'envers. Ce serait l'enfer de se tirer vers l'ouest dans cette tenue, mais c'était mieux que rien. La chanson suivante sur *Troglodyte* était « Sailing the Seas of Blood », qui lui indiquait qu'elle devait poursuivre sa route *sur les mers de sang*. Elle devait partir pour la côte Ouest et interrompre la tournée Farewell to the King. Quels que soient les plans de Terry, ils ne pouvaient être bons. Elle avait la foi, désormais, elle croyait à la malfaisance pure de Terry et aux pouvoirs visionnaires de *Troglodyte*. Kris ressortit de derrière la benne.

« On est quel jour ? » demanda-t-elle à l'un des hommes.

Elle espérait qu'on était encore en mai. Même si c'était le week-end du Memorial Day, ça lui laissait un peu de temps. Il lui fallait au moins une semaine pour parvenir à L.A.

« On est le 12 août », répondit-il.

Le cerveau de Kris se verrouilla et elle s'éloigna sans plus rien voir. Elle remarqua que le soleil n'était plus dans la même position lorsqu'elle mangea la moitié d'un hot dog dégoté dans une poubelle sur le parking d'un 7-Eleven. Il était à son zénith lorsqu'elle trouva quelques frites congelées sur le trottoir devant un Hardee's. Elle les mangea. Elle n'avait aucune idée de l'heure. Ça n'avait plus d'importance. Elle avait manqué les concerts. Elle avait échoué.

Elle continua à s'éloigner du Puits dans les Bois d'un pas chancelant, se cachant des voitures qui passaient, s'obligeant à continuer d'avancer. Quand il se mit à faire sombre, ses jambes devinrent lourdes, et elle commença à piquer du nez. De l'autre côté de la route, il y avait un énorme cimetière verdoyant, constellé d'arbres, et elle se dit que ce serait logique d'y dormir. Terry avait réussi à imposer sa volonté, une fois de plus. Elle aurait aussi bien pu être morte.

Le cimetière était propre comme une maquette d'architecte : angles droits, trottoirs balayés, rangées bien régulières de stèles identiques. Kris s'effondra dans les buissons derrière un kiosque en pierre sur le côté le plus éloigné de la route. Elle se réveilla à 2 heures du matin, frigorifiée, tremblante, se demandant que faire ensuite.

Elle ne pouvait pas rentrer. Little Charles la renverrait au Puits dans les Bois, et désormais sa maison était déjà occupée par de nouveaux habitants. Tuck l'avait trahie.

Scottie était mort. Terry avait gagné. Il était parvenu à ses fins, quelles qu'elles soient. Elle n'avait plus nulle part où aller.

Kris passa le reste de la nuit éveillée, attendant impatiemment le lever du jour, les mains enfouies entre ses cuisses pour tenter de se tenir chaud. Chaque fois qu'elle commençait à sombrer dans le sommeil, elle entendait le *pop* dans le sous-sol de Scottie, voyait les larmes couler sur le visage de son ami, Angela par terre fixant le plafond, Bill en train de la questionner au Puits dans les Bois, le visage blanc et froid qui crachait dans sa direction dans la chambre de Gray. Comment avait-elle pu imaginer pouvoir lutter contre Black Iron Mountain ? Ils n'étaient même pas humains. Elle n'était qu'une musicienne. Même plus, en fait. Vingt ans plus tôt, Black Iron Mountain était venue chercher Dürt Würk et cette intrusion avait empoisonné le reste de sa vie. Tout ce qu'elle pouvait faire à présent, c'était se cacher et espérer qu'on oublierait son existence.

Lorsque le ciel s'éclaircit enfin, Kris rejoignit la route, les genoux tellement raides qu'elle avait l'impression d'avoir les jambes cassées. En passant devant la petite chapelle, elle remarqua une femme assise le dos au mur, partiellement dissimulée par les buissons.

« B'jour », dit Kris, retirant ses mains de sous ses aisselles pour bien montrer à la femme qu'elle ne représentait pas une menace.

Des sacs en plastique s'entassaient de chaque côté de la femme. Elle avait les yeux ouverts, donc Kris savait qu'elle était réveillée. Elle ne voulait pas s'approcher trop, alors elle réessaya.

« Tout va bien ? » demanda Kris, et en disant ces mots, elle sut qu'elle était morte.

Kris s'accroupit à environ un mètre cinquante du corps. C'était une femme de quarante ans qui ne s'était pas économisée, ou une femme de soixante qui faisait jeune, et son menton reposait contre son torse. Elle portait un coupe-vent vert avec le logo du Bock Raton Golf Club sur la poitrine et une minijupe en jean délavé. Elle avait les yeux fixés sur un point entre ses pieds. De la rosée s'était accumulée sur son visage.

Kris fouilla ses sacs. Dans celui du dessous, elle trouva un billet de dix dollars dans un paquet de cigarettes vide et un permis de conduire au nom de Deirdre McDeere. Kris vola ses baskets. Les scrupules étaient un luxe qu'elle ne pouvait plus se permettre.

Les baskets amortirent ses pas tandis qu'elle passait les portes du cimetière et repartait sur la route. La circulation matinale se densifia. Son ventre grondait chaque fois qu'elle posait un pied devant l'autre. Une jeune femme noire avec de courtes tresses partagea la moitié d'un donut avec elle devant une station BP. Le sucre glace fit jaillir un flot de salive dans la bouche de Kris. « J'essaie de perdre quelques kilos, lui assura la fille. C'est *vous* qui me rendez service. »

Kris supplia des conducteurs de la prendre en stop dans des stations-service Sunoco et sur les parkings des Wendy's. Elle s'endormit sous un pont routier en face d'un vieillard silencieux qui portait une douzaine de paires de chaussettes sales à ses pieds enflés et suintants. Lorsqu'elle se réveilla, il tombait une pluie fine, le vieil homme avait disparu, et une boîte de haricots verts était posée à côté d'elle. Il avait oublié de lui laisser un ouvre-boîte. Elle longea des bandes d'arrêt d'urgence jonchées d'ordures, à côté des voitures qui défilaient à toute vitesse, et traversa d'un pas prudent les bandes d'herbes hautes aux sorties.

Elle acheta pour dix dollars d'essence à des mecs du Guatemala en échange du trajet jusqu'à Louisville. Ils s'y rendaient pour tondre des jardins, et un seul d'entre eux parlait anglais. Kris s'installa derrière avec lui et ses cousins adolescents qui fumaient des clopes en jouant sur leurs téléphones. Lorsqu'elle descendit, ils lui donnèrent trois serviettes de plage à rayures qui pourraient lui servir de couverture.

À Louisville, elle trouva une échelle à l'arrière d'une station Shell et s'endormit sur le toit, contemplant les étoiles. À son réveil, *Troglodyte* passait dans sa tête, comme pour la narguer.

« Assez, gémit-elle, enveloppée dans ses serviettes de plage, se prenant la tête à deux mains. Ils m'ont volé trois mois de ma vie. Ça ne suffit pas ? »

Terry et Black Iron Mountain avaient gagné, elle avait perdu. Elle n'allait pas continuer à se battre. Terry avait fini sa série de cinq concerts, et son œuvre, quelle qu'elle soit, était accomplie : le monde avait toujours l'air aussi pourri qu'avant, plein de devantures désertes et de services d'urgence débordés. Des coins de rue occupés par des chaînes de fast-food, des monts-de-piété et des boîtes où l'on pouvait encaisser ses chèques, des églises installées dans des centres commerciaux qui prêchaient la prospérité, des petites filles trimballant des poupées achetées dans des bazars Tout à un dollar, et des petits garçons à la langue tachée par du jus de raisin récupéré dans les programmes santé pour les défavorisés. Les panneaux d'affichage et les publicités sur les arrêts de bus disaient : Cash Tout, Atout Prêt, LiquiRapide, Dépann' Crédit, et Clou pour tous. Les marges dans lesquelles se faufilait Kris étaient pleines de gens qui passaient leur vie à faire la queue et à avancer en traînant les pieds, attendant dans des salles surchauffées que la personne qui détenait leur dossier appelle leur nom. C'était sa place. Toute sa vie, Terry avait eu une longueur d'avance sur elle.

Des caméras de surveillance étaient fixées à tous les bâtiments. Caméras dômes fixées au-dessus de chaque porte, caméras canons nichées au coin des immeubles, caméras PTZ balayant les parkings avec leurs yeux en plastique qui ne clignaient jamais, caméras HD sécurisées pour usage en extérieur, accrochées à de longs poteaux métalliques dépassant des antennes relais, diffusant des images des ruelles sur le réseau cellulaire. Kris zigzaguait entre tous ces objectifs, tentant de rester hors de leur portée.

Dans le centre de Louisville, un évangéliste chauve, la barbe teinte en noir, distribuait des billets de car aux sans-abri, que, selon lui, la ville assassinait. Chaque billet était accompagné d'un prospectus expliquant que son diocèse avait été fermé et son abri pour SDF détruit. Kris écouta son sermon et prit un billet pour Saint-Louis.

En route, la tête appuyée contre la vitre graisseuse, elle entraperçut une affiche, presque trop vite pour en saisir pleinement le sens :

HELLSTOCK '19
KOFFIN REVIENT !
6, 7, 8 SEPT.
RIP Las Vegas

Elle se tourna vers l'unijambiste assis derrière elle.

« Vous avez vu ça ? demanda-t-elle.

– Ce sataniste fait un nouveau Woodstock, dit Une-Jambe. J'étais à Woodstock, le vrai, et c'était pas à Las Vegas, ça c'est sûr. »

Pendant tout le reste du voyage, il ne cessa de taper sur l'épaule de Kris pour lui raconter toutes les nanas qu'il s'était farcies à Woodstock. Saint-Louis n'arriverait jamais assez vite.

Kris se traîna dans le centre, récupéra une barquette-repas à la soupe populaire de la mosquée et alla manger dans un parc avoisinant. Elle dormit, enveloppée dans ses serviettes, bien cachée dans les buissons, tentant de disparaître. Mais les dates de Las Vegas étaient solidement punaisées dans les tendres replis de sa cervelle.

« Qu'est-ce que vous voulez que je fasse ? » marmonna-t-elle à part elle, boitillant dans Saint-Louis.

La nuit, elle s'endormit en présentant ses excuses à Scottie : elle était désolée. Elle ne pouvait pas reprendre le flambeau. Elle n'était qu'une fille avec une guitare, la guitare en moins. La meilleure chose qu'elle puisse faire, c'était disparaître. S'arranger pour que Terry ne la retrouve jamais. Vivre discrètement dans Black Iron Mountain.

Le week-end précédant Labor Day, elle se retrouva devant le grand stade de base-ball pendant un match des Cardinals. Il y avait une série de stands de bière et des tables de pique-nique en face du stade, où les musiciens des rues grattaient leur guitare au rythme des piécettes qui tombaient dans des gobelets de papier. Elle s'assit sur le trottoir, écoutant une fille de l'autre côté de la rue qui jouait sur une guitare acoustique déglinguée. Elle essayait d'interpréter « Brown Eyed Girl ». Elle avait des croûtes partout sur le visage, et un chiot pitbull qui avait déjà souffert était attaché à un épais bout de corde à côté d'elle. Après que la fille eut massacré « Hey Jude », Kris n'y tint plus et s'approcha.

« T'es désaccordée », fit-elle.

La fille l'ignora et se lança dans « Jane Says ». Kris s'accroupit et attendit qu'elle ait terminé.

« Tu fais fuir les gens, dit la fille sans regarder Kris.

– Laisse-moi l'accorder, répondit Kris. S'il te plaît. »

La fille tourna vers elle des yeux d'un inquiétant bleu délavé.

« Joue un *mi* », demanda Kris.

La fille fit résonner la corde de *mi* et Kris resserra la mécanique. Immédiatement, l'instrument se mit à sonner comme une vraie guitare. La fille fit vibrer toutes les cordes et Kris les accorda grosso modo, une à une.

Sans y être invitée, elle s'assit à côté de la fille, à l'opposé du pitbull, tandis qu'elle jouait « The Wind Cries Mary ». Elle jouait toujours comme un pied, mais comme un pied accordé, au moins.

« Tu veux que je te montre un truc ? demanda Kris. Ça t'aidera à te faire plus de fric. »

Le plus gros bifton dans le gobelet de la fille était une pièce de vingt-cinq cents.

« Baisse ton médiator, il accroche, comme ça », dit Kris, et elle guida sa main. La fille cessa de louper la corde de *mi* et sa version léthargique de « Wish You Were Here » sonna mieux. Le pitbull se leva, s'approcha de Kris et s'allongea de nouveau, posant le museau sur son genou. Kris le caressa entre les yeux et il les ferma, dans un sommeil bienheureux.

« Je peux jouer quelque chose ? demanda Kris lorsque la fille eut terminé sa chanson hésitante. Je m'appelle Deirdre. »

La fille ne répondit pas.

« Juste une chanson ? »

La fille passa sa guitare à Kris et attira le pitbull sur ses genoux. Kris plaça la guitare en équilibre sur sa cuisse droite et se mit à jouer, d'abord quelques gammes et quelques accords pour s'échauffer et s'assouplir les jointures. Elle ne pensait pas à ses doigts tandis qu'ils parcouraient le manche de haut en bas. Enfin, ses notes se mirent à s'enchaîner pour créer une musique, et ce qui sortit de cette guitare merdique, bas de gamme, pleine de pets, ce fut le blues.

Kris n'en fut pas surprise. Si on ralentissait suffisamment n'importe quel morceau de heavy metal, on retournait droit au blues. Led Zeppelin avait fait une reprise de « When the Levee Breaks » de Memphis Minnie, Black Sabbath avait mis de l'harmonica sur son premier album. Et bon Dieu, le premier groupe dans lequel Ozzy et Tony Iommi avaient joué ensemble s'appelait le Polka Tulk Blues Band. Hard rock, heavy metal, stoner rock, doom metal – tout ça avait émergé du marais qu'on appelle le blues. Kris se mit à plaquer les accords de « Red Cross Store » de Mississippi Fred McDowell. C'était Tuck qui la lui avait apprise, mais ce n'était pas grave en cet instant. Ce n'était pas une compo de Tuck, il l'avait juste transmise, de la main à la main, et les chansons défiaient les âges, prêtes à être réveillées quand on avait besoin d'elles.

Il lui fallut quelques mesures pour se caler, puis elle récupéra sonorité et confiance, sa variation sur un accord se fit hypnotique et primitive, la tonalité de la gratte déglinguée aussi claire qu'une cloche de verre tintant dans la rue. Elle enchaîna sur « This Land Is Your Land », et la monnaie se mit à pleuvoir dans le gobelet. C'était bon de jouer, et lorsqu'elle se lança dans une version acoustique de « War Pigs » de Black Sabbath, la fille la surprit en entonnant le couplet avec une voix légèrement éraillée qui restait à peu près juste et, au moins, tenait le rythme. Elles continuèrent sur le même mode. La fille chantait, Kris jouait. Elles firent des morceaux de Black Sabbath, Zeppelin, Leadbelly, Phil Ochs, Woody Guthrie et même de Scorpions.

Chaque chanson était la même. C'étaient des chansons pour les gens qui avaient peur d'ouvrir leur boîte aux lettres, dont le téléphone ne sonnait jamais pour une bonne nouvelle. C'étaient des chansons pour les gens qui attendaient le bus au carrefour. Les gens qui sautaient de créanciers en bazars Tout à un dollar, d'agences de recouvrement en bureaux des HLM, de tribunal des affaires familiales en service des urgences, attendant un chèque qui ne venait jamais, attendant une citation à comparaître, un coup de fil officiel, un coup de chance, écrasés sous la roue.

Les mains de Kris peinaient à tenir le rythme, mais elle suivait la musique et la musique la portait, et toutes les chansons étaient dans la langue des pancartes en carton qu'elle voyait partout sur son chemin. Aidez-moi s'il vous plaît. Besoin d'aide. À l'aide. J'essaie de rentrer chez moi. J'ai tout perdu. Des panneaux rédigés en besoins, en manque, en nécessité, des panneaux de famine, de maladie, de solitude, de peur. Des chansons pour les gens qui ne pouvaient échapper au poids qui pesait sur leur dos telle une montagne et les plaquait au sol, les gens qui ne pouvaient marcher car ils étaient trop fatigués, qui ne pouvaient s'échapper car leurs pieds étaient enchaînés, qui ne pouvaient réfléchir à une solution car ils avaient trop faim pour penser à autre chose qu'à leur prochain repas.

Tout le monde joue pour quelqu'un, et Kris ne jouait pas pour les gros poissons comme Sabbath et Zep, elle ne jouait pas pour ceux qui avaient réussi, les sorciers qui avaient trouvé le moyen de transformer leur musique en bagnoles et en fric, en manoirs et en fêtes sans fin où personne ne vieillissait jamais. Elle jouait pour les losers. Elle jouait pour les groupes qui n'avaient jamais rencontré leur pygmalion, les musiciens qui buvaient trop et prenaient systématiquement les mauvaises décisions. Les chanteurs qui se faisaient expédier dans les hôpitaux publics car ils ne parvenaient pas à assumer de vivre dans l'ombre de Black Iron Mountain. Elle jouait pour ceux qui enregistraient les mauvaises chansons au bon moment, et les bonnes chansons à contretemps. Ceux qui se foutaient en l'air après avoir enregistré un album qui ne collait pas au marché, ceux qui se faisaient plaquer par leur label, les chanteurs qui retournaient vivre dans le sous-sol de leur mère.

Elle jouait pour les déchus, les oubliés, les notes de bas de page. Les gens qui gardaient des tenailles dans le ventre, éternellement, ceux qui mouraient avec la niaque, ceux qui en voulaient tellement fort mais n'avaient jamais eu droit à une place à la table. Elle jouait pour les gens qui s'inquiétaient des piécettes dans leur poche, qui n'avaient pas une miette sur leur plan de travail, pas une boîte de conserve dans leurs placards. Elle jouait pour les gens qui croyaient en eux-mêmes bien après que tous les autres s'étaient fait une raison et avaient tourné la page. Ceux qui mouraient encore vivants et pleins d'espoir. Elle jouait pour les gens qui se rendaient trop durs à aimer, ceux qui ne lisaient jamais les clauses en petits caractères, qui n'écoutaient jamais les bons conseils, ceux qui n'avaient pas d'autre désir que de jouer. Elle jouait pour Scottie.

Elle jouait du metal. Elle jouait de la country. Elle jouait du blues.

La fille la suivait au chant quand elle le pouvait et écoutait quand elle ne pouvait pas, articulant silencieusement des paroles à demi remémorées sur les accords. Son pitbull somnolait. Finalement, les gens se dispersèrent ; un flic s'approcha à vélo et leur dit qu'elles n'avaient pas besoin de rentrer chez elles, mais qu'elles ne pouvaient pas rester là. Il se croyait drôle.

Il y avait quatre-vingts dollars dans le gobelet. Kris savait qu'il y aurait dû y en avoir cent vingt. Elle savait que la fille avait empoché quarante dollars en douce, mais penser à l'argent l'épuisait. La fille insista pour que Kris garde les quatre-vingts dollars et la guitare.

« Tu joues mieux, dit-elle. Tu la mérites plus que moi. »

Kris accepta l'argent mais rendit la guitare.

« Continue de jouer, dit-elle. Une fille avec une guitare n'a jamais besoin de s'excuser de rien. »

Elle s'en alla par Clarke Avenue, des acouphènes en *mi* aigu sifflant dans l'oreille gauche, du blé dans la poche, sachant à présent ce qu'elle avait à faire. En moins d'une journée, elle avait fait apparaître quatre-vingts dollars à partir de rien, changeant le son en argent comme par magie. Il lui restait une arme. Une arme qu'ils ne pouvaient pas lui ôter.

Elle se remémora Terry, encore à la Witch House, en train de leur faire découvrir ce qui allait devenir les premières chansons nu metal de Koffin. *Troglodyte* était mort, et ces morceaux étaient décapés de toute mythologie, purgés de toute allusion obscure à des forces puissantes modelant le monde depuis les ombres. Il y avait une chanson parlant d'essayer d'attirer l'attention de son père, avec un hook funky accrocheur (« Regarde, regarde, regarde-moi/ Que, que, que, que vois-tu ? »). Il y avait une power ballad aux accents springsteeniens sur une enfance dans l'ombre des aciéries, une beuglante sur le rejet, un morceau thrash pop sur la solitude. Elle se rappela s'être dit que le metal était vraiment devenu petit. Si tels étaient désormais les seuls sujets de chansons, pourquoi se donner du mal ? Pris d'un accès de colère, Scottie Rocket avait brusquement arraché les pages des mains de Terry, les avait déchirées en deux et lui avait jeté les morceaux au visage.

« Ouin ! Ouin ! Ouin ! avait-il crié. Personne ne m'aime ! Bou-hou. Devine quoi ? On joue du metal, putain ! J'ai aucune envie de jouer des chansons sur ta petite misère personnelle ! Je veux des dragons ! »

Après toutes ces années, elle comprenait enfin ce qu'avait voulu dire Scottie. Elle avait besoin de jouer des chansons sur quelque chose de plus grand que ce monde. Elle avait besoin de jouer des morceaux sur quelque chose qui dépassait le pays sans âme qu'elle voyait autour d'elle. Le blues parlait de la douleur et de la lutte que c'était de vivre à l'intérieur de Black Iron Mountain. Le metal montrait la porte.

Elle n'était pas célèbre, elle n'était pas riche, elle n'avait même pas de papiers avec sa photo. Elle n'était qu'une musicienne. Mais on se bat avec les armes qu'on a, pas celles dont on rêve.

Kris ne pouvait plus repousser le moment. Elle acheta un billet pour Wichita, au Kansas, qui lui coûta tout ce qu'elle avait, et elle monta dans le bus les poches et le ventre vides, afin de traverser tout le Midwest pour aller trouver la seule personne qui détestait encore plus Terry qu'elle, la seule personne en qui elle pouvait peut-être encore avoir confiance.

DJ Gordon G. : Nous sommes avec Tuck Merryweather, ancien bassiste de Dürt Würk et grand ami de Terry Hunt. Vous savez, je ne vous écoutais pas, à l'époque, vous et votre groupe. Qu'est-ce que j'ai manqué ?

Tuck Merryweather : Pas grand-chose. J'étais dans la section rythmique. Notre batteur d'origine était un dénommé Jefferson Davis...

DJ Gordon G. : Pas possible !

Tuck Merryweather : Eh si, c'était son nom.

DJ Gordon G. : Sa mère le détestait tant que ça ?

Tuck Merryweather : Ce garçon était son pire ennemi. Un jour, il a sauté d'un arbre avec des élastiques attachés aux pieds et il s'est cassé les deux chevilles.

[*Rires.*]

– WXKC Classy 100, « Tout sur tout », 29 octobre 2010

19

Ne brise pas le serment[1]

Lorsque la porte de la petite maison de Valley Center s'ouvrit, Kris dit : « Madame Davis, je suis Kris Pulaski, de Gurner. JD est à la maison ? »

La vieille dame poussa un soupir. Elle avait des cheveux courts bouclés, d'une nuance de rouge qu'on ne trouve pas dans la nature, et portait d'énormes lunettes de soleil rondes. Les poches avant de son cardigan étaient bourrées de Kleenex, avec une télécommande qui dépassait. Un tuyau à oxygène reliait son nez à une bonbonne à ses pieds.

« Qui ? demanda-t-elle.

– Kris Pulaski. J'étais au lycée à Independance High avec JD. J'aimerais beaucoup le voir. »

L'expression de la femme ne changea pas. « Oh que non, vous n'aimeriez pas. Personne n'aime voir mon garçon. Personne n'est gentil avec lui. Il n'est pas bien aujourd'hui. Revenez plus tard. »

Elle commença à fermer la porte, mais Kris la bloqua avec son pied.

« J'ai besoin de son aide », dit-elle.

Mme Davis cessa de pousser. « J'aurais tout entendu », dit-elle.

Elle fit entrer Kris dans un salon contenant toutes les idées de décoration d'intérieur que Kris ait jamais vues à la télé, juxtaposées en un même lieu : figurines en céramique sur le manteau de la cheminée, sofas débordant de coussins ornementaux, tableaux de licornes et de paysages marins dans des cadres

1. *Don't Break the Oath*, album de Mercyful Fate, 1984.

massifs, napperons et couvertures à imprimés animaliers jetés sur tous les meubles.

« Mon fils vous a mise en cloque ? Il a volé votre voiture ? Il a mis le doigt dans l'œil de votre petit frère ?

– Je n'ai pas vu JD depuis plus de vingt ans.

– Vous seriez étonnée, si vous saviez combien de temps les gens gardent leur rancune. »

Elle guida Kris à la cuisine par le couloir. Le sol tremblait. On aurait cru qu'il y avait un camion au sous-sol, moteur à fond, qui rentrait dans les murs. Il fallut une seconde à Kris pour comprendre que c'était quelqu'un qui exécutait des roulements super rapides à la caisse claire. La personne en question sacrifiait l'expressivité au volume, se livrant à des rafales de mitrailleuse sur ses fûts.

Mme Davis se planta devant une mince porte en bois, attendant une pause. La batterie s'arrêta, le silence s'installa, et elle se tourna vers Kris, une main sur la poignée.

« C'est facile d'être méchant avec mon fils. Il n'a jamais reçu grand-chose des autres, à part de la cruauté. J'espère que vous ne venez pas en rajouter. »

Avant qu'elle ait le temps de répondre, Mme Davis poussa la porte juste au moment où la batterie reprenait, et un violent mur de son vint heurter Kris en pleine poitrine tel un bélier. Elle se prépara mentalement, descendit les marches et pénétra dans le Valhalla des metalleux. Les murs du sous-sol étaient un autel dédié au metal viking : photos de Quorthon grossies à la taille d'icônes religieuses, posters d'Amon Amarth, LP de Bathory en édition limitée encadrée, et une série de tableaux amateurs dépeignant des Vikings en train de couper des prêtres en deux avec leurs haches de guerre.

La pièce était dominée par une énorme batterie dans un coin sombre. Derrière, la silhouette indistincte d'un homme portant un casque à cornes, cognant comme un fou sur ses fûts. Il donna un énorme coup sur ses toms, exécuta un dernier roulement de cymbales, puis le silence se fit. Sans bouger, il observait Kris.

« Salut, JD, dit-elle. C'est moi. Kris Pulaski. De Dürt Würk. »

Il ne répliqua rien.

« Écoute, ça fait longtemps, reprit-elle. C'est dingue, tout ce qui s'est passé. Mais je suis venue voir si tu... t'entends jamais parler de Terry, si ? »

Ses yeux commençaient à s'habituer à l'obscurité. Sous son casque viking, JD était incroyablement velu. Des poils jaillissaient de ses pommettes, reliaient ses sourcils, dégoulinaient de son crâne en vagues qui s'écrasaient sur ses épaules et tombaient dans son dos. De face, son système pileux formait un bavoir qui pendait de son visage et lui couvrait la poitrine.

« Je suis venue te dire que je suis désolée. En fin de compte, Bill était un vrai connard. On aurait dû te garder. C'était juste... Bill s'est proposé après ce concert chez PJ, et il avait l'air d'un mec bien, à l'époque, tu sais. On devait faire beaucoup de répètes, et tu n'aimais pas répéter. Et on ne savait pas que Bill finirait à la tête d'une espèce de camp de prisonniers qui pratique le lavage de cerveau et la manipulation mentale sous couvert d'une clinique spécialisée dans les cures de désintox. On a commis une erreur. Je suis désolée. Sincèrement. Je te présente toutes mes excuses, et même si je ne peux pas parler pour Tuck, je suis à peu près certaine que Scottie présenterait les siennes aussi. »

JD garda le silence, la fixant d'un œil vide. Kris avait mentalement préparé cette conversation pendant les multiples trajets en bus qu'il lui avait fallu pour arriver ici, mais s'il ne se décidait pas à y prendre part, elle allait se retrouver à court d'idées.

« J'ai besoin de ton aide, reprit-elle. Il s'est passé quelque chose, il y a longtemps, quand on a tous signé nos contrats, c'est un peu difficile d'en parler, alors il faudrait que je sache quelle est ta position, si tu veux bien. Terry nous a fait quelque chose, et je crois qu'il se prépare à recommencer, mais à plus grande échelle, avec son Hellstock. Je ne sais pas quelle est ton opinion là-dessus, mais peut-être que tu devrais me la dire avant qu'on continue, là.

– Terry n'a pas "fait quelque chose". » Cette fois, sa réponse fut immédiate. « Terry Hunt a vendu vos âmes. »

Kris fut coupée net dans son élan.

« Vous vendez votre âme à Black Iron Mountain, reprit JD, et les Êtres Spéciaux viennent l'aspirer dans vos bouches. »

Le sang se figea dans les veines de Kris tandis qu'elle se remémorait la chose blanche, rampante, froide et affamée qui l'avait clouée au sol et s'était penchée sur elle.

« Je ne crois pas à l'âme, dit-elle. Je suis même jamais allée à l'église de toute ma vie.

– L'âme, c'est la meilleure part de nous-mêmes, répliqua JD, toujours dans l'ombre. Nos passions, nos rêves. Si on les vend, on perd notre créativité, nos chansons, notre étincelle. On ne peut plus imaginer quoi que ce soit de plus grand que ce qu'on a sous les yeux, on ne peut plus rêver d'un monde meilleur que Black Iron Mountain. Dis-moi, Kris, t'as écrit des nouvelles chansons, ces derniers temps ? Et Terry ? »

Kris pensait qu'elle pourrait écrire une chanson si elle n'était pas aussi fatiguée, si elle n'avait pas aussi faim, si elle n'était pas aussi inquiète à propos de tout, tout le temps, mais la vérité, c'était que, jusque tout récemment, elle n'avait pas touché une guitare en six ans.

« Ça dure depuis des siècles, reprit JD. Mais ça va plus vite, désormais. Terry accélère le processus. Ils ciblent d'abord les musiciens. Les bardes voyageaient d'une tribu à l'autre, transformant nos espoirs et nos peurs en sagas épiques : Paganini, Robert Johnson, Tartini, Jimmy Page. Une fois qu'ils ont été pervertis, Black Iron Mountain s'est servie d'eux pour diffuser son message de vacuité de par le monde. Ils ne pouvaient pas nous tenter avec des choses importantes, mais ils pouvaient nous proposer des choses de moindre valeur, comme l'argent et la célébrité. On n'avait qu'une hâte, vendre la seule chose sans prix que nous possédions contre des perles de verre et des babioles.

« À présent, les gens vendent leur âme pour rien. Pour un nouvel iPhone, pour passer une nuit avec leur voisine de palier sexy. Ça se fait sans fanfare, sans parchemin signé à minuit.

Parfois, c'est juste la formule sur laquelle on clique dans un contrat de licence utilisateur. La plupart des gens ne remarquent même pas, et même s'ils s'en rendaient compte, ils s'en ficheraient. Ils veulent seulement des *choses*. Alors ils vendent leur âme, ils s'endorment, et les Êtres Spéciaux sortent des recoins sales en rampant et s'en délectent.

« Ils contrôlent tout, ils nous affament, ils nous maintiennent en état de souffrance, ils font en sorte que nous restions distraits. Tu as remarqué comme ce monde est devenu sans âme ? Comme il est devenu vide et préfabriqué ? Les vies sans âme sont creuses. Nous remplissons la terre de villes sans âme, nous nous polluons nous-mêmes avec des albums sans âme.

« Lorsque l'âme est retirée, elle laisse un trou, et nous essayons de remplir ce trou avec tout un tas de choses – Internet, les théories conspirationnistes, CNN, les drogues, la bouffe, mais il n'y a qu'une seule chose à l'intérieur de ce trou, Kris, et c'est Black Iron Mountain. C'est notre geôlier et c'est notre geôle : une faim éternelle, insensée, qui ne peut jamais être comblée, une plaie qui ne peut jamais guérir, un désir artificiel de consommer. Notre faim nous enferme dans une prison grande comme le monde. Il n'y a pas d'échappatoire. Black Iron Mountain vient tous nous chercher. »

JD se leva. Il retira son casque à cornes et s'avança dans la lumière.

« Je parie que tu regrettes de m'avoir viré de ton groupe, maintenant. »

Il se planta devant elle, un petit homme poilu, en forme de patate, avec un tee-shirt « VALHALLA... J'ARRIVE » délavé, irradiant une intensité hors du commun.

« Bon Dieu, JD, soupira Kris, s'accrochant à sa raison par le bout des ongles. J'ai envie de te croire, vraiment. Et si j'avais complètement perdu les pédales, ce que tu viens de dire aurait beaucoup de sens, à tous niveaux. Mais imagine débiter ce discours à n'importe qui en dehors de ce sous-sol. On dirait les paroles d'un dingue, d'un parano, d'un fou à lier. »

Elle se tint prête pour la réaction de JD. Au lieu de s'énerver, il la fixa calmement.

« Kris, dit-il. Il est possible d'être complètement dingue, parano, fou à lier et d'avoir raison quand même. Peut-être que le problème des gens, c'est que le monde est devenu tellement cinglé qu'ils ne sont pas assez fous pour le comprendre pleinement. »

Kris pensa aux créatures dans le sous-sol que JD avait appelées les Êtres Spéciaux. Elle pensa à la nuit du contrat.

« Tu dis qu'ils ont mangé nos âmes ?

– C'est ce que Terry leur a offert en échange de la célébrité et de la fortune. Lorsque Rob lui a proposé le contrat, il n'a pas vendu son âme à Black Iron Mountain – il leur a vendu les quatre vôtres à la place. Ça lui a plutôt bien réussi.

– J'ai essayé de lutter. Je me suis attaquée à lui.

– Et ça t'a menée où ? Tu t'es retrouvée coincée dans le camp d'été pour tarés de Bill. C'est là qu'ils produisent leurs esclaves. C'est le programme MKUltra appliqué à la lettre. Techniques de contrôle psychique. Doses massives de scopolamine. Érosion de la personnalité. Une fois que tu es devenu complètement creux, ils te tatouent un papillon monarque et te renvoient dans le monde jusqu'à ce qu'ils soient prêts à t'activer.

– D'où tu sors tout ça ? Comment ça se fait que tu en sais plus long que moi sur ce qui m'est arrivé ? »

JD s'assit devant la table basse ronde au centre de la pièce, sortit un énorme sachet d'herbe et se mit à rouler un gros joint.

« On est là, dans la nature, dit-il. Vous autres, les gens sans âme, vous nous traitez de dingues et de conspirationnistes, et vous vous foutez de notre gueule parce qu'on croit aux chemtrails et aux ovnis. Vous nous collez sous médocs, vous interdisez nos chaînes YouTube, et vous nous envoyez dans les petits camps de concentration de Bill à la première occasion. Mais on se reconnaît les uns les autres, on recueille des informations, on écoute. Tu vis dans Black Iron Mountain depuis si longtemps que tu as oublié ce que ça fait d'être libre. »

Il alluma son joint, tira dessus et rejeta une longue volute de fumée résineuse.

« Bon Dieu, dit Kris, s'asseyant en face de lui et refusant le joint qu'il lui proposait d'un geste. C'est comme dans la chanson "The Devil Went Down to Georgia". Tu sais : *Le diable est descendu en Géorgie*. Après avoir passé ma vie à jouer du metal, j'arrive pas à croire que le monde se révèle être une chanson country de merde. »

JD prit une nouvelle longue taffe.

« Je suis sûr que tu as déjà compris que *Troglodyte* est une prophétie, dit-il d'une petite voix étranglée en recrachant sa fumée. Il ne reste que trois morceaux : "Sailing the Seas of Blood", où on va à Las Vegas, "In the Hall of the Blind King", où on trouve Terry, et "One Life, One Bullet", où on le tue.

– Ouh là, ouh là, on ne tue personne.

– Il a essayé de te faire un lavage de cerveau. Il a assassiné toute la famille de Scottie. Il faut qu'il meure.

– Non. On ne tue personne.

– Parce que ça nous rendrait aussi mauvais que lui ? railla JD.

– Non. Parce que je suis pas une meurtrière. Et toi non plus. On est des musiciens.

– Tu suggères quoi ? Parce que tu t'en es trop bien tirée, jusque-là.

– On suit l'album. On va à Las Vegas, on trouve Terry, et ensuite... je sais pas. Mais *Troglodyte* nous dira que faire une fois sur place.

– Comme le tuer, dit JD.

– C'est quoi, ton problème ? T'es là, dans le sous-sol de ta mère, tu fumes des pétards, tu cognes sur ta batterie, et tu parles de tuer des gens comme un petit garçon qui joue aux jeux vidéo. T'as déjà vu quelqu'un mourir ? C'est... » Kris revit Angela tomber à la renverse, le visage baigné de larmes de Scottie Rocket, la femme du cimetière. Elle était à court de mots. « Ça suffit, les morts, JD. »

JD posa le joint allumé sur le rebord de son cendrier et se pencha en avant, pas fâché, mais sérieux.

« Ça fait tellement longtemps que j'attends, dit-il, la voix étranglée par l'émotion. J'ai baissé la tête pour éviter de me faire remarquer par Black Iron Mountain. Je me demandais ce qui arrêterait Terry. Est-ce que je devais le trouver et le tuer ? Est-ce que c'était moi, Troglodyte ? J'ai pas arrêté d'essayer de mettre de l'ordre dans ma vie, mais plus j'ai fait d'efforts, plus j'ai fait fuir tout le monde. Avant, j'avais un appart à moi. J'avais un boulot. Mais chaque fois que j'ai essayé d'expliquer le monde à des gens, chaque fois que j'ai cru que j'avais des amis, ils m'ont jeté. Tout le monde me prend pour un fou, Kris. Tu es la première personne qui soit jamais venue ici, dans ma maison, pour me demander de l'aide. C'est toi, Troglodyte. »

Il leva son bras velu et lui montra un épais bracelet en métal torsadé. Celui-ci se terminait par deux têtes de loups, museau contre museau, sur le dos de son poignet. Il plaça sa main droite dessus.

« Le vœu le plus solennel que puisse faire un Viking, c'est le serment d'Odin, et je le fais en cet instant. Moi, Jefferson Davis, je jure au nom de celui qui fut pendu à l'arbre que je ne laisserai personne te faire du mal, Kris Pulaski, membre de mon groupe de guerre et compagne de bouclier. Je le jure, et que ma vie s'achève si je manque à ma parole. Ainsi soit-il. »

Kris eut envie d'éclater de rire. Elle était là, dans un sous-sol, avec un metalleux viking, et tous deux allaient se dresser contre Terry et Black Iron Mountain. C'était d'une stupidité épique. Mais elle ne s'aventura pas à se moquer de JD.

Au lieu de ça, elle demanda : « T'as quelque chose à manger ? »

Kris prit une douche pendant que JD nettoyait le minivan. Sa mère lui prêta un survêtement en velours rouge à bandes blanches.

« Il est à peu près propre et c'est ta taille », dit-elle.

Elle leur donna un sachet de sandwichs pendant que JD appelait son neveu pour lui demander de passer voir sa mère pendant son absence.

« Une semaine, dit-il. Maximum. »

On était déjà à la fin août. Kris prit conscience que sa famille devait la croire morte. Little Charles avait dû faire un signalement de disparition. JD jeta son sac en toile à l'arrière du minivan et parut lire dans ses pensées.

« T'as plus de chez-toi, dit-il. Tu pourras jamais retourner à la Roue. Un album ne passe que dans une direction : vers l'avant. Mais je serai avec toi. À toutes les étapes. »

Lorsqu'elle partait en tournée, autrefois, Kris aimait la sensation d'être sur la route, car elle savait que chaque tournée était un cercle qui vous ramenait toujours chez vous. Pas cette fois. Elle n'avait plus sa place nulle part. C'était terrifiant.

Finalement, ils furent dans l'allée. JD se noua autour de la tête un bandana Manowar rouge et noir, qui le faisait ressembler davantage à un pirate qu'à un Viking.

« Prenez soin l'un de l'autre, dit Mme Davis, appliquant un baiser étonnamment mouillé sur la joue de Kris. Et ne vous en faites pas pour moi. Gunnar sera là dans une demi-heure. Amusez-vous bien à votre concert. »

Ils montèrent dans le minivan Ford blanc.

« Ceinture », fit JD.

Ils s'attachèrent. Puis il mit le contact et marqua une brève pause.

« Kris, dit-il. Lançons-nous dans cette bataille dont nous ne reviendrons peut-être pas. Mais j'ai fait le serment d'Odin de te protéger et je crois en notre victoire. Car nos cœurs sont purs, *Troglodyte* est avec nous, et je viens de faire passer le van au contrôle technique. »

Là-dessus, il démarra.

« Jusqu'à Valhalla ! » cria-t-il.

Et ils partirent pour leur périple final.

Dr London : ... plus de deux mille personnes interrogées, et à partir de là, nous avons établi un lien entre l'adhésion aux théories conspirationnistes et les traits psychologiques négatifs.

Rena Tate : En d'autres termes, les adeptes des théories conspirationnistes sont davantage susceptibles d'avoir de graves problèmes psychologiques ?

Dr London : Si vous croyez que le gouvernement cache des extraterrestres dans la zone 51, ou que la CIA tente de contrôler votre cerveau par les ondes radio, vous aurez presque invariablement une très basse estime de vous-même et, paradoxalement un très haut degré de narcissisme.

– 88.1 WDIY, « Bilan santé », 28 août 2019

20
Avec Odin à nos côtés[1]

Après le premier virage, ils s'engagèrent dans le parking d'un centre d'imagerie médicale.

« On a pas de temps à perdre », dit Kris.

JD ne répondit rien. Au lieu de ça, il ouvrit sa portière, sortit un flacon de cachets, le vida sur le goudron et les écrasa en poussière de l'un de ses pieds larges et plats.

« Paxator, expliqua-t-il à Kris. J'arrête cette saloperie à partir de maintenant. Quand on en prend, on a l'impression que tout est enveloppé dans du coton. Je dis merde !

– Je sais pas si c'est une bonne idée.

– On vit sous le régime de Moscou », dit JD, ignorant Kris. Il jeta son portable sur le bitume et abaissa violemment son pied, pulvérisant l'écran.

Il remonta, claqua sa portière, et Kris ravala ses inquiétudes. Elle se rappela qu'en classe de seconde JD avait renversé une salade de fruits dans une bouteille de Gatorade qu'il avait trimballée dans son sac à dos pendant trois mois parce qu'il était persuadé qu'elle allait se changer en vin. Un matin, pendant l'appel, il avait bu tout le contenu et vomi si haut sur les murs qu'ils avaient dû évacuer le bâtiment. Ils étaient en route depuis quinze minutes et il venait déjà de balancer ses médocs. Peut-être n'était-ce pas pour rien qu'il habitait toujours dans le sous-sol de sa mère.

JD rejoignit la route. « Il faut qu'on reste imprévisibles ! » dit-il.

Il tâtonna sur la radiocassette jusqu'à trouver le bouton qu'il cherchait ; il appuya sur « PLAY ». Un hurlement jaillit des

1. *With Oden on Our Side*, album d'Amon Amarth, 2006.

haut-parleurs. C'était « A Fine Day to Die » de Bathory. Bien sûr, remarqua Kris, il avait déjà calé la bande après l'intro d'une minute.

« Alors, on va où ? demanda-t-elle, haussant la voix pour se faire entendre par-dessus la musique.

– Attends, dit JD, levant une main pour la faire taire. J'adore cette partie. »

Quorthon lâcha un cri rocailleux tandis que les guitares se lançaient dans une gamme en picking, trémolo réglé à fond. Puis la chanson se recala sur son groove trash.

« Je suis un seiðmaðr, dit-il. Je tends la main et l'univers me fournit ce dont j'ai besoin. Moins on prévoit, mieux c'est. Comme ça l'Œil aux Cent Mains ne peut pas prédire nos faits et gestes.

– Mais comment on arrive à Vegas, dans ce cas ?

– Un seiðmaðr, c'est un magicien. J'interprète les signes, je suis les augures, je cherche les failles dans les filets de l'ennemi, je me faufile dedans, et je suis aussi discret qu'une ombre dans l'herbe. »

Kris commençait à comprendre que leur expédition n'était peut-être pas l'idée du siècle. Elle se sentait dépossédée de sa maîtrise, tirée en avant par des forces qu'elle ne pouvait concevoir, et encore moins dominer. Elle aurait voulu descendre. Comme s'il lisait dans ses pensées, JD lui prit le bras.

« Je sais que tu me prends pour un bouffon. Personne ne m'a jamais pris au sérieux – pas dans le groupe, pas chez Vector Print, pas chez Quiznos. Mais ça fait dix ans que je me prépare pour ce moment. Tu as besoin de moi pour t'amener jusqu'à Terry. Il n'y a que moi qui puisse y arriver. Je peux vraiment faire des miracles, Kris. »

Puis elle se rappela Bobbie Gilroy, l'ingé son bâtie comme une machine à laver, qui portait toujours des bretelles et de tout petits nœuds papillons noirs. Bobbie travaillait dans tout le Nord-Est, mais pendant un mois, en 1996, Dürt Würk avait joué à la Robot House à Philly, au Swizzles à York, à l'Unisound à Reading, et Bobbie était derrière la console à chaque concert.

La date suivante se tenait au Old Miami à Detroit, à plus de huit cents kilomètres, et lorsqu'ils étaient entrés dans le club, Kris s'était figée. Bobbie était sur la scène, courbée en deux, la raie des fesses apparente, en train d'ajuster des cales.

« Mais putain, comment t'as fait ? avait demandé Kris.

– C'est une coïncidence divine, lui avait répondu Bobbie. L'univers te place où tu dois être. »

Coïncidence sacrée, magie viking, *Troglodyte* – c'étaient peut-être là les forces qui œuvraient contre Black Iron Mountain, tirant secrètement les ficelles afin de les emmener où ils devaient aller, à l'abri de la vigilance de l'Œil aux Cent Mains.

« OK. Je te crois, dit-elle.

– Super, sourit JD. En route ! »

Tandis qu'ils s'engageaient sur la nationale, le break de « A Fine Day to Die » démarra dans un feu d'artifice de cordes chatoyantes et de chevaux hurlants, mais JD pressa sur « STOP » et se mit à tripoter la radio. Il appuya sur le bouton des fréquences à plusieurs reprises avant de s'arrêter sur K105. La radio des autoroutes agressait les oreilles de Kris avec ses attitudes bidon et ses playlists formatées, mais JD repoussa sa main lorsqu'elle l'avança vers le tableau de bord.

« Faut qu'on tâte le terrain. Qu'on prenne le sens du vent. »

Un garçon qui chantait comme une fillette susurrait ses sentiments d'une voix trafiquée à l'autotune jusqu'à ressembler à un geignement androgyne, sur un beat électronique calibré pour optimiser les BPM. *Quand la musique est-elle devenue tellement inoffensive ?* se demanda Kris. À l'époque de Dürt Würk, ils se livraient à cœur ouvert. Ils n'étaient peut-être pas le meilleur groupe du monde, mais ils donnaient tout quand ils jouaient. Sur cette daube, les paroles répondaient à une étude de marché, les changements de mesure à un test en laboratoire. Elle pouvait presque comprendre comment le « shock rock » soigneusement calculé de Terry devait sembler une bouffée d'air frais pour qui était soumis à une pareille muzak.

La chanson se termina et JD changea de station pour mettre « À fond sur le son » avec Cowgirl Carol et le Reject Ranch.

« ... en studio avec nous cet après-midi, une vraie légende, fit la voix enjôleuse de Cowgirl Carol. Dans une minute nous rejoignons Jack Hoff sur le terrain pour "Où est mon singe ?", mais pour l'instant, voici l'homme qui a fait de Koffin le plus grand groupe de la planète – le producteur, imprésario, manager et génie musical Robert Anthony. »

Un effet sonore complexe suivit : il commençait par les bravos ironiques du Reject Ranch, suivis d'un gazouillis à la flûte à coulisse, pour se poursuivre sur un riff de *Wayne's World* à la guitare électrique. Le tout se terminait sur un coup de sonnette de vélo.

« Bonjour Rob, dit une voix féminine sensuelle. Que faites-vous après le concert ?

– Je passe la soirée avec vous, dit Rob avec son accent californien.

– OOOoooooh », fit tout le monde dans le studio.

Tout disparut sauf les voix à la radio. Kris vit Rob, assis dans le studio, avec son sourire de chat, tel un mirage d'yeux bleu foncé, de dents d'une blancheur aveuglante et de cheveux blonds ébouriffés. Entendre sa voix dans la voiture, c'était trop intime. Elle eut la sensation que sa peau se couvrait de graisse.

« Je ne veux pas écouter ça », dit-elle, tendant le bras vers la radio.

JD plaça une main devant les boutons et de l'autre tourna le volant pour s'insérer dans la circulation de la route 75.

« J'adore les hommes bronzés, dit la femme.

– Bas les pattes, chaudasse, dit Cowgirl Carol. Nous sommes ici pour parler sérieusement. Rob, on se connaît depuis longtemps.

– Depuis 2003, ronronna-t-il.

– Je ne savais pas que vous veniez de l'âge de pierre, railla un présentateur, et sa remarque fut suivie d'une salve de rires préenregistrés.

– Nous nous sommes rencontrés aux Marconi Awards, et déjà, à l'époque, je savais que vous étiez en avance sur votre temps.

Vous étiez dévoué à cent pour cent à Koffin, et je me suis dit – je le pense toujours – que le management exclusif représentait l'avenir.

– Oui, j'ai le sentiment, dit Rob, s'approchant du micro et prenant sa voix sincère, que le fait de se concentrer sur un seul artiste permet d'avoir une plus longue carrière. On fait le voyage ensemble, on récolte les récompenses ensemble. C'est comme voir une chenille se métamorphoser en papillon. »

Kris se mit les doigts dans les oreilles.

« Écoute ! » s'écria JD, haussant la voix. Il fit sursauter Kris, et elle laissa tomber ses mains. « Chaque mot est une information dont nous avons besoin.

– Et on affronte les dangers ensemble, suggéra Cowgirl Carol.

– Oui, c'est d'ailleurs un véritable danger qui nous guette en ce moment. Je le regrette profondément.

– Alors je voudrais que nos auditeurs sachent que vous êtes ici aujourd'hui pour une raison très grave. Koffin prépare Hellstock '19 à Las Vegas, et vous avez dû engager des agents de sécurité supplémentaires. Ce qui est dingue.

– Ce qu'on a, dit Rob, c'est une histoire très triste. Beaucoup de gens savent qu'avant la formation de Koffin Terry jouait dans un groupe de metal de Pennsylvanie, Dürt Würk. C'était un groupe de bar, fondamentalement, et seul Terry avait véritablement du talent dans cette formation. Et à présent qu'il fait une rétrospective complète des chansons de toutes ces années et célèbre une vie consacrée à la musique, une des membres de son ancien groupe est très amère, très jalouse, et elle le traque.

– Oh, mon Dieu, s'étrangla Cowboy Carol.

– Elle est folle à lier, fit le présentateur.

– Nous vivons dans un pays où existe le deuxième amendement, et il fait partie de notre Constitution. Mais il permet aussi à des individus déséquilibrés de devenir un danger pour eux-mêmes ou, comme c'est malheureusement le cas ici, pour Terry. Le nom de cette personne est Kris Pulaski, et nous savons qu'elle s'est échappée d'un centre de cure de désintoxication où sa famille l'avait placée pour d'excellentes raisons. D'après ce qu'on sait, elle est armée et elle a menacé d'assassiner Terry.

– C'est terrifiant, » dit Cowgirl Carol.

Kris serra les poings sur ses genoux en écoutant leurs mensonges.

« La police prend cette affaire très au sérieux, reprit Rob. Notre souci numéro un, c'est la sécurité de nos fans.

– Et que peuvent faire nos auditeurs ? Car le rock'n'roll, c'est avant tout passer du bon temps, et quand ces… *fanatiques* poussent le bouchon trop loin, ça gâche le plaisir pour tout le monde.

– Je veux que personne ne se lance dans des entreprises dangereuses, dit Rob, et Kris entendit presque son front se plisser d'inquiétude tandis que sa voix baissait d'un cran, de plus en plus sérieuse. Si vous voyez Kris Pulaski, ne l'approchez pas, ne lui parlez pas, mais alertez immédiatement la police. J'aimerais ajouter que je suis depuis très longtemps dans l'industrie musicale, et que je n'ai jamais vu une menace plus sérieuse envers un artiste. Et l'autre aspect tragique de toute cette histoire, c'est qu'elle pourrait déjà être passée à l'acte en tuant un membre de l'ancien groupe ainsi que toute sa famille. Nous n'avons pas encore de preuve formelle, mais… bon, je vais laisser les auditeurs tirer leurs propres conclusions. »

Kris ne pouvait plus bouger.

« OK, reprit Cowgirl Carol. Nous avons mis une photo de cette *personne* sur notre site, et comme dit Rob, ne prenez aucun risque. Cependant, gardez l'œil ouvert, et si vous voyez cette tarée – il n'y a pas d'autre mot –, appelez la police *sur-le-champ.* Dans une époque comme celle-ci, nous devons protéger nos artistes qui nous donnent tant de joie.

– Merci beaucoup, Carol, souffla Rob. Et je sais que Terry vous remercie aussi. »

Les poings de Kris étaient tellement serrés que ses paumes saignaient. JD éteignit la radio d'une pichenette.

Une berline marron passa sur la droite, et sur la lunette arrière, il y avait un autocollant représentant Calvin pissant sur un logo Nike, et un *K* en lettre gothique. Le pick-up devant eux avait le *K* de Koffin gravé dans la crasse de ses portières arrière.

La paranoïa de JD ne semblait plus si déraisonnable. L'Œil aux Cent Mains les cherchait bel et bien.

Présentateur : … trois scènes électrisantes, cinquante des groupes les plus en vue du moment et l'expérience musicale la plus extrême de l'histoire de l'homme.

Kendall Jenner (*préenregistré*) : Avenged Sevenfold, Slipknot, Slayer, Trivium, Kamelot, Cannibal Corpse, Pallbearer…

Présentateur : Hellstock '19, à Strawberry Valley, dans le Nevada, avec des plates-formes de saut à l'élastique, des sculptures de feu et une intensité X-trême…

Kendall Jenner (*préenregistré*) : … Purple Hill Witch, Earthless, Wolves in the Throne Room, Molotov, et moi, Kendall Jenner.

Présentateur : Hellstock '19. Sponsorisé par Budweiser Light, la bière légère la plus aimée du monde.

– « Hellstock '19 », spot radio, 20 août 2019

21
Crépuscule des dieux[1]

Pendant près de sept jours, l'Œil aux Cent Mains les bloqua à chaque tournant. Ils essayèrent l'I-70, mais avant qu'elle ne débouche sur l'I-15, qui les aurait conduits jusqu'à Las Vegas, des travaux les firent dévier sur la 191, qui bifurquait vers le sud, vers le Mexique, loin de leur destination. Tous les itinéraires qu'ils tentaient étaient encombrés d'accidents, de barrages de l'ICE, quand ce n'étaient pas les routes à péage truffées de caméras et les contrôles de la sécurité routière.

JD cherchait les angles morts dans le champ de vision de l'Œil aux Cent Mains, les zones où ils pourraient se glisser entre les mailles, mais il n'y en avait pour ainsi dire pas. Pendant ce temps-là, NPR balançait sur les ondes des tonalités subliminales visant à encourager l'autosatisfaction, et Clear Channel codait sur basses fréquences des messages poussant au désespoir. Les affiches bordant la nationale déployaient des faisceaux de couleur insensibilisant les automobilistes qui ne savaient plus où donner de la tête.

Black Iron Mountain planait sur toutes choses. Il n'y avait pas de hasard. Les coïncidences n'existaient pas. Le monde était saturé de sens, et ils étaient tous deux des cibles.

JD tentait d'échapper au piège qui se refermait sur eux en plaçant de plus en plus de foi dans *Troglodyte.*

« Dans "Sailing the Seas of Blood", il y a cinq couplets et le refrain est répété six fois, dit-il. Prenons la nationale 56. »

---

1. *Twilight of the Gods*, album de Bathory, 1991.

Kris la trouva sur la carte.

« Mais elle est complètement au nord, protesta-t-elle. Dans ce cas, il faudrait qu'on redescende vers McPherson. Ça n'a pas de sens.

– Les sentinelles chevauchent des vagues cramoisies, cita JD. Leurs yeux tels des phares cherchent les esclaves en fuite. »

Il lui cita « Sailing the Seas of Blood » jusqu'à ce qu'elle cesse de discuter.

« Tu sais, Terry possède sans doute un exemplaire de cet album, lui aussi, dit-elle. Ce n'est peut-être pas la meilleure idée de baser notre itinéraire là-dessus.

– *Troglodyte* nous guide », répliqua JD.

Quand il ne parlait pas de *Troglodyte*, il parlait de tuer Terry. Finalement, Kris renonça à lui rappeler qu'il n'en était pas question. Pour l'instant, elle avait besoin qu'il fasse en sorte qu'ils restent imprévisibles, qu'ils restent en mouvement, qu'ils échappent à la surveillance de l'Œil aux Cent Mains. Et dans l'ensemble, ça fonctionnait. Comme disait JD, il tendait la main et l'univers lui fournissait le nécessaire.

Toutes les quelques heures, JD volait une voiture. Ils se garèrent dans un parking d'aéroport et en ressortirent vingt minutes plus tard dans une Dodge Caliber couleur rouille. Ils s'arrêtèrent devant une Ford F 350 abandonnée sur le bas-côté de la nationale, feux de détresse allumés, retirèrent du pare-brise le mot qui disait « Parti chercher de l'eau » et firent quatre-vingts kilomètres avant que le moteur surchauffe. Dans le parking d'un centre commercial, ils l'échangèrent contre une Mitsubishi Eclipse vert citron. Il trouvait toujours les clés, les voitures démarraient toujours, personne ne les repérait jamais.

« Le temps que les flics se mettent à chercher la bagnole qu'on a piquée à Provo, on est déjà dans celle qu'on a piquée à Cherry Creek », disait-il.

La seule chose qui restait constante d'un véhicule à l'autre, c'était la radiocassette de JD qui diffusait un flot continu de metal viking à fond, lorsqu'il n'était pas en train de jongler entre les stations en quête d'infos sur la Traque.

Un banjo triste interpréta le thème familier de « Tout bien considéré », l'émission de la NPR, puis un de ces professeurs au nom compliqué prit la parole.

« ... une tragédie de la cupidité et de l'envie, commenta le journaliste. Elle était membre du premier groupe de Terry Hunt, la légende du heavy metal qui joue sous le nom de Koffin – Koffin avec un *K*... »

Les infos de WABC.

« ... Kris Pulaski lui en veut manifestement, et la police prend la chose très au sérieux. »

Les infos de l'agence de presse Clear Channel.

« ... Hunt s'embarque la semaine prochaine dans Hellstock '19, un concert épique dans le désert aux environs de Las Vegas, et un demi-million de places ont été vendues... »

Grâce aux actualités, aux infos sur la circulation et à la météo, ils savaient au début de chaque heure où ils avaient été aperçus.

« ... nous apprenons que l'aspirante meurtrière voyage avec un autre des membres de l'ancien groupe de Hunt, Jefferson Davis, dit JD. Nous conseillons à nos auditeurs... »

« ... repérés pour la dernière fois près d'Omaha, dans le Nebraska, au volant d'un van Chevrolet. Les autorités pensent... »

« ... une conspiration ? Ce type, il joue du heavy metal, et nous savons tous que ce sont des satanistes, et soudain, maintenant que Hillary-la-crapule a perdu les élections, les anciens adeptes de son culte veulent le tuer ? À côté, le Pizzagate c'est... »

Rob donnait des interviews et attisait la Traque.

« Je suis sûr que l'assassin de la famille Borzek était Scott Borzek, déclarait-il. Mais il faut aussi regarder les faits. Un membre de ce groupe est mort pendant que Kris Pulaski se trouvait dans sa maison, et sa thérapeute, employée par une clinique spécialisée dans les cures de désintoxication, a été sauvagement rossée. Elle a menacé la vie de Terry. Nous prenons ça très au sérieux. »

Kris voyait comment Black Iron Mountain forçait son poing dans la réalité et contrôlait le monde. Sauf que c'était faux. Black Iron Mountain persuadait le monde de se contrôler lui-même.

« Cinquante États de massacre/ Entre Troglodyte et la porte/ Liés par ce qu'on a juré/ Sur cette mer d'horreur/ Il y en a toujours plus », chantonnait JD à part lui.

Kris regarda passer une autre affiche, montrant encore une célébrité qu'elle ne connaissait pas, vantant encore un produit dont elle ne voulait pas. Hannibal Green pour Wine Shooters, Samantha Kay pour Diet Now, Karl Charles pour Kentucky's Own. Encore des blockbusters pour l'été, encore des filles sculptées sur Photoshop avec leur peau toute lisse dépixellisée. Des rappeurs, des sportifs, des actrices, des célébrités de banques d'images affichant une beauté copiée-collée. Autant d'échos défunts dans une pièce vide.

Et pendant tout ce temps, l'Œil aux Cent Mains continuait à chercher.

« ... un bilan de quatre morts et un blessé dans un état critique. Nous sommes forcés de nous demander où cela s'arrêtera... »

« ... le plus sinistre cas de *stalking* de l'histoire du rock'n'roll... »

« ... les témoins et la famille sont interrogés et la police de onze États est déterminée à ne pas laisser... »

JD fumait de l'herbe en permanence. Chaque fois qu'il volait une voiture, il roulait un joint. Au départ, il les fumait en conduisant, mais Kris insista pour qu'au moins il se gare.

« Tu peux pas conduire défoncé, dit Kris.

– Sans mes médocs, j'en ai besoin pour me réguler, dit-il, les yeux larmoyants. Je vais bien.

– Laisse-moi conduire.

– T'as pas le permis. Si je me fais arrêter, on a une chance, si c'est toi, on est foutus. »

Puis il imita Bill Paxton dans *Aliens*, répétant : « On est foutus, mec » pendant dix minutes.

Chaque jour, il devenait plus erratique, et Kris plus angoissée à mesure que la première date de Hellstock '19 approchait et qu'ils ne parvenaient pas à entrer dans Vegas. Ils exécutaient des boucles autour de la ville, dans l'impossibilité de s'y rendre directement, tenus à l'écart par des déviations, des barrages de police et des routes coupées, quelle que soit la direction qu'ils prenaient.

Ils roulaient toute la nuit, s'arrêtant de temps à autre dans des parkings de centres commerciaux pour faire de courtes siestes. JB piquait des burritos surgelés dans les supermarchés et les laissait décongeler sur le tableau de bord. Il abandonna sa radiocassette dans le pick-up d'un paysagiste à l'entrée de Garden City, au Texas, et se brancha dès lors en continu sur l'autoradio, passant d'une station à l'autre, écoutant trente fois par jour les mêmes dépêches des agences de presse sur la Traque – l'Œil aux Cent Mains les cherchait. Son regard était pareil à cent mille projecteurs qui balayaient les mers de sang en quête de traces de leur passage.

Les affiches montrant le visage aveugle de Terry, strié de rivières de sang noir, s'approchaient, passaient au-dessus de leur tête et disparaissaient dans leur dos. Tout autour d'eux, des voitures affluaient, filant vers l'ouest pour adorer leur dieu. Des Honda Accord noires avec des *K* gothiques sur la lunette arrière, des mecs qui conduisaient des Ford Taurus toutes vitres baissées, tignasse au vent, et de temps en temps une Chevy Econoline pleine de filles avec du rouge à lèvres noir. Tous en route pour la fin du monde.

Trois jours avant la date fatidique, ils se retrouvèrent coincés au Nouveau-Mexique.

« Et si on passait par le sud et qu'on entrait dans Vegas par l'ouest ? demanda Kris, contemplant l'atlas routier.

– Peut-être qu'on devrait faire le tour par le Dakota du Sud, dit JD, l'ignorant. Wounded Knee est peut-être un angle mort pour l'Œil aux Cent Mains.

– C'est à des centaines de kilomètres et ça nous fait revenir en arrière », protesta Kris.

JD chanta le refrain de « Sailing the Seas of Blood » : « Naviguant sur les mers de sang/ Surfant sur un déluge d'entrailles/ De la mer à la mer rouge sombre/ De Gettysburg à Wounded Knee.

– C'est huit cents kilomètres au nord, dit Kris, perdant patience. Tu sais combien de temps ça va prendre ?

– Peut-être que Gettysburg est la solution, songea tout haut JD.

– Mais putain ! Il y a mille cinq cents kilomètres pour retourner en Pennsylvanie. Faut qu'on continue d'avancer vers Vegas. »

JD entra en fureur : il claqua le volant, secoua la tête dans tous les sens et hurla à pleins poumons, donnant des coups de poing au plafond.

« Je sais plus quoi faire ! » cria-t-il.

Kris tourna la tête vers les voitures qui s'approchaient par-derrière, sur le point de les doubler, et paniqua.

« Arrête ! hurla-t-elle. Faut que t'arrêtes, maintenant ! »

Il continua à s'époumoner, se cognant la tête en la balançant d'avant en arrière si fort que son bandana Manowar se détacha et alla valser sur le siège du fond. Instantanément, il se calma, haletant. Les voitures les dépassaient en douceur par l'autre voie. Kris laissa s'écouler une minute avant de se pencher en arrière pour ramasser le bandana. Il était incroyablement lourd. Des bandes métalliques étaient agrafées à l'intérieur. Elle sut immédiatement de quoi il s'agissait.

« Tu as un chapeau en alu », dit-elle, se sentant défaillir.

Il le lui arracha des mains.

« Tiens le volant ! s'exclama-t-il pendant qu'il l'attachait autour de sa tête. C'est de la feuille de plomb. L'aluminium, c'est pour les cinglés, les paranos. Ma tête, c'est pas une patate au four. »

Sa colère se fondit en une crise de fou rire de défoncé.

« Une patate au four ! » siffla-t-il.

Kris comprit enfin que ça n'allait pas le faire.

« Arrête-toi sur cette aire de repos », dit-elle.

Carson Daly : J'ai vu le line-up de Hellstock '19, et je pense que les gens vont être à fond, super excités.

Rob Anthony : Nous l'espérons.

Carson Daly : Et si vous nous en disiez un peu plus ? Je suis un fan absolu de Koffin et je ne tiens pas en place.

Rob Anthony : Terry va jouer l'intégralité de sa discographie, en commençant par son dernier album pour finir par le premier. En un sens, c'est un voyage dans le temps, qui débutera par *Insect Narthex*, puis il y aura *Necrosex* et enfin *Witch Slave*, et il remontera peut-être encore plus loin, à sa période Dürt Würk. Comme vous le savez, le bassiste et le batteur de Dürt Würk seront au concert. Alors, qui sait ?

Carson Daly : On peut espérer qu'il joue *Troglodyte* ?

Rob Anthony : Non, malgré la mythologie qui entoure *Troglodyte*, ce n'est pas un très bon album. Terry préfère laisser à ses fans des souvenirs de ses vraies réussites.

– 97.1 KAMP, « La matinale de Carson Daly », 4 septembre 2019

22

Le maître de marionnettes[1]

JD ne répondit rien, mais suivit la courbe de la file de droite et s'engagea sur le terre-plein de l'aire de repos : un parking couvert de bitume noir avec un pré sur la droite. Au milieu, on trouvait un petit bâtiment en briques avec toilettes, distributeurs automatiques et, au sud, trois tables de pique-nique en béton plantées sous des pins broussailleux. Il y avait deux voitures garées, et les autres places étaient vides. JD se rangea à côté des tables, à au moins trente places des WC. Il tendit à Kris un paquet de Kleenex.

« J'ai besoin d'y aller aussi », dit-il, sans la moindre allusion à sa crise de nerfs. Il désigna un cabanon près des tables de pique-nique : « Va là, j'irai dans les buissons. »

Un minivan bordeaux entra au pas derrière eux et roula jusqu'à l'autre bout du parking. Kris posa une main sur la poignée de sa porte et parla en regardant droit devant elle.

« À mon retour, dit-elle, il faut qu'on revoie la situation.

– Quoi ? Qu'est-ce que tu racontes ?

– Je crois que je m'en sortirai mieux toute seule.

– Mais, protesta-t-il, et la voiture tangua lorsqu'il se tourna vers elle, j'ai fait le serment d'Odin. Je vais pas te laisser tomber si près du but. »

Kris ouvrit sa portière et posa le pied sur l'asphalte.

« C'est bien ça le problème. On est pas près du but. Je crois que je dois continuer sans toi. »

1. *Master of Puppets*, album de Metallica, 1986.

Avant que JD ait le temps d'ajouter quoi que ce soit, Kris se pencha vers lui. Ses cheveux puaient le fauve, raides de sueur séchée. Elle l'enlaça d'un bras.

« T'es un mec bien, JD. Tu m'as permis d'arriver jusqu'ici, mais à partir de maintenant, je peux me débrouiller. Rentre chez toi. Occupe-toi de ta mère. »

Elle descendit et claqua la portière. JD la fixa, bouche bée, à travers la vitre tandis qu'elle lui faisait au revoir de la main. Il cherchait déjà sa portière d'une main fébrile, mais elle donna une petite tape sur le capot. Quand il leva les yeux, elle secoua la tête. Le visage poilu de JD se durcit, et il baissa les yeux sur ses genoux, puis se pencha en avant et tourna la clé de contact. De l'air chaud souffla sur Kris par la grille avant tandis que JD passait brusquement la marche arrière et démarrait. Elle leva de nouveau la main. Il ne lui rendit pas son salut. Il fit un petit dérapage pour montrer qu'il était fâché.

Kris le regarda partir, puis se rendit aux toilettes. Elle se sentait soulagée et avait hâte de se remettre en route. Elle ne savait pas comment elle arriverait à Las Vegas, elle ne savait pas comment elle garderait sa liberté, mais JD lui avait appris à rester dans les angles morts, à se faufiler entre les mailles du filet, à subsister dans les marges, à faire confiance à son intuition. Elle serait à l'affût des signes. Ce serait plus facile sans lui.

Kris poussa la porte des toilettes fraîches et vertes et ses yeux s'ajustèrent immédiatement de la lumière du jour à celle des néons. Elle choisit le WC du fond, mit le verrou et s'assit sur le siège. Ses cuisses étaient couvertes d'ecchymoses jaunes passées, ses jointures étaient à vif, son épaule droite toute raide. Son corps la faisait souffrir comme si quelqu'un l'avait rossée de l'intérieur. Elle avait mal aux fesses à force d'être restée assise.

Elle prit son temps, tentant de repousser le moment de se décider pour la suite. Les toilettes lui permettaient de faire une pause loin du monde. Subitement, elle fut prise d'une violente envie de cigarette. Elle n'avait pas fumé depuis des années, pas depuis l'époque où elle tournait, mais en cet instant, seule sur la route, il lui sembla que c'était exactement ce qu'il lui fallait.

Elle termina, se passa de l'eau sur les mains, les essuya sur son survêt en velours et sortit. Deux autres voitures s'étaient garées dans le parking, et une poignée d'automobilistes arpentaient l'herbe sèche pour se dégourdir les jambes. Devant Kris, une fille en longue jupe et tee-shirt noirs était courbée sur son téléphone, bloquant le trottoir bétonné, en train d'écrire un message, une cigarette coincée au coin des lèvres. Kris sentit le goût de la fumée âcre. Elle obéit à son instinct.

« Excusez-moi », dit-elle. La fille leva les yeux. Son rouge à lèvres noir avait enrobé le filtre de sa clope. « Je peux vous en taxer une ? »

La fille la fixa, bouche pincée, yeux plissés. Kris refit une tentative.

« Juste une ? » La fille ne la quittait pas des yeux, les paupières contractées comme si elle avait une migraine. « Vous savez quoi ? Laissez tomber. Je devrais pas fumer, de toute façon. »

Kris fit demi-tour, mais le passage était bloqué par un jeune mec râblé, avec un tatouage en lettres cursives sur le cou, qui la filmait avec son téléphone, complètement absorbé par son petit écran. Kris baissa la tête et descendit du trottoir, traversa l'herbe brune et cassante, et se dirigea vers l'autre bout du parking, cherchant à disparaître. Elle allait s'enfoncer dans les bois et suivre la nationale en direction de Vegas, en restant parallèle à la route autant que possible. Il y avait trop de monde ici.

Devant elle, debout entre les capots de deux Honda en stationnement, un homme et une femme en shorts de randonnée vert olive assortis et polaires Patagonia la suivirent avec leur téléphone en mode paysage. Kris s'arrêta et leur jeta un regard dur, mais ils ne bronchèrent pas, et c'est là qu'elle se rendit compte que d'autres voitures débarquaient sur l'aire de repos : un SUV noir immatriculé en Floride, une Volvo rouge aux vitres fumées, une Volkswagen Jetta blanche. Le parking se remplissait.

Quand elle pressa le pas, le couple s'avança vers elle, téléphones toujours sortis. D'un bref coup d'œil par-dessus son épaule, elle aperçut trois personnes en sweat-shirts UCLA identiques derrière la fille en jupe noire. Tous étaient en train de la filmer avec leurs portables. Elle accéléra. Derrière elle, les pas se firent plus rapides.

Une décharge électrique traversa son épaule gauche. La fille en jupe noire l'avait poussée. Kris s'arrêta, se tourna et vit derrière elle un mur de gens, qui tous marchaient sur elle, téléphones en l'air, les yeux fixés sur l'image minuscule sur leur écran pour la cadrer au mieux.

À l'arrière de l'attroupement, les retardataires couraient pour ne pas manquer l'action tandis que, juste en face de Kris, la fille en jupe noire lui avait braqué son téléphone en plein visage.

« Espèce de sale pute », cracha la fille d'une voix haineuse.

La foule se refermait sur Kris, formant un cercle dont elle était le centre. Une forêt de bras, tous munis d'un portable, filmaient sa poitrine, son entrejambe, son ventre, ses yeux, la prenant sous tous les angles. Ils s'agglutinaient, un mur de visages inexpressifs collés à son image numérisée. Kris ne pouvait plus respirer. Certains étaient plus âgés, la cinquantaine passée, et il y avait même une grand-mère aux cheveux blancs bouffants qui lui rappela sa mère : elle aussi brandissait son téléphone, debout à côté d'un vieil homme avec une casquette de baseball POW/MIA. Ils parlaient d'elle, écumant de rage.

« ... elle traque Terry Hunt... »

« ... pouffiasse... »

« ... raclure... »

« ... la lyncher, putain... »

L'Œil aux Cent Mains l'avait trouvée.

Tout au fond, à l'extérieur du cercle, Kris remarqua des gens qui se demandaient ce qui se passait.

« Aidez-moi ! » cria-t-elle, tentant d'attirer leur attention.

Ils l'entendirent, mais au lieu de venir à son secours, ils sortirent leurs téléphones et filmèrent l'assemblée, curieux de voir ce qui allait suivre. Au milieu de la foule, Kris était irrémédiablement seule.

Puis la musique commença. Le propriétaire d'un van blanc près des toilettes avait ouvert sa porte latérale, et Kris entendit l'inimitable hurlement industriel de l'intro, sur quoi « Stand Strong » de Koffin démarra.

La foule tenta d'attraper Kris et elle se recula, heurtant des mains tenant des téléphones. Elle pivota sur elle-même, mais ils étaient partout. La terreur lui liquéfiait les boyaux. Elle voulait une seconde chance. Une seconde vie. Elle ne voulait pas mourir ici. Elle se sentait tellement bête. Elle était allée se jeter droit dans les bras de Black Iron Mountain.

TÛÛÛÛÛÛÛÛÛÛÛÛÛT !

Un klaxon, sonore et continu, se fit entendre par-dessus l'hymne de Koffin et, derrière les bras tendus tout autour d'elle, Kris repéra la voiture de JD qui s'arrêtait en faisant crisser ses pneus de l'autre côté de la rangée de voitures en stationnement. Il se pencha par-dessus la console centrale et ouvrit la portière côté passager d'une poussée.

« Le serment d'Odin ! » cria-t-il.

Le cœur de Kris fit un bond dans sa poitrine.

Elle tenta de se frayer un chemin vers lui, mais ils la repoussèrent, la gardèrent prisonnière. Il y eut un mouvement de foule et le gros des troupes alla se placer entre elle et les voitures, lui cachant JD avec leurs tee-shirts noirs, leurs chemisiers roses, leurs shorts de treillis, leurs barbes et queues-de-cheval. Derrière Kris, à l'autre bout du parking, l'assemblée se clairsema et elle tenta sa chance. Elle décocha un grand coup de coude dans le ventre de l'homme en casquette POW/MIA, qui perdit l'équilibre et trébucha. Elle profita de la faille pour piquer un sprint hors de la foule, s'enfonçant dans la zone herbeuse, s'éloignant de l'aire de repos. La masse bougeait vite dans son dos, se disposant en ligne afin de lui interdire l'accès à la voiture de JD.

JD fit demi-tour, portière toujours ouverte, pour ne pas perdre Kris qui s'enfonçait dans le champ. Elle l'entendit crier quelque chose, mais ses mots se perdirent dans les autres voix :

« ... salope... »

« ... traînée... »

« ... gouinasse... »

Kris se remit à courir, ce qui fit réagir toute la horde. Ils se lancèrent à sa poursuite en force, déboulant à toute blinde sur le champ. Elle galopa vers le cabanon. Si elle parvenait à les dépasser puis à couper entre les voitures et à atteindre l'autre côté, elle rejoindrait la voiture de JD qui roulait en marche arrière et elle pourrait monter, ou sauter sur le coffre, ou s'accrocher au capot.

Un rugissement inarticulé s'éleva tandis que Kris passait devant la foule et feintait vers la droite, montant sur le trottoir. À présent, la meute était forte d'au moins quatre-vingts individus déployés sur l'aire de repos. Ils étaient trop près, des bras s'avançaient pour l'attraper, les doigts tendus. C'est alors qu'une jeune Asiatique vêtue d'un short en jean laissa échapper son téléphone et se pencha : le couple d'adeptes du yoga et le type trapu avec une barbe qui étaient derrière elle lui tombèrent dessus, créant un barrage humain, et dans une dernière pointe de vitesse, Kris se faufila entre un minivan bleu électrique et un camping-car Volvo rouge, quelques centimètres devant un type énorme avec de la barbe dans le cou. Il effleura l'épaule droite de Kris du bout des doigts, mais elle se libéra.

La foule hurlait de rage. Les femmes tenaient des notes aiguës, les hommes beuglaient des sons plus graves. Ils ralentirent cependant pour se frayer un chemin entre les voitures garées, et le cœur de Kris bondit joyeusement lorsqu'elle ne vit plus que du goudron désert entre elle et la voiture de JD, vitesse gémissante, portière ouverte. Elle combla la distance, s'agrippa au toit, fit basculer ses pieds à l'intérieur et ses fesses sur le siège.

« Démarre ! » cria-t-elle.

Un gamin de quatorze ans avec un sweat à capuche gris et un cordon accroché à ses lunettes piqua un sprint furieux pour venir se poster entre la portière ouverte et la voiture. Kris laissa le mouvement vers l'avant de la voiture l'aider à claquer la porte. Celle-ci ripa sur l'épaule du garçon, qui tomba et mangea le bitume dans un tumulte de bras et de jambes.

« Jusqu'au Valhalla ! » cria JD, décochant un sourire victorieux à Kris.

Les retardataires qui n'avaient pu rejoindre le gros des troupes se déversèrent devant eux sur l'asphalte, jaillissant de derrière les voitures en stationnement : certains s'arrêtaient, portables en l'air, d'autres couraient vers leur véhicule. Un jeune homme noir en short de basket blanc large avec un bouc fut le premier à se placer devant eux, et le pare-chocs avant faucha ses jambes sous lui, l'envoyant valser, tournoyant comme une toupie, sur le capot. Il enfonça le pare-brise qui se fendilla en étoile.

JD appuya sur la pédale de frein, et le type glissa et heurta violemment la chaussée. JD tenta de le contourner, mais c'était trop tard. Les plus rapides étaient sur eux. Un quinquagénaire en costume grimpa sur le pare-chocs, puis sur le capot et se mit à sauter à pieds joints. Des mains frappèrent la vitre de Kris. Des gens rampèrent sur le coffre. À travers les vitres, Kris ne voyait plus que des mains, des bouches hurlantes et des rectangles noirs avec des lentilles de verre qui enregistraient le tout. Un tambourinement puissant emplit la voiture.

« Démarre ! » hurla-t-elle, terrifiée.

JD fit vrombir le moteur mais garda le pied sur le frein car une masse grandissante surgissait devant eux. La voiture se mit à osciller sur ses amortisseurs tandis que la foule hurlante la poussait de droite et de gauche.

« Faut qu'on se tire ! beugla Kris.

– Je peux pas ! » répliqua JD sur le même ton, d'une voix étranglée. Kris se tourna vers lui. Il était au bord des larmes, les yeux fous, les narines dilatées. « C'est des êtres humains ! »

Son bandana avait glissé et gisait sur la console centrale, laissant ses cheveux lui retomber dans les yeux. Il serrait le volant si fort que celui-ci se tordit. Ils étaient pris au piège.

« Ils vont pas s'arrêter ! cria Kris pour se faire entendre par-dessus les coups et les hurlements. Faut que tu passes au travers. »

JD donna un grand coup de volant à gauche, puis à droite. Le martèlement s'intensifia. JD relâcha la pédale de frein, la voiture fit une embardée en avant, et Kris sentit le soulagement parcourir son corps. Puis la vitre de JD explosa.

Des éclats de verre trempé lui inondèrent les cheveux et le visage et rebondirent sur le cou de Kris, déchaînant les rugissements de la foule en furie. Des mains se mirent à gifler JD, à l'empoigner par les cheveux, le tee-shirt, les bras. Kris hurla, JD se débattit et se mit à beugler, mais ce faisant, il s'exposait : des doigts s'enfoncèrent dans sa bouche, crochetèrent sa joue gauche et saisirent la base de sa langue. JD s'agrippa au volant tandis que des centaines de mains le tiraient vers la vitre par les lèvres. Des mains puissantes détachèrent du volant ses doigts qui se brisèrent avec des craquements sonores, et JD poussa un nouveau hurlement tandis que sa joue gauche se gonflait comme du bubble-gum. Soudain, des crevasses apparurent, rouges, distendues, et sa joue s'arracha de son visage. Des filaments blanchâtres de graisse et du sang dégoulinèrent le long de son menton poilu et sur sa chemise, tel un bavoir.

Kris passa la jambe droite par-dessus la console centrale, au-delà de celles de JD, qui se débattaient. Elle trouva l'accélérateur et l'enfonça au maximum : la voiture fit un bond en avant d'un mètre cinquante avant de buter contre un obstacle. Le moteur vrombit, menaçant de caler. Les mains tenaient toujours JD et le tiraient vers l'arrière par la bouche et les cheveux, ne laissant dans l'habitacle que son énorme ventre et ses jambes. Kris s'accrocha à sa ceinture et mit le pied au plancher.

Il y eut un brusque appel d'air derrière la tête de Kris ; des éclats de verre de sécurité mitraillèrent sa nuque et s'insinuèrent dans son survêtement tandis que des mains lui agrippaient les cheveux et la tiraient en arrière. Agrippée à la ceinture de sécurité de JD d'une main, elle se tenait au volant de l'autre, mais des doigts lui déchiraient les oreilles, lui empoignaient le cou, et elle crut que ses coudes allaient se pulvériser et ses phalanges se briser net.

Elle mit tout son poids sur ses orteils gauches tandis que son corps glissait en arrière, vers l'extérieur, et la voiture fit une embardée en avant, s'interrompit une seconde, puis repartit avec un vrombrissement ; le pare-chocs avant émit des *boum* sourds en renversant des gens sur le côté. Les mains dans ses cheveux lui tirèrent la tête en arrière jusqu'à ce qu'elle entende la vertèbre à la base de son crâne céder avec un bruit sec, après quoi elle éprouva une douleur cuisante dans le cuir chevelu et entendit ses cheveux s'arracher par les racines, produisant un écho qui retentit dans sa tête, et elle eut tellement mal qu'elle perdit complètement la vue pendant trois longues secondes. JD commençait à lui échapper, mais elle tira avec un effort phénoménal et il rentra presque entièrement dans la voiture. Kris était couverte de son sang chaud jusqu'aux épaules, mais ils roulaient.

« Hiiic », s'étouffa-t-il. Kris le regarda.

L'os blanc de sa gorge était complètement à nu, et elle vit un nœud de cartilage qui montait, puis redescendait péniblement quand il essayait de parler. Il ne lui restait que quelques poils de barbe et sa joue gauche était complètement partie, dessinant un sinistre sourire en coin. Sa mâchoire déboîtée dépassait, lui donnant un air grotesque, comme s'il était prognathe d'un seul côté. Son œil gauche était un trou d'où coulait une gelée blanche.

Son cuir chevelu pendait sur le côté de son visage, exposant un demi-dôme d'os à vif.

Kris appuya plus fort sur l'accélérateur, terrifiée à la perspective de s'arrêter. Des gens rebondissaient encore contre le pare-chocs avant et roulaient sur le côté. Elle jeta un bref coup d'œil par-dessus son épaule tandis qu'ils dispersaient les derniers membres de la meute, et elle les vit courir vers leurs véhicules, passer des coups de téléphone, envoyer des messages et filmer sa plaque d'immatriculation tandis qu'elle fonçait vers la nationale.

Rob Anthony : Peu de gens savent à quel point Terry se démène pour aider les personnes qui l'ont aidé, et il voit dans sa prestation de samedi soir à Hellstock '19 l'occasion de rendre hommage à tous ceux qui ont aidé Koffin tout au long de son parcours. C'est pour cette raison qu'il a invité Tuck Merryweather, le bassiste, et Bill Thompson, le batteur de Dürt Würk, son tout premier groupe, à le rejoindre sur scène.

Ann Box : Malheureusement, il y a aussi une tragédie dans cette histoire.

Rob Anthony : Jefferson Davis, qui a aussi été membre de Dürt Würk, a toujours été un individu perturbé, et Terry a pris contact avec sa famille. Quant à Kris Pulaski, elle... eh bien... Terry espère qu'elle aura le bon sens de se livrer aux autorités. Sa priorité absolue, c'est la sécurité de ses fans.

– 106.7 KROQ, « Mise en boîte », 6 septembre 2019

23
L'équipée glorieuse[1]

Kris était debout sur l'accélérateur, tout son poids en équilibre sur ses poignets, les doigts crispés sur le volant pour éviter de prendre appui sur JD. Les fesses posées légèrement sur sa cuisse, le pied droit coincé côté passager, elle chevauchait la console centrale. Elle fit vrombir le moteur et se fondit dans la circulation de la nationale.

Le sang de JD perlait en haut de la portière et le vent faisait voler d'épaisses gouttes. Elle braqua vers la gauche pour changer de file, tentant de mettre autant de distance que possible entre elle et l'aire de repos, et une voiture donna un coup de klaxon, mais personne ne lui rentra dedans ; elle appuya de toutes ses forces sur le champignon, car elle voulait rester devant les autres voitures, et les klaxons diminuèrent peu à peu derrière elle.

Le vent rugissait par les vitres brisées, faisant poisser le sang sous ses mains qui collaient au volant. Le sang bavait aussi dans sa nuque, suintant de son cuir chevelu déchiré, et bientôt l'aire de repos fut à huit cents mètres, un kilomètre, cinq kilomètres, mais elle ne se sentait toujours pas en sécurité.

Un grand panneau vert annonçait la sortie pour Battery Road. Elle fit basculer son poids sur la jambe de JD et relâcha un peu la pédale d'accélérateur pour emprunter la bretelle. La voiture manqua de se renverser. Tout son poids repassa dans son talon lorsqu'elle fit glisser son pied sur le frein et dépassa lentement le panneau « STOP » à Battery. Elle tourna à droite afin de quitter la route principale.

1. *Into Glory Ride*, album de Manowar, 1983.

Dans le virage, quand JD s'avachit sur la gauche et ne se redressa pas, elle sut qu'il était parti. Il lui fallut cinq kilomètres pour trouver ce dont elle avait besoin – trois de plus que la limite au-delà de laquelle elle s'était dit qu'elle allait devenir folle si elle ne s'éloignait pas de son cadavre. Mais si elle avait appris une chose, c'était qu'elle pouvait tout supporter, même l'insupportable.

Elle trouva un hôtel abandonné, sans enseigne ni fenêtres, les murs extérieurs et les chambres ayant sans doute été construits avant que les promoteurs se retrouvent à court d'agent, découvrent des déchets toxiques sur le site, ou détournent les fonds. Le bâtiment était planqué au bout d'une route défoncée bloquée par une simple chaîne distendue. Kris contourna la barrière en passant par les herbes hautes et se gara derrière l'hôtel.

Elle se retint de regarder JD avant d'être descendue de voiture. Puis elle se força à le contempler une bonne fois pour toutes. Ses dents et ses os découverts étaient poisseux de sang. Ses doigts brisés partaient dans toutes les directions. Son visage était écorché, et ses poils arrachés. Son œil restant était fixé sur le rétroviseur.

Kris ouvrit le coffre et trouva trois cannettes de cinquante centilitres de Budweiser tiède dans une glacière vide. Elle se les vida toutes sur la tête et se frotta le visage avec le liquide, sachant qu'il valait mieux sentir comme une ivrogne qu'être couverte de sang et de viscères. La bière chaude lui brûla le cuir chevelu à l'endroit où des mèches avaient été arrachées.

Elle s'examina dans le rétroviseur côté passager : ébouriffée, mouillée, la peau tachée de rouge, les yeux fous. Puis vint le plus dur. Elle roula le cadavre récalcitrant de JD sur le côté et sortit son portefeuille. Il contenait vingt-cinq dollars. Elle ramassa son bandana Manowar par terre et le noua délicatement autour de son propre crâne sanguinolent. La feuille de plomb appuyait comme de l'acier sur sa peau à vif.

« Je suis désolée », murmura Kris au corps de JD.

Elle s'obligea à mémoriser sa langue enflée, sa joue manquante, son orbite creuse et pleine de sang. Encore un homme écrasé sous Black Iron Mountain. Elle aurait voulu mettre le feu à la voiture pour lui offrir les funérailles vikings qu'il méritait, mais elle n'avait pas d'allumettes. Elle tourna le dos et s'en alla.

Cinq kilomètres à pied la ramenèrent sous le pont de la nationale. Seules deux voitures la dépassèrent sur Battery Road. Elle était trop fatiguée pour courir, et elle avait une longue liste de choses à faire avant de cesser de marcher. Le simple fait d'y penser l'épuisait.

Au Citgo de l'autre côté du pont, elle acheta une bouteille d'eau avec l'argent de JD.

« Les toilettes sont réservées aux clients, annonça le caissier grisonnant. Cinq dollars minimum. »

Elle ajouta une paire de ciseaux et un tee-shirt Roswell « VENU EN TOURISTE », ce qui lui donna le droit de récupérer la clé. Il ne lui restait plus que neuf dollars.

Dans les toilettes, elle nettoya le sang restant avec l'eau, puis se coupa les cheveux au ras du crâne. Elle enveloppa les mèches dans une serviette en papier qu'elle enfouit au fond de la poubelle, non pas que la station-service fût le genre d'endroit où on lui en voudrait de laisser des cheveux dans le lavabo, mais parce qu'elle ne voulait pas que Black Iron Mountain découvre sa présence ici et apprenne qu'elle avait modifié son apparence.

Puis elle aplatit autant qu'elle le put la feuille de plomb et se rattacha le bandana Manowar de JD autour de la tête. Elle n'avait pas d'autre choix que de penser comme lui, à présent. Elle n'avait personne pour veiller sur ses arrières, personne pour la protéger. Elle était livrée à elle-même.

Nettoyée, une pub pour l'industrie des ovnis du Nouveau-Mexique barrant sa poitrine, Kris attendit dans le parking. Elle finit par intercepter un mec qui portait un sweat à capuche de la reformation de Crosby, Stills & Nash. Il avait un bouc roux et un début de calvitie.

« Je me suis disputée avec mon mari, dit Kris. Il m'a jetée de la voiture en pleine route, un peu plus haut. Vous pourriez me déposer ?

– Vous saignez de la tête. »

Kris s'essuya.

« Il boit.

– Je peux pas m'en mêler. »

Kris s'aperçut que le caissier la regardait d'un sale œil par la vitrine. Ce n'était qu'une question de temps avant qu'il appelle les flics, et là, l'Œil aux Cent Mains la retrouverait. Il fallait qu'elle se remette en marche.

« Hé ! appela une voix dans son dos. J'ai entendu ce que vous avez dit sur votre mari. »

Kris se retourna. Une jeune fille un peu ronde avec de longs cheveux noirs se tenait derrière elle, faisant claquer son chewing-gum.

« Ça va, merci.

– Dit la femme qui saigne du cuir chevelu. » La fille fit une énorme bulle et l'explosa. « Vous allez où ?

– J'ai dit que ça allait. » Kris commença à s'éloigner.

La fille se planta devant elle et tendit la main.

« Melanie Gutiérrez. Je vais à Las Vegas. » Elle désigna une Subaru blanche sale immatriculée en Virginie-Occidentale. « Vous inquiétez pas. Je viens de changer la boîte de vitesses. »

Kris s'arrêta. Vous tendiez la main et le monde vous fournissait le nécessaire. Coïncidence sacrée, magie viking, *Troglodyte* – on pouvait appeler ça comme on voulait, elle aurait été bête de refuser.

« Je m'appelle Deirdre, dit-elle, et elle serra la main de la jeune femme.

– Il faut qu'on se serre les coudes sur la route, dit Melanie. C'est pas les mecs qui vont le faire, hein ?

– Ça, c'est sûr. »

Dave King : La foule était en délire. On aurait dit qu'ils allaient tuer Pulaski et le chevelu.

Carrie Moste : Je comprends que vous ayez eu peur, mais, Dave, j'ai le rapport de police en main, et ce n'est pas ce qu'ont vu les autorités.

Dave King : Vous pouvez voir la scène sur mon téléphone.

Carrie Moste : Effectivement, sur cette vidéo que vous avez faite, on voit un attroupement autour de Kris Pulaski, mais là où vous voyez des gens en colère qui tentent de l'attaquer, je vois des gens effrayés qui tentent de la retenir jusqu'à l'arrivée de la police.

Dave King : Personne n'a appelé la police.

Carrie Moste : Les appels sont enregistrés, Dave.

Dave King : J'ai une autre vidéo, on les voit faire cercle autour de la voiture et…

Carrie Moste : … essayer de les empêcher de s'échapper.

Dave King : Ils ont déchiqueté le mec.

Carrie Moste : Sur cette autre vidéo ? Je peux la voir ?

Dave King : Elle a été effacée sur le Cloud. Je ne la retrouve pas.

Carrie Moste : Je vous remercie d'être venu parler avec nous. Chers auditeurs, nous vous tiendrons au courant des évolutions de la situation en direct, au fur et à mesure.

– 102.7 KJYO, « Le voyeur de nuit », 6 septembre 2019

24

Petit oiseau[1]

« J'aime bien votre survêt, dit Melanie tandis qu'elles sortaient de la station-service pour rejoindre la nationale. Très hip-hop.

– Si vous le dites. »

Kris regardait la moindre voiture qui passait, examinait chaque conducteur, chaque passager, tentant de les voir avant qu'ils ne la voient. Étaient-ils à l'aire de repos ? Étaient-ils au Puits dans les Bois ? La cherchaient-ils ?

« Vous voulez vous mettre par terre ? demanda Melanie.

– Pardon ?

– Je vois comment vous regardez les autres voitures. Je me dis que vous devez avoir peur que votre mari vous repère. Donc si vous voulez vous mettre par terre, c'est bon, je vous prendrai pas pour une dingue. »

Kris examina Melanie pour la première fois. Ce n'était qu'une gamine au visage franc, avec de grands yeux chargés d'eye-liner et de mascara, les dents de travers. Melanie quitta la route des yeux et lui décocha un bref sourire qui disait : « Je ne suis un danger pour personne. »

Merde, se dit Kris. Elle était montée avec une parfaite inconnue. Elle ne survivrait jamais sur la route en s'y prenant ainsi. Elle revit en un éclair la fille au rouge à lèvres noir de l'aire de repos. Pas tellement plus âgée que cette môme.

Merde, se dit Melanie. Elle jeta un bref coup d'œil à la femme mûre, maigre à faire peur, sur le siège passager. Frusques de récup,

1. *Little Sparrow,* album de Dolly Parton, 2001.

pas de maquillage, ecchymoses, regard intense : Melanie avait appris au Pappy's que les gens intenses causaient toujours des problèmes, surtout les femmes. Elle ne l'avait fait monter qu'à cause du bandana Manowar. Avec Sheila Bartell, avant, elles chantaient tout le temps « Kings of Metal » en rentrant du volley.

Simultanément, elles pensèrent : *Je n'aurais pas dû faire ça.*

Kris se remit à étudier la route, tentant de décider ce qu'elle allait faire ensuite. Elle entendait le gargouillis mouillé qu'avait émis JD lorsque sa joue s'était arrachée, le bruit de chair qui se déchire et qu'elle ne pourrait plus jamais ôter de sa mémoire. Elle eut un haut-le-cœur.

« Vous allez vomir ? » demanda Melanie.

Kris n'était pas certaine d'être en mesure de parler, donc elle se contenta de secouer la tête énergiquement.

Melanie ne sentait pas le truc. Mais alors vraiment pas. Elle n'aurait jamais dû laisser monter une inconnue. Il fallait qu'elle fasse parler cette femme non-stop et qu'elle la vire à la prochaine aire de repos.

« Pourquoi vous allez à Vegas ? » demanda-t-elle.

Kris ne répondit pas.

« Moi j'y vais pour... », sourit Melanie. Elle prit la grosse voix grave du présentateur de Monster Truck, car l'humour était encore le meilleur moyen de désarmer les personnes dangereuses. « ... Hellstock '19 ! L'ultime tuerie dans le désert ! Trois jours ! Trois scènes ! Cinquante groupes ! Et samedi soir, le dernier concert de Koffin... Koffin... Koffin. »

Elle risqua un coup d'œil vers Kris, qui ne souriait pas.

« Ma sœur y habite, dit Kris.

– Cool. Vous étiez censés aller vous installer chez elle ?

– Non. Il me déposait, c'est tout. »

Le son de ses cheveux en train d'être arrachés à la racine résonnait dans sa tête. Les os blancs de la gorge de JD montaient et descendaient. Son œil restant fixait Kris, clignait, et les deux moitiés de sa paupière déchirée se chiffonnaient et refusaient de remonter. Qui allait prévenir sa mère ?

« Votre mari ? » demanda Melanie.

Kris se rendit compte que personne n'allait prévenir la mère de JD. Cette femme apprendrait la mort de son fils par les infos : ils auraient des images de ce qui s'était passé, ils prononceraient le nom de Kris, et cette femme, qui n'avait jamais fait de mal à personne, serait détruite. Une plainte brève, sinistre, s'échappa de sa gorge.

« Ça va ? demanda Melanie. Vous voulez un mouchoir ?

– Quoi ? »

Melanie s'efforça de reprendre le fil de la conversation.

« Votre mari vous déposait là-bas ? Je m'intéresse, c'est tout. Je conduis depuis dix-huit heures sans m'arrêter. Je commence à saturer.

– Oui. On était en route, mais on s'est disputés.

– Cool », dit Melanie, pensant : *Cette femme descend de voiture à la prochaine sortie.* Elle prit une voix désinvolte : « Je vais là-bas pour tout recommencer à zéro. Voir le concert, puis aborder un nouveau chapitre, vous voyez ? J'ai un copain, sur place, c'est juste un ami, mais il sait que je viens. Il m'attend.

– Ouais », dit Kris, s'avachissant dans son siège, submergée par le chagrin en pensant à la mère de JD, aux dernières minutes atroces de JD, qui était revenu pour la sauver. Encore un mort, étalé aux pieds de Terry.

« Stand Strong » de Koffin retentit dans les haut-parleurs, beaucoup trop fort. Kris se redressa comme si elle avait pris une décharge électrique.

« Désolée ! fit Melanie, baissant le son. J'avais perdu l'habitude d'avoir des passagers.

– On peut rouler en silence ? »

Melanie prit son téléphone, qui était branché sur l'autoradio, et appuya sur pause.

« Bien sûr. »

Le silence se fit, à l'exception des bruits de pneus sur la nationale.

Puis Melanie dit : « Écoutez, les histoires de mari et femme, je connais pas trop, mais j'ai l'impression que vous êtes très secouée par ce qui vient de se passer entre vous, alors je vais vous laisser tranquille un moment. Si vous avez envie de parler, n'hésitez pas, mais je vais pas commencer. Si vous voulez de l'eau ou un truc à grignoter, il y a une glacière, là, derrière. Il y a une trousse de secours sous votre siège, et vous pouvez vous servir de mon téléphone. Je l'ai mis en mode avion pour ne pas me faire emmerder par mon ex, parce que, franchement, j'ai perdu suffisamment de ma vie avec lui, et je veux plus jamais entendre parler de lui. OK ? »

Le cerveau de Kris était consumé par des images de mains s'insinuant par la vitre explosée pour s'emparer d'elle et elle ne répondit rien. Mais son cuir chevelu l'élançait, et au bout d'un kilomètre et demi, elle se pencha pour sortir la trousse de secours. C'était une boîte blanche avec une croix rouge sur le dessus, et Melanie l'avait visiblement remplie elle-même, car elle était incroyablement organisée. Kris grimaça en retirant le bandana Manowar de ses plaies. Melanie jeta un bref regard et aspira de l'air entre ses dents en voyant les plaques à vif, suppurantes.

« Mettez de la crème au miel », dit-elle.

Kris dévissa le capuchon et appliqua la crème sur son crâne en se guidant dans le miroir du pare-soleil. Le produit ramena la douleur brûlante, cuisante, à une gêne sourde. Elles continuèrent leur route en silence, et la tête de Kris se remplissait du bruit de peau qui se déchire, des hurlements de JD criant : « Je peux pas ! C'est des êtres humains ! » Toute cette noirceur s'accumulait dans son crâne. Elle ferma les yeux, mais dans le noir elle vit son visage paniqué, sa barbe, ses poings cognant contre les vitres de la voiture.

« On peut remettre la musique ? » demanda Kris impérieusement. Puis d'une voix plus douce : « S'il vous plaît ? »

Melanie attrapa son téléphone.

« Tout sauf Koffin, précisa Kris.

– Pourquoi pas Koffin ?

– Parce que c'est de la merde », dit Kris, et elle ne put plus se retenir. Tout sortit d'une traite. « Terry Hunt a tout piqué à

Marilyn Manson, il fait écrire ses musiques par d'autres et il ne les crédite jamais, il utilise la provocation bidon pour faire oublier la faiblesse de ses thèmes à ses fans, il ne joue même pas d'un foutu instrument. Ses paroles, c'est de la connerie sentimentale de merde, ses mix sont bâclés, ses lignes de basse sont toutes pompées sur Trent Reznor, et je n'ai jamais vu un autre musicien faire un truc top sans qu'il le lui pique un an plus tard. »

La température baissa dans la voiture.

« OK, dit Melanie. Parce que moi, c'est mon groupe préféré. Vos termes musicaux, là, j'y connais rien, mais moi, je les aime parce que je me suis sortie de périodes foutrement difficiles grâce à leurs disques, et j'ai aussi plein de putains de bons souvenirs liés à eux, et si vous pensez que vous allez monter dans ma voiture, alors que je vous rends service, et me dire que mon groupe préféré, c'est de la merde, vous êtes vraiment une connasse. Vous écoutez quelqu'un, à part vous-même, des fois ? Je vais à leur concert ! Pendant deux jours entiers ! Peut-être que vous feriez mieux d'éviter de gerber sur un truc quand la personne qui vous conduit vous dit que c'est son groupe préféré ! »

C'était tellement absurde, tellement ridicule, de se faire engueuler parce qu'elle n'aimait pas Koffin que Kris ne sut comment réagir. Oui, elle était égoïste. Elle avait fait venir JD avec elle et il était mort. Elle était allée voir Scottie Rocket et il était mort. Elle était maudite.

« Je suis désolée, dit-elle.

– Non. Fait chier, c'est trop facile. Je suis désolée, moi aussi, mais à la prochaine sortie, je m'arrête et vous descendez.

– OK. »

Elles dépassèrent un panneau vert indiquant une sortie vers Crownpoint et Melanie ralentit.

« J'aurais jamais dû vous faire monter, dit Melanie, à moitié pour elle-même, mais tellement en colère qu'elle se fichait que Kris entende ou pas. Vous essayez d'aider quelqu'un, et ça se retourne contre vous. »

La sortie se trouvait à un kilomètre et demi. Tandis que Melanie se rangeait dans la file de droite pour se préparer à la prendre, Kris dit : « Avant que vous me déposiez, je tiens à dire que je suis désolée. Sincèrement. Vous aimez la musique que vous aimez. C'est moi qui déconne à plein tube. »

Melanie mit son clignotant.

« C'est vraiment pas mon jour. Et je le regrette. Mais ne laissez pas mon attitude vous couper l'envie d'aider quelqu'un d'autre une prochaine fois, d'accord ? Vous avez voulu bien faire. C'est juste que j'ai du mal à me sortir la tête de mes problèmes aujourd'hui. »

Melanie poussa un soupir, éteignit le clignotant et accéléra.

« Je vais pas vous lâcher là, annonça-t-elle. Pour ce que j'en sais, votre ex va vous retrouver et je me sentirai coupable de votre assassinat. Allez, il nous reste cinq heures jusqu'à Vegas. Mais me poussez pas à bout, c'est tout.

– Vous êtes pas obligée de faire ça.

– "Merci" suffirait, en fait.

– Merci.

– Maintenant, trouvez-nous quelque chose à écouter. »

Kris fit défiler les musiques de Melanie sur son téléphone, en quête d'un truc sur lequel elles pourraient tomber d'accord. Fugazi, c'était non (« Je les ai trouvés cool quand j'étais vegan, pendant cinq minutes », dit Melanie), Bon Jovi, c'était non (« Ces poseurs avaient un attaché de presse avant même d'enregistrer leur premier album », dit Kris), Beck, c'était non (« Je peux plus l'écouter depuis que j'ai appris qu'il était scientologue », observa Melanie), Black Sabbath, c'était non (« J'ai entendu assez de Sabbath pour le restant de ma vie », fit Kris), Green Day, c'était non (Melanie : « Si j'avais douze ans, peut-être »), Beyoncé, c'était non (Kris : « Un truc sans autotune, par pitié ! »), Sonic Youth, c'était non (Melanie : « C'est les trucs qu'écoute mon ex. Vous savez quoi ? Effacez-les »), Manowar, c'était non (Kris : « Si on peut éviter la soupe... »), Blink-182 aussi (Melanie : « Qu'est-ce que ça fout là-dessus, déjà ? »), Springsteen aussi (Kris et Melanie : « Non ! »), Radiohead, Metallica, Taylor Swift et Linkin Park de même.

Finalement, Kris dit : « Et ça, alors ? »

Les Ladysmith Black Mambazo susurrèrent un instant dans les enceintes, puis une guitare enlevée attaqua un riff joyeux en picking, et la voix de Dolly Parton retentit. Elle chantait qu'elle était heureuse ces derniers temps, en pensant à toutes les bonnes choses à venir.

« Oh, mon Dieu ! "Peace Train" ! s'exclama Melanie.

– C'est la meilleure version de cette chanson, y a pas photo, fit Kris en se renfonçant dans son siège.

– Cat Stevens, c'est nase », approuva Melanie.

Melanie dodelinait au son de la musique, prise par la voix de Dolly Parton, qui donnait l'impression qu'elle souriait en chantant. Regardant le désert brun défiler par la fenêtre, Kris se mit à l'imiter. Lorsque la chanson s'acheva dans un murmure, il y eut un bref silence, suivi par le strumming haché et pressant de « Jolene », et toutes deux, d'abord Melanie, puis Kris, se mirent à chanter avec Dolly, suppliant Jolene de ne pas voler leur mec.

Lorsque ce fut terminé, Melanie insista pour mettre « I Will Always Love You ».

« C'est dégueulasse que tout le monde associe cette chanson à Whitney Houston, dit-elle. Vous saviez que Dolly l'avait écrite pour dire au revoir à son manager quand elle l'a quitté ? Bon Dieu, quand elle la chante à Burt Reynolds dans *La Cage aux poules*...

– Dolly Parton est un génie », fit Kris.

Au milieu de la chanson, la musique s'arrêtait et Dolly s'adressait directement à son manager, lui souhaitant joie et bonheur, mais par-dessus tout de l'amour.

« Vous avez déjà entendu "I'll Oil Wells Love You" ? demanda Melanie.

– Sérieux ?

– Si. C'est sur son deuxième album, et c'est pas une parodie. Elle l'a écrite avec son oncle des années avant "I Will Always Love

You". Ça parle d'une femme qui veut épouser un millionnaire qui a fait fortune dans le pétrole au Texas.

– Merde alors. Vous êtes genre une super fan.

– Quand j'étais petite, je croyais que Dolly Parton était le père Noël.

– Pas possible ? » fit Kris, et elle se surprit à faire quelque chose qu'elle croyait ne plus jamais faire. Elle rit.

« Sans déconner, dit Melanie tandis que démarrait "Coat of Many Colours." Mes parents m'ont inscrite à son programme, Imagination Library, le truc où elle envoie un livre gratuit par mois aux enfants jusqu'à leurs cinq ans. J'étais folle de joie chaque fois que les bouquins arrivaient. Ma mère m'a raconté que je courais partout en criant que ma copine Dolly m'avait encore envoyé un livre. Et quand je pensais à Noël, je me disais que le père Noël n'existait sans doute pas, parce que personne n'a un boulot qui ne l'oblige à travailler qu'un seul jour par an, mais comme Dolly m'envoyait un livre tous les mois, ça devait être elle qui m'envoyait tous mes cadeaux à Noël. Alors oui, je la prenais vraiment pour le père Noël.

– Je me suis déguisée en Dolly Parton pour Halloween genre trois fois quand j'étais petite, dit Kris. Quand je l'ai vue dans *Hee Haw* pour la première fois, j'avais cinq ou six ans, et elle m'a trop fait délirer. »

Après ça, la route fut facile. En fin de journée, elles dépassèrent Flagstaff, et le paysage devint plat, couvert de broussailles vertes. Lorsque Melanie ralentit et prit la sortie, Kris s'alarma.

« Vous allez où ? » demanda-t-elle tandis qu'elles quittaient la quatre-voies, Melanie donnant un grand coup de frein pour la première fois depuis trois cents kilomètres. Kris revoyait les voitures converger vers l'aire de repos et les mains cognant aux vitres.

« J'ai faim, expliqua Melanie, mettant son clignotant avant de s'engager dans l'immense parking d'un Walmart. J'aime bien manger là, parce qu'on est en sécurité. »

Elle se gara à l'extrémité du parking, là où la masse compacte de toits de voitures réfléchissant le soleil éblouissant du désert se brisait, laissant place à des camping-cars Winnebago et des mobil-homes garés à une distance respectable les uns des autres. Des gens mangeaient sur des tables pliantes, entourés de gamins qui gambadaient. D'autres se prélassaient sur des chaises de jardin.

Tout va bien, se dit Kris. *Il n'y a pas de problème.* Mais elle s'agrippa si fort à la poignée de sa portière qu'elle eut une crampe. Melanie serra le frein à main.

« Venez, dit-elle. Prenez ce que vous voulez à boire dans la glacière. »

Elle étala une grande serviette de plage rayée à l'ombre de la Subaru et ouvrit la glacière. Kris regarda à l'intérieur. Elle était remplie de sachets refermables étiquetés et datés.

Melanie fouilla brièvement et en sortit un, puis un autre, et les disposa sur l'asphalte avec des assiettes en papier, un petit sac en plastique pour les déchets, des raisins, des chips goût barbecue et un Coca Light chacune. Elle coupa en deux un petit pain d'apparence bizarre et en tendit la moitié à Kris.

« J'espère que vous êtes pas végétarienne, dit-elle.

– C'est quoi ?

– Un sandwich au pepperoni. »

C'était délicieux. Elles s'adossèrent à la voiture encore tiède pendant que le soleil se couchait derrière le Walmart, colorant l'horizon d'orange et de mauve. Elles avaient laissé les vitres ouvertes pour continuer d'entendre Dolly.

« Vous voyez ? demanda Melanie, pour relancer la conversation qui languissait. Le mec là-bas ? »

Kris suivit le geste de Melanie vers un couple de jeunes gens d'une vingtaine d'années, incroyablement maigres. Le type suivait sa femme partout en faisant de grands gestes, la bouche remuant sans cesse, tandis qu'elle retirait les ordures de leur voiture.

« Des jeunes mariés, dit Melanie. Vous voyez comment elle s'arrête tout le temps pour tripoter son alliance ? Et il porte un tee-shirt "Mon méchant préféré chez Disney, c'est ma femme", d'ailleurs ! Je parie qu'elle a passé sa lune de miel à l'entendre lui expliquer quelle musique elle doit écouter et que tout ce qu'elle a envie de faire est ringard. »

Kris voulait bien le croire.

« Et lui ? dit Melanie, montrant un homme sur une chaise pliante, assis tout seul, regardant droit devant lui, sans même manger. Il va à Vegas pour une dernière cuite avant de se suicider parce qu'il crève de solitude. Je parie que la seule fois où les gens lui adressent la parole, c'est pour lui demander si la place à côté de lui est libre au cinéma.

– Vous avez le sens de l'observation.

– J'aime bien regarder les gens, c'est tout.

– Décrivez-moi. »

Melanie lui jeta un regard en coin.

« Vous avez acheté ces vêtements dans une station-service, je parie. Et ce bandana appartenait à un ami. Quelqu'un qui vous manque. Le mec avec qui vous vous êtes disputée, c'est pas votre mari. »

Kris cessa de respirer.

« Pas d'alliance, expliqua Melanie.

– Je l'ai balancée.

– Même pas une marque sur votre doigt. Et puis, je crois pas que vous vous êtes disputée avec votre mari, ou votre copain, ou je sais pas qui. Pas de portefeuille, pas de sac, quel genre d'homme jette une femme de sa bagnole sans son sac ? Soit un salaud fini, soit un type qui n'existe pas. »

Kris ne savait pas quoi dire. Finalement, elle opta pour la franchise.

« Je vais à Vegas pour régler mes comptes avec quelqu'un, une vieille histoire. C'est un homme, mais pas mon mari.

– Toujours une erreur, dit Melanie. Faites-moi confiance. Je sais de quoi je parle. »

Derrière elles, Dolly Parton se mit à chanter « Little Sparrow ».

« J'ai besoin de le regarder dans les yeux, dit Kris. De lui demander pourquoi il a causé tant de douleur. Pourquoi il a fait du mal à tant de gens. »

Un satellite passa au-dessus de leurs têtes, clignotant, telle une étoile filante mécanique.

« Quelle que soit la réponse que vous obtiendrez, elle ne suffira jamais, dit Melanie. Les gens tordus font des coups tordus. C'est tout. Ils sont plus superficiels que vous le pensez. Je suis avec Dolly. »

« Mesdemoiselles, écoutez-moi bien, chantait Dolly derrière elle, ne faites jamais confiance au cœur des hommes. Ils vous écraseront tels des moineaux et vous ne vous en relèverez jamais. »

« Dolly sait toujours », approuva Kris.

Elle ne se rappelait pas la dernière fois qu'elle avait discuté avec une femme qui ne soit ni sa mère ni une cliente du Best Western. Elles écoutèrent la musique en silence pendant un moment, « Eagle When She Flies » s'enchaînant avec « 9 to 5 ». Finalement, elles reprirent la route, bavardant par intermittence dans la pénombre tout en écoutant la discographie complète de Dolly Parton.

Des immeubles identiques se mirent à pousser de chaque côté de la nationale, ornés de pancartes en plastique « À LOUER ». Les affiches se firent plus agressives (« UN ACCIDENT ? BESOIN D'UN CHÈQUE ? FAITES-LE CASQUER ! JATTAQUEMON-BOSS.COM »), et soudain elles furent à Vegas. Une pyramide noire luisait au loin. L'horizon s'encombra de massives plaques or et argent, avec la tour Eiffel, la Stratosphere, des montagnes russes bas de gamme sur le toit d'un hôtel.

Kris avait toujours vu Las Vegas comme le cadavre d'une putain couvert de paillettes et abandonné aux vautours dans le désert, mais même cette image ne rendait pas justice au Strip. Des *frat boys* charriant d'interminables plateaux en plastique merdique débordant de margaritas se bastonnaient à coups de poing avec un type habillé en Batman à un carrefour. Des parents bourrés traversaient la rue avec leurs enfants endormis dans leurs poussettes en se hurlant dessus pour des histoires de fric, et des femmes à demi nues portant des képis de la police et des bas résilles posaient à côté de pères de famille au visage bouffi, casquette à l'envers.

Des putes pour Jésus en tee-shirt rose et noir débitaient un sermon au coin de la rue, et des fourgueurs de cartes pornos fourraient leur cargaison entre les mains de hipsters à barbe ironique portant des oreilles de lapin et des tutus par-dessus leurs shorts en treillis. Des touristes chinois posaient à côté d'un camion coincé dans les embouteillages arborant une pancarte « LES FENTES À PIÉCETTES ET À QUÉQUETTES LES PLUS ACCUEILLANTES DE LA VILLE ». Des mecs morts d'ennui au visage parcheminé distribuaient des flacons de désinfectant pour les mains, vêtus de tee-shirts verts promettant « DES FILLES DANS VOTRE CHAMBRE EN VINGT MINUTES ».

« Je vous dépose où ? demanda Melanie.

– Je vais descendre n'importe où, j'appellerai ma sœur pour qu'elle vienne me chercher.

– Je vous conduis, insista Melanie.

– C'est bon, merci », répliqua Kris, lui faisant savoir par la fermeté de son ton que le sujet était clos.

La jeune femme se gara devant un château blanc luisant avec des tourelles rouges et bleues qui s'élevaient vers le ciel.

« Je sais que c'est ringard, dit-elle, mais il y avait une promo sur des chambres hyper bon marché, alors pourquoi pas ? Et puis c'est pas comme si j'avais l'occase de dormir dans un château tous les jours. »

Elles descendirent et Melanie fit signe au voiturier absorbé par son téléphone.

« Bon, dit Kris de l'autre côté de la voiture avant de marquer une pause. Merci. Vous êtes sûre que je peux pas vous rembourser ?

– Mais non. Vous m'avez rendu service. C'était moins chiant, la route, avec vous. Bonne chance.

– Chance pour quoi ? » fit Kris, distraite. Elle se demandait où trouver un endroit où dormir et comment se rendre au campement de Hellstock '19 sans se faire repérer. Peut-être pourrait-elle se déguiser en femme de ménage ? Personne ne remarquait jamais les domestiques. Ont-ils des domestiques, en plein milieu du désert ?

« Votre affaire avec ce type, dit Melanie. Le coup de le regarder dans les yeux. J'espère que ça se passera bien, mais vous êtes mieux sans lui.

– Merci, dit Kris, et elle s'éloigna.

– Deirdre », appela Melanie.

Kris se retourna.

« T'as combien, dans ton portefeuille ? Franchement. »

Les deux femmes se regardèrent et Kris se décida.

« Neuf dollars.

– Viens. Tu dors dans ma chambre. »

Jack Blast : ... une atmosphère que je ne peux décrire que comme maléfique. Ces soi-disant Koffin Kids, que je considère comme des anarcho-radicalistes à visées mondialistes, ont envahi ce week-end toutes les chambres de Las Vegas et de Green Valley pour leur rituel occulte, et si je dis occulte, c'est que c'est le mot même de l'organisateur, Terry Hunt. Ce ne sont pas des enfants de chœur, ils ont un passé de violence, de meurtre, de destruction gratuite de propriété privée. Appelons les choses par leur nom : ce sont les fantassins du Gouvernement Mondial envahissant le Nevada pour semer la terreur.

– WJET, « Radio Amérique libre », 7 septembre 2019

25
Toxicité[1]

Kris fut réveillée d'un cauchemar, où elle entendait les râles épais, mouillés, de JD, par l'haleine chaude qui soufflait dans son oreille. Elle sursauta, le crâne explosant de terreur, et roula des yeux fous en regardant autour d'elle dans la pénombre de la chambre, sans savoir où elle était.

« C'est moi, détends-toi », dit Melanie, accroupie à côté du lit de Kris.

Elle était habillée de pied en cap et la lumière était allumée dans la salle de bains. Kris eut l'impression que Melanie était levée depuis des heures. La jeune femme posa un sac plastique au pied du lit.

« Je me suis dit que tu pourrais avoir besoin d'habits propres », dit-elle.

Kris ouvrit le sac et trouva un tee-shirt « Ce qui se passe à Vegas reste à Vegas » et un short en jean avec l'inscription « JUTEUX » brodée en tissu pailleté sur les fesses.

Kris referma le sac et le rendit à Melanie.

« J'ai pas de quoi te rembourser. »

Melanie repoussa le sac vers elle.

« C'est ma dernière bonne action avant d'aller faire la fête pendant deux jours. »

Kris se redressa, engourdie, le dos douloureux, une migraine sourde dans le crâne, et regarda de nouveau le sac blanc.

« Pourquoi t'es tellement sympa avec moi ? » demanda-t-elle.

---

1. *Toxicity*, album de System of a Down, 2001.

Melanie se leva et se mit à faire des postures de yoga.

« Offre-moi le petit déj. Il y a une formule à trois dollars quatre-vingt-dix-neuf pour les clients de l'hôtel, en bas. Comme ça, tu rencontreras le mec avec qui je vais au Hellstock. Si tu le sens pas, je n'irai pas avec lui. J'ai juste besoin que tu me donnes le feu vert ou le feu rouge. »

Même à 9 heures du matin, les rues étaient une fournaise. Par la vitrine du *diner* de l'hôtel, Kris vit des véhicules d'urgence scintiller dans la brume de chaleur qui s'élevait du bitume. Quelqu'un avait précipité sa Honda Accord rouge dans la clôture du casino New York-New York et s'était tué, ainsi que plusieurs piétons, la nuit précédente. Deux metalleux déguisés en cadavres façon Blind King distribuaient des clés USB contenant la démo de leur groupe à la foule des badauds occupés à mitrailler l'épave avec leurs portables.

La serveuse qui les conduisit à leur table avait du sang croûté sous une narine et une longue cicatrice à un lobe, quelqu'un lui ayant sans doute arraché sa boucle d'oreille. Les infos locales qui passaient à tue-tête sur la télé fixée en hauteur dans l'angle leur apprirent que la police était toujours à la recherche d'un clown nu qui avait tenté de mettre le feu à la Little White Wedding Chapel.

« Tout a toujours l'air glauque, le matin », observa Melanie.

Quelqu'un donna un grand coup contre la vitre du *diner*. Elles levèrent les yeux et virent un mec avec un tee-shirt AMM « TAPEZ TOUT LE MONDE » qui jetait un des metalleux contre la vitre. L'adepte des arts martiaux décocha un coup de poing et se retrouva avec cinq flics sur le dos qui lui aspergèrent les yeux de gaz lacrymogène.

« Putain, souffla Melanie.

– C'est un peu tendu, par ici », fit Kris.

Melanie tourna paresseusement sa cuillère dans son café.

« Je fais n'importe quoi. Je connais personne à part toi, et je te connais même pas vraiment. Et maintenant, je passe un week-end entier avec ces mecs. »

Kris n'avait jamais été fana des femmes qui faisaient des plans, puis déprimaient parce qu'elles n'avaient pas suffisamment réfléchi à l'avance. Mais Melanie l'avait repêchée alors qu'elle était à la rue et l'avait aidée à garder le cap dans une situation où elle aurait sans doute perdu la tête.

« Écoute, dit-elle, se penchant en avant, sur le ton de la confidence. Tu n'es pas obligée...

– Banzaï ! » cria une voix d'homme.

Kris fit un bond jusqu'à mi-hauteur du plafond. Quatre mecs entouraient leur table, des beaufs de base, en short de treillis et chemisette. Un débardeur et deux chapeaux pork pie ajoutaient un peu de variété, à part ça ils étaient tous à jour de leur muscu, parfaitement bronzés et coiffés avec soin, bref des spécimens typiques de trentenaires blancs.

Melanie et Kris levèrent les yeux sur eux avec horreur.

« C'est moi ! » annonça l'un d'entre eux, qui arborait une barbe clairsemée et un bronzage exagéré, en écartant les bras. Melanie le regarda d'un air interdit. « Hunter ! »

Kris vit Melanie perdre cinq ans sur-le-champ : elle laissa échapper un petit glapissement suraigu, puis elle et Hunter se donnèrent l'accolade, valsant d'un pied sur l'autre tels des danseurs maladroits dans un hospice. Ils se reculèrent, se tenant à bout de bras, et recommencèrent. Kris ne parvenait pas à suivre ce genre de changement d'humeur radical. Maintenant que les mecs étaient là, tout était poussé au volume maximal.

« Et voilà ma bande, dit Hunter. Ça, c'est Jac, on sait tous avec quoi ça rime, ça c'est Spencer (les deux poings se cognèrent) qui vient de passer un méga-deal avec moi pour des super-apparts dans le district de Green Valley, et *last but not least*, pour fermer la marche, comme toujours, Owen McSlowen. »

Ils se turent tous en attendant que Melanie présente sa propre bande.

« Ah ! s'exclama-t-elle. Je vous présente Deirdre. C'est une autostoppeuse que j'ai prise au Nouveau-Mexique. Elle est super. »

Le mot auto-stoppeuse donna immédiatement une touche exotique à Kris. Personne ne faisait plus de stop, sauf par conviction politique. La bande de Hunter se répartit sur les banquettes, les yeux braqués sur Kris. Ils coincèrent les deux femmes contre le mur, tandis que Hunter s'accroupissait en bout de table.

« Comment tu sais que c'est pas une tueuse en série ? demanda-t-il à Melanie.

– Je me suis dit que les tueurs en série, c'est ceux qui prennent les filles en stop, pas les auto-stoppeuses, enfin je crois pas.

– Peut-être qu'elle essaie de semer le doute dans ton esprit », dit-il sérieusement, les yeux fixés sur Kris.

Puis il éclata de rire et baissa le regard.

« On te fait marcher, t'inquiète », dit-il, et il tendit le poing. Kris le cogna avec ses phalanges. « C'est top. Barouder dans les States. Zéro compte. »

Spencer se mit à dévorer leurs tartines. Slowen demanda si Kris voulait encore de son bacon.

« Alors on part quand ? demanda Melanie, les yeux brillants. J'attends que ça depuis le début de l'été.

– Demande au pilote, répliqua Hunter, et Jac sortit son Android et le posa sur la table.

– Le concert aura lieu à Strawberry Valley, dit-il en leur indiquant la direction sur Google Maps. C'est près du site où ils faisaient des essais nucléaires, et à moins de cent soixante kilomètres de la zone 51.

– C'est pour ça qu'il a choisi cet endroit, commenta Slowen. Il paraît que le sable radioactif attire les ovnis. Koffin va invoquer les extraterrestres samedi soir.

– Et notre pote Jones a pris une place au camping, continua Jac. Comme les quatre cent mille autres. Hier soir, c'était la folie, alors bougeons-nous le cul pour y arriver vite. On rentrera tôt dimanche parce qu'il n'y a que des groupes de doomcore de merde, ce jour-là, donc on loupera rien. Va y avoir des embouteillages déments. »

Les mains serrées entre ses cuisses, se balançant d'avant en arrière, surexcitée, Melanie avait l'air d'une petite fille qui s'apprête à partir en colonie de vacances.

« Je vous suis avec ma voiture ?

– Pourquoi tu la gares pas chez moi ? » demanda Hunter.

Kris repéra immédiatement la manœuvre. Ils s'apprêtaient à emmener cette fille en pleine nature sans moyen de locomotion à elle. Elle serait complètement à leur merci.

« Mel..., commença-t-elle.

– Génial ! s'exclama Melanie. Je verrai où t'habites ! Trop envie de rencontrer Lars !

– Le voilà, dit Hunter, et il lui montra une photo d'un setter irlandais croisé sur son téléphone.

– Oh... qu'il est mignon, s'écria Melanie, passant la photo à Kris. Tu aimes les chiens ?

– Je dois y aller », dit-elle, se demandant comment elle allait bien pouvoir se rendre à Strawberry Valley. Elle fouilla ses poches en quête de ses neuf dollars. Peut-être que si elle traînait suffisamment, Melanie allait proposer de payer à sa place.

« J'ai une idée ! » s'exclama Melanie.

Kris vit que la jeune femme avait les yeux fixés sur elle.

« Tu as toujours le billet en plus ? demanda Melanie à Hunter.

– Je comptais le vendre à l'entrée, dit Hunter. C'est cent cinquante dollars.

– Viens avec nous, Kris, tu peux le prendre », fit Melanie.

Les garçons semblèrent mal à l'aise.

« Je sais pas si on a la place, mon sucre d'orge, dit Hunter, et Kris détesta immédiatement la façon dont il venait d'assigner un petit nom à une femme qu'il n'avait rencontrée que vingt minutes auparavant.

– Vous avez deux pick-up, observa Melanie d'une voix soudain sérieuse qui ne souffrait aucun prétexte bidon. Bien sûr que si, vous avez la place. »

Hunter pencha la tête et fixa la table un instant. « OK. Il est à vous. Mais vous me le devrez. Le billet.

– Je peux pas faire ça », protesta Kris. C'était trop. « Je ferais mieux d'y aller.

– Non, attends. Viens là. »

Melanie se glissa hors de la banquette, et Kris la vit comme ces garçons la voyaient : une jeune fille avec des courbes généreuses, un short trop court, un haut moulant. Elle paraissait bien plus exposée et vulnérable que lorsqu'elles n'étaient que toutes les deux.

Melanie la prit par le coude et la guida vers l'accueil.

« Je ne prendrai pas le billet à cent cinquante dollars.

– Écoute, chuchota Melanie, regardant en direction des garçons pour leur décocher un sourire avant de leur tourner le dos pour se placer face à Kris, le visage tout à coup empreint de gravité. Je ne connais pas ces mecs. Je connais Hunter, mais pas les quatre autres. Et maintenant, je monte dans leur bagnole et je pars camper avec eux au milieu de nulle part pendant deux jours. Je t'amène pas parce qu'on est les meilleures copines du monde, je t'amène parce que j'ai comme l'impression que tu sais te défendre, et j'ai besoin de protection. Je suis peut-être jeune, Deirdre, mais je suis pas débile. »

Soudain, tous ses problèmes furent résolus d'un coup. Black Iron Mountain pensait qu'elle voyageait seule. À présent, elle se déplacerait dans un convoi de deux pick-up avec une bande de jeunes branleurs, comme une espèce de tante cool. Elle serait conduite à Hellstock en voiture, et comme sa présence rassurerait Melanie, elle lui revaudrait ainsi le bout de route et la chambre.

« Je viens. Mais je ne pourrai pas te rembourser le billet.

– Si tu m'évites de me faire assassiner, ça vaut bien cent cinquante dollars », dit Melanie. Puis son visage s'illumina de nouveau comme celui d'une petite fille et elle retourna à la table d'un pas décidé, entraînant Kris par le bras.

« Youpiii ! cria-t-elle. Deirdre vient ! »

Ils revinrent à la joie générale et à la conversation inepte. Après s'en être tapé suffisamment pour avoir l'air polie, Kris annonça : « Je monte prendre une douche. Et après, on y va ?

– Carrément », fit Melanie, et Kris quitta la table.

Leur badinage continua jusqu'à ce que Hunter voie Kris monter dans l'ascenseur du hall et les portes se refermer. Puis il se tourna vers la table.

« Putain de merde, souffla-t-il dans un murmure.

– Bon Dieu, dit Spencer.

– De quoi vous parlez ? demanda Melanie.

– C'est elle, dit Hunter.

– Qui ? Elle a fait quoi ?

– La nana avec qui tu es, fit Hunter. Oh, putain, tu baignes dans l'innocence. C'est adorable. C'est la meuf qui essaie d'assassiner Terry Hunt. C'est Kris Pulaski.

– Non », protesta Melanie. Puis elle réfléchit une seconde et reprit, à retardement : « Noooon.

– Si, dit Hunter. Montre-lui. »

Jac tourna son téléphone vers elle. Melanie regarda. Une photo de Kris datant d'environ sept ans, puis un portrait-robot de l'apparence qu'elle devait avoir maintenant. La forme de la mâchoire, la bouche mince, les pommettes saillantes, le regard intense – même sur un croquis pourri, le doute n'était pas permis.

Melanie se recula et plaqua sa main sur sa bouche.

« Oh, putain. »

Les quatre mecs se regardèrent et éclatèrent de rire.

« Oh, merde, fit Spencer.

– Quoiiii ? demanda Slowen.

– Elle savait vraiment pas ! » fit Hunter en riant. Il attira vers lui le visage de Melanie et l'embrassa sur le sommet du crâne. « Tu es la personne la plus confiante que j'aie jamais rencontrée », dit-il.

Tout le monde la charria gentiment jusqu'à ce qu'elle reprenne son sérieux.

« Je ne peux pas la balancer.

– Personne te demande de balancer personne, fit Hunter, mais elle va essayer de le tuer. Je veux dire, tu pourrais très bien te faire arrêter pour complicité.

– Pas jusqu'ici, fit Jac, qui était avocat fiscaliste. Mais maintenant que tu connais son identité, la responsabilité t'incombe de faire quelque chose, dans la mesure où il y a de fortes chances qu'un crime soit commis. »

Melanie, déconcertée par leurs vannes et leurs conseils tour à tour pressants et enjôleurs, restait là à secouer la tête. Refusant de le croire, mais sachant en fait que c'était vrai. Tout concordait trop bien.

« Tu l'as récupérée au Nouveau-Mexique, dit Hunter. C'était juste après qu'elle a tué le mec avec qui elle voyageait. J'arrive pas à le croire : tout le monde en Amérique cherchait cette pouffiasse, et pendant ce temps-là, elle était dans ta bagnole et vous vous faisiez un trip à la *Thelma et Louise.*

– Je ne la dénoncerai pas, affirma Melanie.

– Ce qui est cool, c'est que le numéro vert qu'ils ont mis en place, le 800, n'est pas relié à la police, il est géré par Terry Hunt. Donc c'est pas comme si tu la balançais aux flics.

– Je pourrais passer un appel anonyme, peut-être.

– Anonyme ? Tu délires ? Si c'est Terry Hunt, il te devra la vie. Il te donnera des places VIP. On pourra aller backstage. Ma vieille, c'est la chance de ta vie.

– Laisse-moi une minute, dit Melanie, prenant son téléphone sur la table et s'extirpant de la banquette. N'appelle personne. J'ai besoin de réfléchir. »

Dehors, sur le trottoir brûlant, elle se mit à tourner en rond, se faufilant entre les badauds qui regardaient la dépanneuse retirer la Honda de la clôture du casino. Elle ne pouvait pas faire ça à Deirdre – à Kris. Qui veillerait sur elle pendant le week-end à Hellstock ? Certes, si elle les faisait entrer backstage, Hunter et ses potes seraient sans doute tellement contents qu'ils la traiteraient comme une déesse. N'empêche que c'était mal. Elle pouvait appeler la chambre sur la ligne fixe et dire à Kris de s'enfuir, avant de composer le numéro vert. La laisseraient-ils monter chercher ses habits, ou bloqueraient-ils l'entrée avec du ruban adhésif jaune ?

Les errances de Melanie l'amenèrent près de l'accident. Tout le monde avait sorti son téléphone et prenait des photos d'une énorme tache de sang, comme étalée sur le trottoir avec une serpillère imbibée de viscères. Il y avait une Reebok blanche échouée dans le caniveau.

« C'est là que le gosse s'est éclaté la tête, commenta un homme avec un léger accent russe. J'ai entendu le choc depuis le bout de la rue. On aurait dit une pastèque qui explosait. »

Melanie se sentit mal et sa vue se brouilla dans la chaleur. Les gens ne devraient pas être blessés ainsi. C'était la douleur de véritables êtres humains que ces touristes prenaient en photo. Submergée par la nausée, elle se fraya un passage à travers la foule pour s'éloigner du lieu de l'accident. C'était dégoûtant, cette façon dont les gens prenaient leur pied avec la souffrance des autres. Pourquoi les gens cherchaient-ils tout le temps à se faire du mal ?

Pourquoi Kris voulait-elle assassiner Terry ?

Elle contempla la chaussure vide, oubliée dans le caniveau. Elle pensa à Greg hurlant sur son jeu vidéo, faisant perpétuellement mine de massacrer des inconnus. Elle imagina une balle pulvérisant le visage de Terry Hunt. Elle revit les plaies qui recouvraient le cuir chevelu de Kris, des plaies faites par son pas-mari.

Il fallait que les gens cessent de se faire du mal.

En sortant de la douche, Kris ouvrit la porte de la chambre et appela : « Melanie ? », pour voir si la jeune fille était déjà revenue. Pas de réponse.

Elle laissa la porte de la salle de bains ouverte et enfila ses habits neufs. Le short était plus court qu'elle l'aurait souhaité, et elle regretta son Bones. N'ayant pas de valise, elle fourra son tee-shirt Roswell dans le sac plastique du magasin. Il faudrait qu'elle emprunte une veste à Melanie. Les nuits étaient fraîches, dans le désert.

Plus elle s'approchait de Terry, plus il semblait que *Troglodyte* lui ouvrait des portes. Elle tenta de déterminer s'il y avait quelque chose sur cette partie du périple dans « Sailing the Seas of Blood » ou « One Life, One Bullet ». Hunter et ces mecs intervenaient-ils d'une manière ou d'une autre ?

Elle ne les trouvait nulle part dans l'album. Elle allait continuer à avancer, c'est tout. JD et Scottie Rocket, toutes ces âmes tristes piégées au Puits dans les Bois – Terry devait répondre de beaucoup de choses.

Elle se sentait prendre de l'élan, aller plus vite à mesure qu'elle approchait du noyau. Elle n'était pas heureuse, mais remplie d'une satisfaction sinistre d'avoir échappé aux radars de Terry, et ce de sa propre initiative. À présent, elle allait l'attaquer par l'angle mort.

Melanie frappa à la porte.

« Une seconde », lança Kris, s'essuyant les cheveux et s'apprêtant à ouvrir.

La môme avait sans doute égaré ses clés. Kris regarda par le judas. Tout était noir.

On frappa de nouveau.

« M'dame ? fit une voix étouffée. C'est UPS. »

Dr Craig Brown : ... on a des hélicoptères noirs, des générateurs de bruit blanc, des brouilleurs de portables, la ville est un vrai territoire occupé. Ce matin, un fabricant d'obus a déposé le nom NevadaStrong.com. Quelque chose d'énorme se prépare.

Todd Fixx : Qui est l'ennemi ?

Dr Craig Brown : On ne sait plus. Ça pourrait être les terroristes antifas financés par Soros, les hommes du Nouvel Ordre mondial portant des badges de la FEMA, l'ATF, l'État profond, personne ne sait de qui il s'agira, car ils ont toujours une longueur d'avance. Ils surveillent tout le monde. Ils écoutent tout. J'implore tous les patriotes de se barricader dans leur propriété, de préparer leurs armes, et de se tenir prêts à tout.

– Réseau de communication Genesis, radio à la demande,
« Réparer la liberté », 7 septembre 2019

26

L'éclipse de la face cachée[1]

Les embouteillages étaient épiques. Des heures et des heures d'arrêts soudains, et les gens qui sortaient, zigzaguaient entre les voitures et allaient s'asseoir sur des fauteuils pliants au bord de la quatre-voies. Mais en fin d'après-midi, lorsqu'ils dépassèrent enfin le sommet de la colline et débouchèrent sur Strawberry Valley, Melanie en eut le souffle coupé.

Une énorme comète de détritus était tombée dans le désert, laissant derrière elle un cratère jonché d'ordures. Des drones quadrillaient le ciel. Des rangées de tentes s'étalaient à perte de vue, des plaines de voitures en stationnement scintillaient sous le soleil éclatant. À leur arrivée, les véhicules se glissaient sous une araignée en ferraille de dix mètres de haut chevauchant la route, et une impressionnante tête de clown en fibre de verre crachait du feu au sommet d'un manège.

« Et voilàààà... Plus de réseau », annonça Spencer, tandis que les trois barres de son téléphone se changeaient en « Pas de service ».

La couverture téléphonique n'était jamais bonne à Strawberry Valley, mais les quatre cent quarante mille spectateurs, plus vingt et un mille employés, plus cinq mille volontaires en avaient eu raison.

« J'ai jamais vu autant de tentes d'un coup, dit Melanie.

– La tent-ation est forte », dit Hunter, et tout le monde éclata de rire.

1. *In the Nightside Eclipse*, album d'Emperor, 1994.

Melanie se demandait où était Kris. Elle se demandait si Kris avait compris. Elle savait qu'elle avait fait le bon choix, car les garçons avaient passé toute la matinée à la rassurer, mais elle ne pouvait s'empêcher d'avoir le sentiment qu'elle avait trahi son amie. Balayant du regard toutes ces voitures garées, ces rangées de tentes qui s'étalaient en contrebas, elle se dit qu'on aurait cru les allées d'un cimetière immense.

Les quatre hommes d'UPS portaient des shorts marron et des chaussettes marron foncé bien tirées qui laissaient voir leurs genoux poilus. Ils avaient un passe.

Ils déboulèrent dans sa chambre, qui parut soudain minuscule. Ils ne dirent pas un mot. Deux d'entre eux la saisirent par les bras et l'allongèrent sur le lit, la maintenant tandis que les deux autres fouillaient la chambre. L'opération leur prit cinq secondes. Puis ils mirent la chaînette, tirèrent les rideaux et allumèrent la lampe de chevet.

« Je vais hurler », dit Kris.

Celui qui maintenait ses épaules porta son index à sa bouche et secoua la tête une fois. Kris prit sa respiration. Lorsqu'elle ouvrit la bouche pour crier, il plaça sa main au bas de sa cage thoracique et enfonça son pouce dans son diaphragme, fort et profond. Tout l'air la quitta violemment d'un coup. Ainsi que la formule petit déjeuner à trois dollars quatre-vingt-dix-neuf. Elle tourna la tête, si bien que le vomi atterrit surtout sur l'oreiller.

Un autre livreur UPS examina la ceinture de la robe de chambre, la rejeta et se décida pour le fer à repasser. Il arracha la prise et testa la force du cordon. Kris le regarda l'apporter dans la salle de bains. Dans le miroir de la pièce, elle le vit faire un nœud coulant qu'il passa autour du pommeau de douche.

« Je veux parler à Terry », dit Kris.

Les deux livreurs UPS restés avec elle se regardèrent et l'un d'eux sortit un flacon de Paxator. C'est à ce moment-là que Kris s'aperçut qu'ils avaient tous la même tête. Tous bruns et sveltes, avec une moustache bien nette au-dessus de la lèvre supérieure.

Celui qui avait enfoncé son pouce dans son diaphragme empoigna sa mâchoire d'une main énorme et enfonça les doigts dans ses joues pour la forcer à ouvrir la bouche. L'autre sortit un Paxator du flacon en plastique.

« Paquet », dit-il.

Kris sut que ça signifiait qu'il voulait qu'elle ouvre la bouche. Elle secoua la tête. Celui qui tenait sa mâchoire appuya, et la pression de ses doigts contre ses ganglions ne lui laissa pas le choix. Sa bouche s'ouvrit avec un grincement. Le livreur y introduisit le cachet. Il avait le bout des doigts salés. Puis il relâcha la pression sur sa mâchoire.

« Signez ici », dit-il.

Et Kris sut ce que ça signifiait : avalez.

Le soleil cognait sur Strawberry Valley. Leur tente était proche de la Google Challenge Zone, où jouaient les groupes de noise, et dans la cuisante brume de chaleur, le son lointain des accords fracassants et d'une voix masculine amplifiée qui hurlait sur la foule ressemblait à un rêve. Des filles en bikini et lunettes de soleil déambulaient devant eux d'un pas nonchalant, des mecs torse nu se baladaient avec des masques à gaz, avec des masques bong, avec des bandanas squelettes qui changeaient la moitié inférieure de leurs visages en crânes grimaçants. Une équipe de maquilleurs de L.A. avaient ouvert un atelier zombie, et les morts-vivants flânaient dans le campement, gobelets rouges à la main. On voyait passer des VTT, des hoverboards qui s'enlisaient dans le sable, et les rares flics que vit Melanie circulaient en quad.

Il leur fallut quatre-vingt-dix minutes pour aller de leur voiture au campement, où ils trouvèrent Jones assis au milieu de leurs trois tentes dômes bleues, visiblement archi-stone.

« Les mecs ! s'exclama-t-il. Je viens de m'enrôler dans l'armée ! »

Toutes les organisations imaginables couvraient Hellstock '19. On pouvait s'engager dans l'armée, on pouvait signer pour un rachat de crédit étudiant, on pouvait postuler pour une carte American Express avec zéro pour cent d'intérêts la première année, on pouvait s'inscrire à un concours afin de gagner un iPhone, on pouvait adhérer à Rise Up, à We the People, à Earth First!, à Amnesty International, à Change.org. Les gens apposaient leur signature sur tout et n'importe quoi.

Presque tous les membres de l'équipe œuvrant pour le festival avaient définitivement rendu leur tablier dès le vendredi. Les ordures rancissaient et marinaient dans les poubelles. Le moindre courant d'air charriait une forte odeur de merde et de basse-cour.

« Ouais, ricana Jones. Ils ont renversé les WC mobiles. On les appelle les fosses à merde, maintenant. Mais y a des types qui ont fabriqué leurs propres toilettes chimiques, et c'est un dollar pour pisser, cinq pour chier. Les meufs ont de la chance, il suffit qu'elles montrent leurs nichons et elles pissent gratos. »

Tout ce chaos fit peur à Melanie. Les garçons ôtèrent leurs tee-shirts, révélant des abdos sculptés à la salle de sport et des pectoraux taillés au burin. Ils partageaient une vapoteuse, ils avaient de la bouffe dans leur glacière, et lorsque des Témoins de Jéhovah tentèrent de filer à Melanie un tract qui expliquait que c'était la fin du monde, ils firent cercle autour d'elle et chassèrent les importuns. Ils voulaient qu'elle se sente en sécurité, mais de temps à autre, quand elle levait les yeux, elle les surprenait à échanger des regards qui semblaient communiquer quelque secret. Quelque chose dans la façon dont ils lui parlaient tous lui donnait l'impression qu'ils partageaient une farce dont elle était le dindon.

Tandis que des gens tiraient des feux d'artifice en direction des drones qui faisaient l'essuie-glace au-dessus de leurs têtes, ils décidèrent de se rendre à la Pepsi Peace and Love Arena pour voir Gwar. Ils étaient en train de mettre leurs sacs à dos sur leurs épaules lorsqu'un drone tomba du ciel, se changeant d'un grain de poussière en un grain de café en une araignée bourdonnante suspendue au niveau de leurs visages.

« Bonjour ? dit une voix métallique par son petit haut-parleur. Vous m'entendez ?

– Euh, oui, répondit Jac en riant.

– Qui parmi vous est Melanie ?

– Moi ? » dit-elle, levant timidement la main.

Le drone pivota pour lui faire face.

« Terry Hunt vous est reconnaissant pour votre geste. Il tient à vous remercier d'avoir permis que cet événement demeure sans danger et joyeux pour tous les fans. Il aimerait vous inviter tous backstage pour une visite privée de la Crypte et un bref tête-à-tête, de manière à pouvoir vous exprimer en personne sa gratitude. Vous n'avez qu'à vous rendre à la scène Bud Light et donner votre nom aux agents de sécurité, ils s'occuperont de vous. »

Puis le drone s'éleva dans les airs et se changea de nouveau en grain de poussière agité.

« J'y ! Crois ! Pas ! » s'exclama Spencer, et les mecs échangèrent des high-five.

Hunter prit Melanie à part.

« Écoute, dit-il. Je sais que tu nous connais pas, et tu dois te sentir comme un poisson hors de l'eau, mais je veille sur toi, OK ? S'il y a un truc que tu sens pas, tu me le dis. »

Elle aurait voulu être soulagée.

« Paquet », dit le livreur UPS.

Ses doigts s'enfoncèrent dans la jointure de la mâchoire de Kris, qui ouvrit la bouche.

« Signez ici », dit le livreur.

Elle avala. Il lui versa un peu d'eau dans la bouche pour diluer le caillot amer des cachets qui se dissolvaient dans sa gorge. Kris avala le tout. C'était mieux que de suffoquer.

Le livreur UPS qui était dans la salle de bains en sortit et fit un signe de tête à celui qui lui administrait les cachets. Puis ils tournèrent toute leur attention vers Kris et ce fut là qu'elle sut qu'elle allait mourir. Encore une suicidée du rock'n'roll, pathétique, dans une chambre d'hôtel miteuse, avec des trous dans les draps, des brûlures de clopes sur la moquette, et la télé fixée au mur.

« Je vous en prie, gémit-elle.

– Paquet », dit le livreur.

Ils lui administraient une overdose, après quoi ils la pendraient dans la douche avec le fil électrique, et tireraient sûrement sur ses pieds pour s'assurer que le cordon lui écrasait bien la gorge tandis que le sang s'accumulerait dans son crâne et cognerait, brûlant, dans ses tempes.

Sans doute avaient-ils même préparé une lettre de suicide, elle l'aurait parié. Un mot de son écriture – une vague de remords *in extremis*, ou bien un laïus expliquant qu'elle ne pouvait se résoudre à faire du mal à Terry. Et personne n'entendrait plus jamais *Troglodyte*. Dürt Würk serait oublié. Sa vie entière menait à cet instant, dans cette chambre obscure de Las Vegas, en plein après-midi.

« Signez ici. »

« Paquet. »

« Signez ici »

« Laissez-moi parler à Terry, supplia Kris.

– Paquet. » Cette fois, il enfonça vraiment les doigts.

« J'ai besoin de parler à Terry. Vous ne pouvez pas l'appeler ? Juste l'appeler ? Deux secondes.

– Signez ici.

– Je vous en prie. J'ai quelque chose à lui dire.

– Paquet.

– Il faut que vous disiez à Terry que je lui ai apporté quelque chose. »

Les cachets commençaient à se dissoudre dans son sang, elle se sentait ralentir et son visage s'engourdissait.

« Signez ici.

– J'ai écrit une suite à *Troglodyte.* » Les mots sortirent comme ça. Elle ne savait pas quelle partie de son cerveau avait décidé d'essayer ça, mais elle embraya. « C'est une suite, pareille que le premier album. Dites-le-lui, elle fait le même effet. Et il y a une chanson au sujet de ce soir, il y a une chanson au sujet du concert.

– Paquet.

– Il faut que vous le préveniez », dit-elle, et elle se mit à sangloter. Les larmes coulèrent sur le revers de la main du chauffeur.

« Signez ici.

– Ça ne va pas se passer comme il le croit, ce soir. Je vais lui jouer. Les riffs, les paroles, j'ai tout dans la tête. Il y a six chansons, un album entier qui décrit ce qui va se passer. »

« Paquet. »

« Signez ici. »

À un signal silencieux, les chauffeurs UPS cessèrent de la gaver de cachets, la soulevèrent, les doigts dans ses aisselles, et la portèrent à la salle de bains. Kris perdit la tête.

« Non, hurla-t-elle. Noooonnnn ! »

Elle s'agita dans tous les sens, mais ça n'eut pour seul effet que de leur faire presser plus fort ses chevilles l'une contre l'autre et de lui serrer les poignets. Ils l'emmenèrent à la baignoire. Le fil électrique blanc était suspendu au pommeau de douche mural en un parfait nœud coulant.

« Je vous en prie, dit-elle. Dites-le juste à Terry. Dites-lui que je le jouerai pour lui. Dites-le à Terry. »

Ils la soulevèrent et passèrent le fil électrique autour de son cou.

Dans l'autre pièce, le téléphone sonna. Un discret trille électronique. Les livreurs UPS s'interrompirent. Ils se regardèrent. La sonnerie retentit de nouveau. Le cœur de Kris fit un bond, même si elle se doutait que c'était seulement la réception qui appelait pour s'assurer qu'elle savait qu'elle devait libérer la chambre à 11 heures.

Un des hommes se rendit dans la chambre et décrocha au milieu d'une sonnerie. Dans le miroir, Kris le vit presser le combiné contre son oreille. Il écouta une minute, puis raccrocha. Les trois autres l'observaient.

« Le paquet est en cours de livraison. »

Ils remirent Kris sur pieds, essuyèrent le vomi dans ses cheveux avec une serviette mouillée et, sans cesser de lui maintenir les bras, l'escortèrent hors de l'hôtel et la poussèrent à l'arrière de leur camionnette. Puis ils démarrèrent, en route pour Hellstock '19.

Derrière la scène Bud Light s'étalait un campement de préfabriqués, de passages climatisés, de clôtures grillagées, de parois de tissu destinées à bloquer la vue des paparazzis, un héliport, des caravanes de maquillage, des générateurs électriques, des traiteurs, trois bars bien achalandés, une fontaine de crème glacée réalisée à partir d'un unique bloc de glace, un Starbucks, deux salles de sport, un atelier de Pilates, un spa et une piscine surélevée. Tout ce qu'il fallait pour amuser cinquante groupes de rock avait jailli dans le désert par le pouvoir de l'argent. Au fond, près de l'endroit où soixante-trois poids lourds étaient garés en longues files, attendant le dimanche fatidique, se trouvait le domaine privé de Terry, ouvert exclusivement aux invités. Au milieu, deux caravanes abritaient la Crypte.

Musée mobile mettant en valeur les grands moments de la carrière de Koffin, la Crypte était accessible aux deux cents « super-fans » qui avaient acheté les tickets « Koffin Experience » à mille deux cents dollars. À l'intérieur, des climatiseurs industriels projetaient de l'air glacial dans les salles obscures où des projecteurs d'une précision chirurgicale éclairaient un micro en or offert par le frère d'Oussama ben Laden lorsque Terry avait donné un concert pour le treizième anniversaire de son fils, les croquis des corsets vendus par Shroud, sa collection de mode, et une branche de métal tordue provenant de la tour de son que les fans avaient renversée lors de la tournée *Insect Northex*. Il n'y avait absolument aucune mention de Dürt Würk, hormis une photo du groupe avoisinant un cliché de Terry, à quatorze ans, avec ses parents à une compétition d'athlétisme.

« C'est elle », souffla Hunter, et Melanie s'approcha du verre de protection.

Kris se tenait sur la scène de la Robot House, à Philly, les pieds bien écartés, la tête penchée sur sa guitare, et Terry s'égosillait dans le micro à l'avant, torse nu et mince, couronne de sang sur la tête, du faux sang dégoulinant sur le visage et les épaules.

« Qu'est-ce qu'elle a l'air jeune. »

Melanie aurait voulu être cette femme intense, sur scène, tellement concentrée sur ce qu'elle était en train de faire que le monde disparaissait autour d'elle. Elle espéra que Kris allait bien, où qu'elle soit.

« Même les psychopathes ont été petits », fit Hunter.

Ils contemplèrent avec l'émerveillement requis la guitare de Terry (dont il ne jouait jamais), trois livres de sa librairie occulte (qu'il n'avait jamais lus), et un jean skinny en cuir de la tournée *Witch Slave* (qu'il n'avait jamais porté parce qu'il était trop petit). La dernière étape, c'était la salle d'accueil, où un assistant nommé Stephen leur demanda de patienter.

Une femme avec un casque-micro parcourut la pièce du regard et sortit, deux agents de sécurité entrèrent et se postèrent de chaque côté de la porte. Ils y restèrent si longtemps que tous dans la petite bande les oublièrent, occupés qu'ils étaient à faire des selfies devant le photocall d'American Airlines. Soudain, dans un tourbillon d'admirateurs, Terry apparut.

Les mecs se pressèrent tous autour de lui en quête de photos et d'autographes, mais Melanie resta en retrait. Il était plus petit qu'elle l'aurait cru : un homme miniature, parfaitement proportionné, avec une peau faite de la même substance que les sacs à main magnifiquement souples qu'elle ne pourrait jamais se payer. On aurait dit un elfe, à peine plus âgé qu'elle, même si elle savait qu'il avait près de cinquante ans. Il était lisse, sans une ride, les cheveux fins et dorés, éclairé par une espèce de lumière intérieure, comme un effet spécial de cinéma. Il avait l'air plus réel qu'elle. Sans sourire, il les dévisageait à travers ses énormes lunettes miroir.

Finalement, il dit : « Qui a téléphoné ? »

Les garçons s'écartèrent telle la mer Rouge afin de révéler Melanie qui marmonna : « Moi. » Terry s'avança et lui tendit la main, qu'il avait fraîche et sèche, et elle se demanda comment il faisait par un temps pareil. Malgré la clim à fond, elle avait les aisselles trempées.

« Vous avez pris la bonne décision, n'en doutez jamais », dit Terry, retirant ses lunettes de soleil. Avec ses yeux en amande et ses pommettes hautes, il la regardait jusqu'au tréfonds de son âme.

Melanie balbutia quelques mots, et juste au moment où Terry commençait à reculer sa main, elle resserra sa prise. Il se retourna, pris sur le fait pendant qu'il remettait ses lunettes.

« Ne..., commença Melanie, et elle ne savait pas pourquoi elle éprouvait le besoin de dire ça. Ne lui faites pas de mal. Elle a été gentille avec moi. »

Terry la regarda à travers deux reflets parfaits de son visage, puis dit : « Kris doit apprendre que ses décisions ont des conséquences. »

Après quoi, un bref sourire passa sur son visage, et il s'adressa aux garçons.

« Faut que vous gardiez votre énergie pour ce soir, les mecs. »

Melanie les vit tous marquer une pause, elle sentit de nouveau le flottement dans leur attitude qu'elle avait entraperçu toute la journée du coin de l'œil, et un pacte secret passa entre eux et Terry. Juste après, Spencer tenta de prendre d'autres photos et Terry tourna le dos, se transformant de nouveau en rock star. Il y eut un bruissement dans son entourage, il disparut, et ils se retrouvèrent gentiment poussés vers la sortie.

Elle suivit les garçons en silence, légèrement choquée que ce moment qu'elle avait attendu toute sa vie lui paraisse si minable.

Laura Tower : … ici à Hellstock '19 ?

Denise : Pour voir Koffin !

Laura Tower : Pourquoi ?

Denise : Parce que c'est le plus grand groupe de toute l'histoire du rock.

Laura Tower : Et pourquoi Hellstock '19 est-il si important pour vous ?

Denise : C'est le Woodstock de ma génération ! Comment je pourrais me regarder dans un miroir, si je n'y assistais pas ?

– 103.5 KIND-FM, « Tower Trax », 7 septembre 2019

27
Journal d'un fou[1]

Il faisait déjà sombre lorsque les agents de sécurité scannèrent le passe des chauffeurs UPS et leur firent signe d'entrer avec leur camionnette. Ils traînèrent Kris le long d'interminables couloirs recouverts de chapiteaux. Le son de la foule pleuvait du ciel tel le fracas d'un océan démonté dans le désert. Ils s'arrêtèrent finalement au pied d'une série de frêles marches en métal vissées sur le flanc d'une caravane et protégées par deux videurs chauves portant des boucs.

L'un des deux frappa. Aussitôt, la porte s'ouvrit et Kris se retrouva face à face avec le diable.

Il se tenait là, paisible et beau, laissé totalement indemne par le malheur et la mort répandus en son nom. Ça paraissait injuste qu'il ait encore l'air si jeune, sans une ride.

« Terry », dit Kris.

Ses lunettes de soleil disparurent. Ses fossettes apparurent. Ses dents parfaites étincelèrent.

« Tu lâcheras jamais, hein », fit Terry avec un sourire.

Le sang de Kris cognait dans son cou. L'air s'épaissit. Au pied des marches, les yeux levés vers lui, elle avait de nouveau vingt-huit ans, et Terry trente et un. Il tendit une main et dit : « Viens. »

Et Kris avança le bras à travers l'air moite, à travers toutes ces années, et plaça sa grosse patte calleuse de guitariste dans la petite main douce de rock star de Terry ; elle monta l'escalier branlant, passa la porte et fut de retour à Gurner.

---

1. *Diary of a Madman*, album d'Ozzy Osbourne, 1981.

Elle resta immobile, le temps que ses yeux s'ajustent à la pénombre, dans la grotte fraîche, mal éclairée de la Sporting House, sur la 191, juste à l'est de Hecktown Road. Ça sentait la vieille bière et la sciure, et la pendule Natty Boh familière derrière le bar proclamait : « Oh là là, quelle sacrée bière ! » Le juke-box fixé au mur passait des CD couleur argent dans le demi-jour doré.

Kris toucha la porte en plastique blanc derrière elle pour s'assurer qu'ils se trouvaient toujours backstage, dans une caravane. C'était bien le cas et cette unique pièce rapportée était la seule chose qui la reliât encore au désert. Terry se tenait au milieu de la salle devant elle, les bras écartés, tel un Monsieur Loyal qui présente son cirque.

« C'est pas la classe ? demanda-t-il.

– Mais ça a brûlé, dit-elle.

– Non, non, dit Terry en se dirigeant vers le bar avec ses guirlandes de Noël qui pendouillaient et ses bouteilles d'alcool rétroéclairées. Je l'ai piqué. »

Il fallut quelques instants à Kris pour percuter et lorsqu'elle comprit, l'audace formidable de ce qu'il avait fait lui coupa la chique. Elle s'accrocha à la poignée de la porte afin de garder le contact avec le monde réel.

« Tu sais combien ça coûte de voler un bâtiment sans que personne remarque ? demanda Terry, sortant deux Rolling Rock dégoulinantes de glace du bac derrière le bar. Rob pense que la somme que j'ai dépensée est un signe que je ne vais pas bien, mais c'est pas l'argent qui compte, hein ? C'est ce qu'on fait avec. »

Il décapsula les Rolling Rock et les apporta de l'autre côté du bar, se dirigeant vers la plus éloignée des trois tables poussées contre le mur de gauche, sans cesser de parler. « Je veux engager des acteurs, faire venir des clients ici. Comme le nain noir. Tu te souviens de lui ? Ou le cow-boy manchot ? Comme ça, chaque fois que je me pointerai ici, il y aura du monde, comme dans le temps. Ça serait pas compliqué. Ça coûte pas cher, les gens. »

Il était assis sur la banquette à présent, les bras écartés sur le dossier, bien en arrière comme si l'endroit était à lui. Et c'était le cas.

« Alors, fais-moi entendre, dit-il, et il désigna d'un geste l'autre bout de la salle. Le nouveau *Troglodyte*. Prends celle que tu veux. »

Sur la scène minuscule, deux guitares reposaient sur leur stand : une Gibson Hummingbird acoustique et une Fender Telecaster hideuse, customisée avec des écailles de dragon noires.

Ça y était. Il n'allait pas y avoir de bavardages sur le bon vieux temps. Kris avait lancé une promesse en désespoir de cause, et à présent, elle allait devoir assurer. Elle prit une inspiration aussi profonde que possible sans le laisser voir à Terry, s'approcha de la table et s'assit en face de lui. Le coussin en vinyle rouge poussa un soupir. La lumière du bar peignait d'or la moitié du visage de Terry. Il tapotait la table en bois couverte d'entailles du bout des doigts.

« Tu crois pas sérieusement que je vais jouer sur cette daube ? dit Kris pour gagner du temps. C'est la guitare la plus moche que j'aie jamais vue.

– Faut toujours que tu joues les dures. Relax. »

Il glissa une des Rolling Rock en travers de la table et leva la sienne, couverte de condensation, pour porter un toast.

« À la tienne », dit-il.

Kris prit sa bière glacée, la leva, puis, au moment où Terry avançait sa bouteille pour trinquer, elle renversa la sienne et la laissa se déverser sur la table. De la bière coula sur les genoux de Terry, qui se leva d'un bond pour s'extraire de la banquette.

« Beaucoup de gens sont partis, dit Kris. Scottie, JD, la famille de Scottie. Ils sont pas morts pour qu'on puisse boire un coup ensemble dans le bar que tu t'es fait construire backstage par vanité.

– On a lancé des fonds commémoratifs. On a envoyé des fleurs, répliqua Terry en essuyant son entrejambe. Mais pour l'instant : tu as un second *Troglodyte*, ou pas ? »

Kris mentait à ce sujet depuis tant d'heures qu'elle s'était presque convaincue qu'il existait.

« Je me suis déjà fait niquer par toi sur un deal, dit-elle, réfléchissant à toute vitesse. Ça ne se reproduira pas cette fois. Je te le jouerai pas tant qu'on n'aura pas discuté les termes. »

L'espace d'une seconde, le visage de Terry n'exprima que pure convoitise. Puis il s'assit à l'une des tables au milieu de la salle. Il dégagea pour elle la chaise en face de lui du bout du pied. « Je vais t'en faire un, de contrat », dit-il.

N'ayant pas d'autre option, Kris alla s'asseoir en face de lui.

« Tu devrais même pas être là, dit Terry. Mais quand je t'ai entendue dans cette chambre d'hôtel en train de dire que tu avais un nouveau *Troglodyte*, ça m'a donné une idée géniale. Tu vois, ça peut aller dans deux directions, Kris. La première, tu te transformes en suicidée du rock'n'roll, en has been pathétique, lessivée, pendue à son pommeau de douche, une réponse parmi des milliers dans un quiz à la con. Mais quand j'ai pigé que tu écrivais encore – chapeau d'avoir gardé le secret, au fait –, quand j'ai pigé ça, j'ai pensé : eh puis merde, le passé, c'est le passé. On est meilleurs ensemble que séparément. Écris pour moi.

– Tu te fous de ma gueule ? fit Kris, si sincèrement déconcertée que ces mots sortirent tout seuls.

– Tu sais ce que c'est que d'être incapable de faire quelque chose de neuf ? demanda Terry de la voix implorante d'un junkie en manque. Tu sais ce que c'est de n'avoir plus que du sable dans la tête ? Pour créer quelque chose, il faut d'abord le rêver, mais Black Iron Mountain a dévoré mes rêves. J'ai coupé mon âme en morceaux, je la leur ai fait payer, et j'ai reçu énormément en échange, mais c'est ça, le problème, quand on vend quelque chose : on ne l'a plus. Pourquoi j'ai sorti un best of, à ton avis ? Pourquoi *9 Circles* a fait un tel flop ? Pourquoi je prends ma retraite ? Ces temps-ci, je paie un mec dont le seul boulot est d'écouter ce que je compose pour me dire qui j'ai plagié.

« Je suis à sec, Kris, et j'ai toujours pas la seule chose qui compte. Le fric, j'en veux même plus. Si c'était le fric qui comptait, on chanterait encore tous les louanges de Liberace. Il a fait plus de tubes que moi, sauf que maintenant tout le monde se fout de sa gueule. J'ai tout l'argent du monde, et ça ne veut rien dire, parce que je ne suis pas une légende. »

Kris sentit la salive se dessécher dans sa bouche.

« Des gens sont morts, répondit-elle. Des gens qu'on connaissait. Juste pour que tu puisses être célèbre ?

– Légendaire, corrigea Terry. Il y a une différence, et tu le sais. Celui qui est légendaire laisse une marque, crée un mythe qui dure pour l'éternité. T'avise pas de rabaisser ça. C'est ce que t'as désiré toute ta vie, toi aussi. »

Il avait raison, et pour la première fois depuis la nuit du contrat, Kris put envisager l'avenir. Une maison. Le respect. Une facture de téléphone toujours réglée à temps. Jouer de nouveau dans un studio.

« Ils m'ont menti, reprit Terry. En 1998, quand je suis allé à L.A. avec Rob et que j'ai appris ce que Black Iron Mountain avait le pouvoir d'accomplir, ils ont exigé une âme pour faire de moi une star, et je leur en ai donné quatre. Je pensais que vous seriez contents de ce marché, je pensais qu'on allait continuer à jouer ensemble, mais toi, il a fallu que tu foutes tout en l'air. Alors je me suis adapté. Mais ils n'ont pas cessé d'en exiger toujours plus.

« Quand je suis tombé à court d'inspiration, je leur ai demandé ce que je pouvais leur donner d'autre, et ils ont ri. Ou je crois qu'ils ont ri. C'est difficile à dire. Mais j'ai continué à poser la question, et finalement Black Iron Mountain m'a dit qu'ils me rendraient mes rêves si je leur livrais d'autres âmes. Beaucoup d'autres. D'un coup. Alors j'ai fait les concerts d'adieu, et tous ces gamins qui ont pris des places, une fois que le concert a été fini, ils sont rentrés chez eux, ils se sont endormis, et les Êtres Spéciaux ont bouffé pendant des jours.

– Comment t'as pu nous faire ça ? À Tuck, Scottie, moi, à tous ces gens ?

– Je suis là où je suis parce que je suis prêt à faire ce que personne d'autre veut faire. C'est pas comme si leurs âmes manquaient à qui que ce soit. Et ça change rien, parce qu'ils ont menti ! » Il tapa sur la table du plat de la main. « J'étais censé chanter de nouveaux morceaux ce soir, dit-il. J'ai fait ce qu'a demandé Black Iron Mountain, et ils m'ont rien donné. Rien ! Alors maintenant, voilà, je leur en fournis encore plus – des centaines de milliers d'âmes, ce soir même – et cette fois, il faut qu'ils me donnent ce que je veux.

« Mais quand t'as commencé à parler dans cette chambre d'hôtel, j'ai compris que t'étais pas un problème à régler, mais un signe. Tu es venue quand j'ai eu besoin de toi, comme tu l'as toujours fait. *Troglodyte* les fait flipper. Ils en sont pas les auteurs. Ils peuvent pas le contrôler. Ils le comprennent pas. Et il parle d'eux. Donne-moi le nouveau, et j'aurai enfin un moyen de pression. On peut demander tout ce qu'on veut. C'est de ça qu'on rêvait dans ton sous-sol quand on était jeunes. Tout le monde est gagnant.

– Pas JD. Pas Scottie.

– Ça, c'est l'omelette. Ils étaient les œufs. Black Iron Mountain a de plus en plus faim, ils arrêtent pas de me réclamer davantage, et tout ce qu'ils me donnent en échange, c'est du fric ! Mais toi, tu as écrit *Troglodyte*. Tu es parvenue jusqu'ici malgré tous leurs efforts. Y a quelque chose en toi qui rentre pas dans le moule. Et si tu écris pour moi, j'ai enfin une arme. S'ils me mentent de nouveau, je peux enfin riposter. »

Il avait dans la voix l'accent plaintif, suraigu, qu'il avait toujours eu lorsqu'il ne comprenait pas pourquoi tout le monde ne se pliait pas à ses quatre volontés.

« T'es cinglé, dit Kris.

– Qu'est-ce qui te prend ? demanda Terry, les yeux écarquillés. C'est pas une lutte héroïque, là, pas un combat entre le bien et le mal. La guerre est finie. Ils ont gagné. Tout ce qu'on fait, c'est se planquer dans les ruines et tenter de survivre. Laisse-moi te protéger.

– Je veux récupérer mon âme. »

Cette phrase effaça le sourire des lèvres de Terry. Il se pencha en avant.

« Putain, Kris. On est amis. Quand *Troglodyte* entre en jeu, les contours de la réalité s'effritent. Il se passe des choses qui ne *leur* plaisent pas. Toi et moi, on est du même côté.

– T'as vendu l'âme de Scottie. T'as vendu l'âme de Tuck. Bill, j'en ai rien à foutre, c'est un connard, mais t'as vendu mon âme. Et t'en avais pas le droit. Je veux la récupérer. »

De la glace crissa dans le bac derrière le bar. Visiblement gêné, Terry détourna les yeux.

« C'est pas comme ça que ça marche, Kris. Elle a disparu. »

Elle était venue jusque-là dans l'espoir inavoué que le contrat pourrait être annulé. Ce trou au centre de son monde, celui qui aspirait toute joie, toute espérance, qui gobait toute lumière, qui maintenait sa pauvreté et l'écrasait, elle avait rêvé qu'elle pourrait peut-être enfin le combler, que voir Terry pourrait enfin guérir la plaie. Mais à présent, elle savait qu'il ne mentait pas ; en un instant, son monde vola en éclats, et toute sa colère remonta d'un coup.

Kris se leva, empoigna sa chaise et la leva par-dessus sa tête pour l'abattre sur Terry, effacer de son visage cette expression pitoyable ; sauf qu'il avait la même tête que dans le temps, et ils se trouvaient dans la Sporting House, et on aurait cru qu'ils étaient des années en arrière : tout à coup, elle se sentit stupide et mélodramatique, celle qui continuait toujours à hurler même une fois la dispute terminée. Alors elle pivota et balança la chaise qui vola en travers de la salle, par-dessus le bar, et alla s'écraser contre le miroir. Le son des bouteilles qui explosaient était une mince satisfaction, mais c'était déjà ça.

« Espèce de sale vendu ! cria Kris. T'as volé ce que j'avais et tu t'en es servi pour bâtir ton royaume à la con. C'est à cause de toi que tout dans ce monde donne l'impression d'être merdique et réchauffé, pas à cause de moi. Il y a un trou au centre de l'univers, Terry, et c'est toi. »

Sans rien dire, Terry se leva, se rendit au comptoir et jaugea les dégâts. Puis il passa la main derrière et sortit une bouteille en plastique transparente. Il défit l'opercule et but une longue gorgée. Les jambes de Kris cédèrent et elle se laissa tomber sur l'une des chaises.

« Rends-moi ma vie », dit-elle d'une voix brisée.

Terry but une nouvelle gorgée de son flacon de Pedialyte et s'essuya la bouche. Puis il prit sa voix de VRP, une voix grasse et lente d'une sincérité écœurante.

« Elle a servi une bonne cause, dit-il. Regarde ce que j'ai bâti : le plus grand concert du monde, la marque Koffin, Shroud, tout cet empire, et tu as apporté ta petite contribution, en un sens. Et à présent, on est tout près du but. J'ai seulement besoin de cet album pour forcer Black Iron Mountain à me donner ce dont j'ai besoin afin que les gens se rappellent tout ça pour toujours.

– Tu m'as pris ma musique. Tu as volé nos vies. Tu as tué Scottie et JD. Je continuerai à me battre contre toi, je me battrai contre eux, je... »

Terry lui coupa la parole.

« C'est fini, Kris. Il n'y a plus personne à combattre.

– C'est ce qu'on va voir, dit Kris. Je suis capable de déclencher une bagarre dans un foutu ascenseur vide. » Kris marqua une pause. « "Plus personne à combattre." Va te faire foutre.

– Je peux te protéger, Kris, dit Terry, qui prenait maintenant son ton le plus enjôleur. Tout ce qu'il me faut, c'est l'album. J'ai besoin de savoir si tu l'as vraiment.

– Il n'existe pas, lança Rob derrière Kris. C'est encore un de ses bobards. C'est toute sa vie, pas vrai ? Une longue enfilade de bobards de merde. »

Les épaules de Terry s'affaissèrent.

« Je peux pas avoir un peu d'intimité dans mon propre bar ? » demanda-t-il.

Rob s'était glissé en douce dans la salle pendant leur dispute, et il se tenait là, mains dans les poches arrière, grand sourire aux lèvres, coiffure impeccable. Il avait exactement la même gueule qu'en 1998, quand Kris avait signé son contrat.

« Voilà une tête que je ne pensais jamais revoir, dit-il à Kris, s'approchant de leur table. Désolé pour tous les efforts gaspillés à venir jusqu'ici.

– Je t'ai entendu à la radio, dit Kris. Une saleté de manipulateur, n'est-ce pas ? Jusqu'à la fin. »

Rob haussa les sourcils, feignant la surprise.

« La fin ? Quelle fin ? À ma connaissance, il n'y a rien qui se finisse ce soir, à part toi.

– Je travaille avec Terry, annonça-t-elle, et ses mots effacèrent le sourire suffisant de Rob. Je lui ai écrit un nouvel album. »

Terry leva des yeux surpris et Kris sentit le pouvoir qui était le sien. L'échappatoire à Black Iron Mountain qu'elle lui avait fait miroiter était ce qu'il désirait par-dessus tout. Rob fit bien attention à garder une réaction neutre.

« Il faut que tu te prépares, dit-il à Terry. Il est presque 20 heures, et il faut que tu ailles au yoga pour t'échauffer. J'aimerais aussi que tu prennes le temps de méditer un peu, puis tu auras un petit massage, et on t'attend en coulisses à 21 h 30. »

Terry posa la main sur le bras de Kris en travers de la table.

« Joue-le maintenant, dit-il.

– Me dis pas que tu la crois ? » demanda Rob.

Terry l'ignora.

« C'est maintenant ou jamais, Kris », insista-t-il.

Rob tira une chaise, s'y laissa tomber et se donna une claque sur les deux cuisses.

« Très bien. Je demande à voir. Si tu as vraiment l'intention de faire ça, écoutons un peu. Montre-nous ce que tu as, ou ferme-la. »

Plus aucune excuse. Kris devait jouer. Elle se leva, empoigna un lourd tabouret de bar et le traîna vers la scène, où la petite Hummingbird luisait, dorée, sur son stand. Elle détestait les guitares acoustiques – elles lui rappelaient M. McNutt, son premier prof à Gurner.

Mais elle la prit cependant, surprise de sa légèreté dans sa main, et s'assit sur le tabouret. Terry jeta un regard à Rob, et les deux hommes l'observèrent, cachant tous deux à quel point ils avaient peur, à quel point ils avaient envie, à quel point ils avaient besoin. Ce n'était pas seulement Terry. Rob le voulait aussi. Il ne la croyait pas, mais il voulait ce qu'elle s'apprêtait à jouer si fort que sa voracité l'emportait sur ses doutes et chargeait l'air d'électricité.

Kris se mit à gratter un accord en haut du manche, et Terry manqua bondir sur place, puis se rassit lorsqu'il comprit qu'elle s'échauffait seulement. Au bout de quelques instants, Kris s'interrompit, prit sa respiration, ferma les yeux et pria. Elle pria *Troglodyte*, les coïncidences sacrées, la magie viking, n'importe quoi, tout ce qui était l'inverse de Black Iron Mountain. Elle demanda l'inspiration. Elle vida son esprit et attendit qu'on lui indique que faire.

« Il faut vraiment qu'on..., commença Rob.

– Chut ! » Terry lui donna une claque d'une main.

Kris resta assise là, la guitare en équilibre sur sa cuisse, et ne fit rien. Terry la contemplait, et au lieu de détourner les yeux, elle soutint son regard et elle comprit que ça y était. Elle n'avait plus besoin de se cacher. Elle le laissa tout voir dans ses yeux : sa trahison, les années de terreur qu'elle avait vécues, le suicide de son meilleur ami sous ses yeux, le moment où elle s'était cachée dans le placard pendant que les hommes d'UPS assassinaient la famille de Scottie, les longs mois dans l'hébétude du Puits dans les Bois, la faim de ces semaines sur la route. Elle le laissa tout voir. Et elle refusa de jouer. Au bout d'une minute, il secoua la tête, comme s'il voulait dire quelque chose, puis s'arrêta, gardant les mots dans sa bouche. Il regarda Rob, puis Kris et haussa les épaules.

« J'aurai essayé », déclara-t-il. Puis il se détourna et se dirigea vers la porte.

« Je le savais, dit Rob. Encore des petits mensonges minables. »

Kris se leva.

« Je m'en vais aussi », annonça-t-elle.

Terry s'arrêta, une main sur la poignée de la porte.

« Désolé, Kris, dit-il sans se retourner.

– Tu me largues ? Encore ? » demanda Kris.

Terry se retourna vers elle.

« J'ai toujours essayé de te protéger de toi-même », dit-il. Il chaussa ses lunettes noires. Elle le détesta pour son sens si impeccable du timing. « Mais tes décisions ont des conséquences. »

Puis il s'engagea dans le couloir lumineux des coulisses et laissa Kris seule avec Black Iron Mountain.

(*Las Vegas, Nevada*) : … il y a des incendies, des gens désertent leurs postes, et la police affirme que la situation est « extrêmement critique » à Hellstock '19, le festival de musique qui se déroule à une heure de route au nord de Las Vegas. Avec en tête d'affiche Terry Hunt, le chanteur du supergroupe de heavy metal Koffin, Hellstock a attiré près d'un demi-million de personnes dans cette municipalité tranquille située en plein désert. La police d'État du Nevada est présente, mais en terrible infériorité numérique par rapport aux festivaliers, un contexte rendu encore plus dangereux du fait que près de deux mille volontaires censés assurer la sécurité ont déserté leurs postes vendredi soir. Le pillage, le manque d'eau et le mépris des barrières ont créé une situation qu'on ne peut que qualifier d'explosive…

– WABC News Radio, 7 septembre 2019

28
Le diable, c'est bien[1]

La tension fut sapée quelques secondes plus tard lorsqu'une femme de ménage en blouse et polo verts entra, seau en plastique et produits à la main. Elle s'arrêta net en voyant Rob et Kris.

« Oh, pardon, dit-elle. Je reviendrai plus tard.

– Non, dit Rob en lui faisant signe d'entrer. Allez-y. »

La porte se referma derrière elle et la Sporting House redevint fraîche et sombre. Le seul son était le tintement discret du verre brisé que la femme de ménage balayait derrière le comptoir.

« Tu veux savoir la meilleure ? demanda Rob. Nous avons toujours su que ce serait toi qui viendrais nous trouver la première. »

Le moindre tendon du corps de Kris était étiré jusqu'au point de rupture, le moindre de ses muscles vibrait, son épaule lui faisait mal, elle avait la bouche sèche. Elle était une balle, au seuil du canon d'un revolver, prête à pulvériser le visage parfait de Rob, lasse de toutes ces tergiversations.

« T'es qui, putain ? »

La femme de ménage cessa de balayer un instant et leur jeta un coup d'œil. Rob haussa les épaules et lui fit un sourire comique. *Les femmes*, disait son expression. Elle retourna à son travail. Rob se percha sur le bord d'un tabouret de bar comme s'il posait pour un photographe.

« Qui veux-tu que je sois, Kris ? demanda-t-il. Tu voudrais que je m'appelle Louis Siffer ? M. Belzée Buth ? Tu as déjà vu ce film où le vampire s'appelle Dr Acula ? C'est génial.

1. *Devil Is Fine*, album de Zeal & Ardor, 2017.

– C'est pas une plaisanterie, dit Kris.

– Je suis le même mec que tu as toujours connu. Celui qui veut ce qu'il y a de mieux pour toi. Celui qui a financé *Troglodyte* de sa poche parce qu'il croyait en votre son. Celui qui a établi un contrat pas mal du tout pour vous tous. Un contrat, je regrette fort de le souligner, que tu as planté parce que tu as conduit un véhicule motorisé en état d'ivresse.

– C'est pas ma faute ! » cria Kris.

La femme de ménage marqua une nouvelle pause, Rob lui fit un grand sourire, et elle reprit.

« Moins fort, ma vieille. Écoute, je ne veux pas t'agresser, mais si tu en es là, c'est à cause d'une seule personne : Kris Pulaski.

– Si on en est là, c'est parce que tu as vendu nos âmes à ces choses, quelles qu'elles soient. »

Rob rit et secoua la tête.

« C'est bien vrai, ça, hein ? Que sont-elles ? Qu'est-ce que c'est, Black Iron Mountain ? On pourrait croire que si quelqu'un le sait, c'est forcément moi, mais là, je sèche. Je suis littéralement perdu. Je serais même incapable de te les décrire. Je les ai aperçues, ici et là, au fil des années, mais je fais bien attention de ne pas être dans les parages quand elles sortent de leurs coins en rampant. » Il mima un frisson caricatural. « Je préfère même pas y penser.

– Alors aide-moi.

– J'ai fait que ça, t'aider. Mais pour l'instant, des considérations plus importantes sont en jeu. Pour l'instant, tout repose sur Terry.

– Qu'est-ce qu'il veut ?

– Ce qu'il veut, ça n'a pas d'importance. Ce qui compte, c'est ce qu'ils veulent. Et tu veux savoir la meilleure ? On ne sait pas ce qu'ils veulent. Mais ils *veulent*. Le seul langage que nous ayons en commun, c'est le commerce, l'échange, ça contre ça. On ne comprend même pas leur langage corporel. J'ai toujours voulu faire venir un linguiste, enregistrer les bruits qu'ils font, voir si on ne pouvait pas les analyser. J'ai sous-traité cette tâche à un de mes anciens professeurs à Reed il y a neuf ans et quelques. Je me sens encore coupable de ce qui est arrivé à sa famille. Mais il n'y a pas d'erreurs, seulement des leçons. On va de l'avant.

– Tu nous as vendus à ces choses.

– À part toi, je vois personne qui s'en plaigne. Alors d'accord, occasionnellement, on en demande un peu plus à quelqu'un comme Scottie, et parfois, les gens n'arrivent pas à assumer leurs responsabilités et ils déraillent. Mais en général, tout le monde regarde la télé, se chamaille avec d'autres au sujet de la politique, écrit des tweets sur ses lutteurs préférés, regarde les matchs de foot, va voir des films de superhéros, mange chez Chipotle, savoure le goût formidable de la bière light. De temps en temps, le trou à l'intérieur d'eux devient un peu trop grand et on retrouve une petite amie morte, ou quelqu'un arrive au boulot un matin avec un flingue, mais c'est un prix modique à payer pour un monde propre et bien ordonné.

– Plus maintenant. Je vais mettre fin à ce cirque.

– Comment ? La seule chose que tu vas faire, c'est retourner chez Bill. Tu subiras une petite opération chirurgicale et rien de tout cela n'aura jamais eu lieu. Tu seras sous Paxator et de retour au Best Western en un rien de temps, et il ne te restera que des bribes d'un rêve confus. C'est le moins que je puisse faire, en souvenir du bon vieux temps. Mais si tu y tiens, on peut revenir au scénario du suicide rock'n'roll dans un hôtel au rabais. On a gardé ta chambre. »

Kris chercha des yeux la femme de ménage, pour voir si elle avait entendu, si elle pouvait l'aider, mais celle-ci était en train de fermer le sac-poubelle en plastique noir plein de verre brisé avec une cordelette avant de le traîner dans le fond.

« Rien qu'un cadavre de plus sur la route de Terry vers le succès », dit Kris. Elle tenta de prendre un ton cynique, mais seule sa peur s'entendit.

« Tu ne comprends rien à rien, dit Rob. Terry essaie de sauver le monde. »

L'idée était si ridicule que Kris éclata de rire. Elle ne put s'en empêcher.

« Je sais, tout n'est qu'une vaste blague pour toi. Mais Black Iron Mountain fait des métastases. Elle grandit plus vite chaque année. Elle veut toujours davantage d'âmes. Son avidité ne connaît pas de limites. Alors Terry a conclu un marché. Il a proposé du neuf à Black Iron Mountain. Ils ont fait signer des gens tout le week-end en les appâtant avec des forfaits illimités, des pétitions pour les droits des gays et contre la fracturation hydraulique, en les faisant s'inscrire sur les listes électorales. Et ce soir, les Êtres Spéciaux vont sortir de leurs coins en rampant et se repaître de près d'un demi-million d'âmes. »

Kris vit la lune du désert glisser derrière des nuages effilochés, et dans la pénombre elle vit des jeunes gens qui perdaient connaissance, bourrés, sur le sable, qui rentraient dans leurs tentes et s'allongeaient sur leurs sacs de couchage. Puis les visages froids, blancs sortaient des ténèbres, des centaines, des milliers, des centaines de milliers jaillissant d'un trou au centre de la terre et rampant parmi les corps chauds, transformant les bouches ouvertes en pots de chambre, aspirant la meilleure part d'entre eux.

Elle se demanda si Melanie était là.

« J'ai essayé de prévenir Terry, poursuivit Rob. Quand ce sera terminé, ils auront exactement aussi faim qu'avant. Mais Terry n'écoute rien. Il croit sincèrement qu'il peut les apaiser cette fois-ci. Sa propre faim obscurcit sa raison, mais rien ne suffit jamais. Ni pour lui ni pour Black Iron Mountain. Je pense que ce soir va marquer un basculement. Après ça, ils vont dévorer le monde. »

Dans le silence, on entendait seulement le grondement du moteur du réfrigérateur, le bourdonnement des néons, le *pschit-pschit* du désinfectant que la femme de ménage pulvérisait sur le comptoir.

Kris repensa à la gamine qui lui avait tendu la main à la station-service en disant : « Melanie Gutiérrez. Je vais à Las Vegas. »

Elle l'entendit reprendre en chœur les chansons de Dolly. Elle l'imagina dehors, dans le désert, seule avec ces garçons sans âme, quand les Êtres Spéciaux allaient se glisser dans la foule. Elle vit Melanie inconsciente sur le sable, de la mousse noire dégoulinant de sa bouche.

Son cœur se retourna dans sa poitrine, avec une lente nausée. Le sang quitta sa tête, ses jambes se muèrent en brins de paille, et sa voix était faible et lointaine lorsqu'elle dit : « Tu n'es pas obligé. Tu n'es pas obligé de faire ce qu'ils disent. »

Rob cligna des yeux et, pendant un bref instant, il fit son âge véritable. Il sourit tristement à Kris.

« Il y a environ trente ans, j'étais dans un groupe, dit-il, d'une voix tranquille et sincère. J'étais persuadé qu'on allait changer le monde. Mais mon père m'a réveillé un matin, il m'a emmené à la plage et il m'a fait regarder ma vie bien en face. Il m'a raconté l'histoire du moineau et de la montagne. Tu l'as déjà entendue ?

– Putain, vous aimez le son de votre voix, tous ! s'écria Kris.

– Je veux juste que tu saches que je ne suis pas un monstre. Tu vois, Black Iron Mountain, eh bien, c'est une montagne. Et toi, tu es un moineau. Tu veux la détruire, donc tu la survoles, tu descends ramasser un petit caillou avec tes griffes. Tu es super furax, *grrrr, grrrr, grrr,* alors tu l'emportes jusqu'à l'océan et tu le laisses tomber dans l'eau. Puis tu retournes à la montagne et tu prends un autre caillou. *Grrr, grrr, grrr.* Tu vois où je veux en venir ?

– Ouais, le moineau fiche une trempe à la montagne.

– Non. » Rob secoua la tête, décontenancé. « La montagne est énorme, le moineau ne peut transporter qu'un caillou à la fois, puis il est obligé de voler jusqu'à l'océan, qui se trouve à des heures de là. Des centaines de moineaux mourront sans que la montagne change le moins du monde. La montagne est, pour ainsi dire, éternelle. C'est une histoire extrêmement déprimante. Et ce matin-là, mon père m'a demandé : tu veux être le moineau ou la montagne ? Tu veux mourir en un clin d'œil, sans que personne remarque rien, ou faire partie de quelque chose de plus grand que toi, qui vivra pour toujours ?

– Je trouverai un million de moineaux, dit Kris, mais même à ses propres oreilles, ses mots sonnaient creux. Nous prendrons un million de cailloux à la fois. Ta putain de montagne, elle est grillée. »

Rob secoua la tête et descendit de son tabouret, et s'il était parti à ce moment-là, Kris aurait été coincée. Il n'aurait eu qu'à sortir de la pièce, l'abandonnant à Black Iron Mountain, et rien de ce qui se passa ce soir-là ne se serait produit. Mais Rob était un homme, et les hommes sont systématiquement incapables de la fermer.

« Ça doit être tellement chouette, pour toi. Tout doit sembler si simple », dit-il.

Et il lui adressa un de ses sourires condescendants. Le même que celui qu'il lui avait fait lorsqu'il expliquait le contrat avec Black Iron Mountain dans la Witch House cette fameuse nuit. Le même que lorsqu'il s'était présenté à l'hôpital alors que Tuck et Bill étaient toujours en réanimation. Le même que de l'autre côté de sa table basse, chez elle, lorsqu'elle avait accepté son stylo pour signer le contrat, faisant semblant de lire des clauses qu'elle ne comprenait pas dans sa tentative désespérée de retarder l'inéluctable. Ce sourire même que des hommes avaient adressé à Kris toute sa vie durant. Chaque programmateur qui la truandait sur les entrées parce qu'elle « ne comprenait pas le fonctionnement d'un club ». Chaque ingé son qui lui expliquait où son retour devait être placé, comment sa guitare devait être accordée, voire quelles chansons elle devrait jouer.

Tous ceux qui lui disaient de se calmer, qui lui disaient non, qui lui disaient d'attendre, qui lui disaient d'être gentille, d'être serviable, de faire ce qu'ils disaient, de signer un contrat, de jouer tel genre de musique – tous lui faisaient ce même sourire condescendant lorsqu'ils lui expliquaient des choses, et voilà que ce sourire était là, encore, la dernière nuit de sa vie, sur le visage de Rob Anthony. Kris ne put s'en empêcher. Elle lui flanqua un coup de poing dans la figure. De toutes ses forces.

Son poing l'atteignit au menton, et l'os lui fit terriblement mal aux doigts, mais Kris s'en foutait, car c'était tellement satisfaisant de voir la surprise sur le visage de Rob tandis qu'il reculait, chancelant. Ses jambes cédèrent sous lui : il tomba comme un sac de ciment et se heurta la tête contre le coin d'une table. Puis il resta là, sans plus bouger.

La femme de ménage la fixa, figée, torchon dans une main, bombe de produit dans l'autre.

« Vous voulez échanger vos habits avec moi ? demanda Kris, retirant son tee-shirt. Je ne le dirai à personne. »

La femme n'hésita qu'un quart de seconde.

« Ils me paient pas assez pour faire ça. Je préférerais être à la maison avec mes enfants. »

Cinq minutes plus tard, Kris passa devant les deux videurs qui gardaient la porte de la Sporting House, descendit les marches de métal et se fondit dans la foule. Ils ne dirent rien. Après tout, qui remarque la femme de ménage ?

Donald Puping : Il serait difficile de décrire le chaos. Juste après 21 heures, le premier incendie a éclaté près de la Pepsi Peace and Love Arena pendant la prestation du groupe Woods of Ypres. Il a été éteint rapidement, mais trente festivaliers ont été blessés dans la bousculade. Pendant les deux heures suivantes, les spectateurs ont pillé les stands de merchandising et allumé des feux sur tout le terrain. La police d'État du Nevada est en sous-effectif, et nous assistons à des scènes d'anarchie pure. Les autorités nous ont recommandé de nous replier sur la route pour notre propre sécurité.

– 89.0 KNPR, « Nevada info plus », 7 septembre 2019

29

Vous n'arrêterez pas le rock'n'roll[1]

La foule essayait d'assassiner Melanie. Toute la journée, l'énorme masse humaine s'était prélassée au soleil, léthargique comme un serpent. Mais une fois la nuit tombée et la lune jaune levée, la foule s'était transformée en une tornade impitoyable de corps qui aspiraient Melanie vers le bas, prêts à la broyer.

Hunter, Jones, Jac, Spencer et Slowen formaient un sas protecteur autour d'elle tandis qu'ils se frayaient un chemin dans la cohue bouillonnante de quatre cent quarante mille personnes stationnant devant la scène Bud Light – un énorme animal stupide dont le moindre frémissement entraînait Melanie dans son sillage et l'écrasait sous ses vagues. Mais les garçons repoussaient les intrus, écartaient les cinglés qui piquaient des crises et la relevaient quand elle tombait.

Tandis que Cannibal Corpse prenait possession de la scène, des cannettes de Budweiser passèrent dans les rangs, des bouteilles de Pacifico, des joints allumés, parfois un bout de space cake. Melanie s'efforçait de tout faire avec modération, jusqu'au moment où Slowen lui passa un blunt en criant par-dessus les sons gutturaux de George Fisher qui se bousillait les cordes vocales : « Tu te réserves pour quoi ? Le mariage ? »

Melanie se rendit compte qu'il avait raison. C'était Hellstock '19. Quand allait-elle s'éclater plus qu'ici et maintenant ? Tandis que Cannibal Corpse et Kamelot laissaient la place à Pig Destroyer, l'ambiance se pimenta.

1. *You Can't Stop Rock'n'Roll*, album de Twisted Sister, 1983.

Au moment où Slipknot termina son set, Melanie sentit le beat qui montait de la terre, grimpait par ses pieds. Elle ferma les yeux tandis qu'un mouvement de foule l'écrasait contre le dos de Jac et de Spencer. Tout le monde était excité par l'arrivée de Slayer, Jones racontait des anecdotes sur la tournée de Slayer où Terry Hunt s'était fait virer parce qu'il était trop trash. Melanie imagina que le beat qui montait par ses pieds venait de poings enfouis profondément sous la terre, de cadavres qui tambourinaient contre le couvercle de leur cercueil.

Elle ressentit une vive démangeaison, un grattement intrusif, et s'aperçut que quelqu'un avait fourré ses doigts dans le bas de son short. Dans l'ivresse cannabique, il lui fallut une seconde pour percuter, et elle pivota sur elle-même : Slowen la regardait avec un grand sourire. Il ressortit ses doigts et les renifla. Melanie essaya de le dire à Hunter, mais Slowen s'empressa de la devancer, l'écartant vivement et prenant Hunter par les épaules pour lui murmurer quelque chose. Melanie le prit par l'autre épaule, évitant la main de Slowen, mais Hunter l'ignora, puis se pencha vers elle et cria : « On avance ! »

La petite bande de garçons s'élança en avant dans le mur de dos, Melanie coincée au milieu, dans l'incapacité d'échapper à leur progression. Des femmes en bikini passaient de main en main au-dessus de la foule. Elles étaient projetées à cinquante centimètres de hauteur, à un mètre cinquante, à trois mètres, très haut au-dessus des têtes, puis retombaient sur la marée de mains, et en émergeaient de nouveau le haut retiré, les seins à l'air. Les garçons avançaient à petits pas, prenant des épaules et des coudes dans le buste et le visage, et s'enfonçaient toujours plus profondément dans la masse sans air tandis que Slayer s'emparait de la scène.

Melanie ne pouvait pas respirer. Une femme fut passée au-dessus de sa tête et, en levant une main pour aider, elle vit les fortes mains masculines autour d'elle qui plongeaient dans le short de la femme, sous son tee-shirt, lui tiraient les cheveux. Puis la fille disparut, happée par la foule, et les garçons s'immobilisèrent. Melanie était trop petite pour voir la scène. Elle n'avait que quelques centimètres carrés de sable pour se tenir debout. À côté d'elle s'élevaient les étais de la tour où était installé l'ingénieur du son, à six mètres du sol. Elle regarda par-dessus son épaule et vit un mur compact de visages compressés derrière elle. Des corps la poussaient de tous les côtés. Il n'y avait pas d'issue. Slayer attaqua « Altar of Sacrifice ».

En se fondant dans la foule qui s'engouffrait par les couloirs des coulisses, Kris le sentit. Un poids énorme, oppressant l'atmosphère. Les climatiseurs du passage étaient tombés en panne et ne crachaient plus que la poussière du désert. Des techniciens passaient avec des masques antipollution ramenés sur le visage. L'air chaud était lourd d'une odeur de plastique brûlé et de beuh.

Slayer retentissait dans les moniteurs backstage, emplissant le ciel au-dessus des tentes de la fin de leur set, et la circulation dans les couloirs se densifiait : tout le monde se préparait pour l'événement principal.

Kris émergea dans une cour formée par un anneau de caravanes-vestiaires garées autour d'un imposant carré de pelouse artificielle vert vif. Des tables avec des parasols étaient dispersées dessus, occupées par les épouses, les copines, les agents et les invités des différents groupes. Il y avait trois flippers Koffin à un bout. Des serveurs prenaient les commandes de café et de cocktails et les préparaient à un bar en plein air. Une nana dansait, seins nus, sur l'une des tables, et tout le monde l'ignorait car rien n'était moins cool que de s'intéresser aux groupies d'un autre groupe. Kris monta les marches fixées à la première caravane, poussa la mince porte et entra dans l'habitacle propre et bien éclairé.

C'était une coquille de plastique blanc qui sentait le désinfectant. Une coiffeuse courait le long d'un des murs, sous un miroir en largeur, et un portant à roulettes surchargé de vêtements était appuyé contre le mur d'en face. Au-dessus se trouvait une série de têtes en mousse avec différentes perruques : frisée, blonde, brune longue. Suspendu au plafond dans le coin, un écran plat diffusait des images de la scène en live.

L'écran devint noir, et un compte à rebours se déclencha en haut à droite, indiquant les secondes et les minutes avant l'entrée en scène de Koffin. Kris parcourut les fringues sur le portant et trouva un jean noir à peu près à sa taille ; elle retira l'uniforme de la femme de chambre et l'enfila. Elle dégota un débardeur blanc et le passa. Puis elle se regarda dans le miroir. Elle avait une tête épouvantable. Ses cheveux étaient coupés en mèches inégales, son teint était jaune et elle avait les traits tirés par l'épuisement.

Elle se nettoya rapidement avec des lingettes et trouva un tube de rouge à lèvres et de l'eye-liner parmi le bazar qui jonchait la coiffeuse. Elle se mit un peu de rouge à lèvres sur les joues en guise de blush. Elle examina le résultat. Pas terrible, mais ça irait pour la scène.

Sur l'écran de contrôle, Terry entra en scène et la caravane trembla du tonnerre déversé par un demi-million de gorges. Elle empoigna un coupe-vent jaune et le passa par-dessus son tee-shirt.

Derrière elle, la porte s'ouvrit. Elle se tourna et se retrouva la poitrine dans le ventre de Tuck.

« Putain, qu'est-ce que... ? commença-t-il.

– Ferme la porte », dit Kris, plongeant sous son aisselle et tirant la porte derrière lui.

Il fit un pas en avant, automatiquement, pour éviter de se faire cogner par la porte.

« Qu'est-ce que tu fous là, Kris ? » demanda-t-il de nouveau.

Elle se plaça hors de sa portée, au cas où.

« Et toi, qu'est-ce que tu fous là ? demanda-t-elle.

– J'ai été invité. Et je sais que toi pas.

– Tu es maquillé pour la scène », observa-t-elle. Sa peau était régulière. Il avait du fond de teint et de l'eye-liner. Ça ne sautait pas aux yeux, il y en avait juste assez pour qu'il passe bien à l'écran.

« Terry a invité le groupe d'avant à le rejoindre sur scène, dit-il. Enfin moi, en tout cas.

– Pour *Troglodyte* ?

– Foutre non. Pour "Chinagirl". T'es pas du tout censée être dans le coin.

– "Chinagirl", c'est de la daube. J'arrive pas à croire qu'il ait l'intention de jouer ça.

– C'est franchement pas la question la plus urgente, là.

– J'ai besoin de ton aide.

– Non. »

Kris projeta son bras en avant et tapota de l'ongle le passe all-access accroché à un cordon autour de son cou.

« T'as une dette envers moi, dit-elle.

– Non, répéta-t-il. Tu vas pas foutre en l'air le grand moment de Terry. Je ne suis pas non plus super fan de ce mec, mais on t'a mise au Puits dans les Bois parce que tu as un problème.

– Je t'en veux même plus pour le coup du Puits dans les Bois. J'ai juste besoin de ton passe.

– Pour faire quoi ?

– Tu sais ce que je veux. Rien qu'une fois. J'ai besoin de le ramener à la maison.

– J'arrive pas à croire que tu me demandes un truc pareil.

– Tu sais qu'il y a quelque chose qui ne va pas. Franchement, tu trouves que c'est normal, ce qui se passe ?

– On est d'accord là-dessus. Le concert est dangereux, et il va y avoir des gamins blessés. Il y a une atmosphère maléfique, des mauvaises vibrations partout, les gens se grognent dessus comme s'ils avaient la gueule de bois, et personne ne fait rien.

– C'est ce que veut Terry. Ce que moi je vais faire, ça va aider. Je te le promets.

– Et c'est reparti avec Terry. T'es obsédée.

– Il a l'air normal, à ton avis ?

– Bien sûr que non. Il est en plein trip sataniste. Pour être honnête, je suis gêné de monter sur scène avec un mec qui est fasciné à ce point-là par sa propre hype.

– Alors aide-moi. Quoi que tu penses de lui, quoi que tu penses de moi, il aurait pas dû enterrer cet album. C'était ma vie. Je veux seulement mettre fin à ça. »

Tuck la considéra vraiment pour la première fois depuis des années. Kris soutint son regard.

« Et ensuite, c'est fini ? Tu t'arrêteras là ? Tu rentreras ?

– Derrière les barreaux, il y a une superstar qui n'a jamais eu sa chance », dit Kris, tentant le tout pour le tout.

Tuck resta interdit quelques instants en tentant de se rappeler d'où venaient ces paroles, puis le premier sourire que Kris lui ait vu depuis des lustres se mit à flotter sur ses lèvres lorsqu'il reconnut « Dead End Justice ». L'atmosphère de la caravane changea, et tous deux furent de nouveau dans Dürt Würk.

« Le problème, dit Tuck en s'asseyant sur une chaise pliante, c'est que sur ce passe, il y a une photo d'un grand Noir bien de sa personne. Et c'est pas toi.

– OK. Alors on fait quoi ?

– Tu chopes le maton dans la cour de prison, cita Tuck. Tu lui choures ses clés, son flingue. On décampe à toute berzingue. »

Terry donnait une prestation extraordinaire, remontant dans sa discographie, commençant par *9 Circles*, puis *Insect Narthex*, puis *Necrosex*, puis *Witch Slave*. Tout le monde rugissait lorsque ses accessoires de marque déposée apparaissaient sur scène aux moments opportuns : le homard de neuf mètres de haut, le ver gonflable de douze mètres avec ses douze marionnettistes, la sorcière du sexe de six mètres animée par des porteurs de cercueil en noir.

La foule bondissait et poussait, et Melanie s'accrochait à la tour de sonorisation pour ne pas être engloutie dans la mêlée. À un moment donné, elle entendit des cris de femme suraigus perçant l'air par-dessus le rugissement de la foule, des cris tétanisants car situés dans le registre de la terreur pure. Puis ils furent coupés net. Elle tira le bras de Hunter, mais il chantait avec les autres sur « Hellmouth ».

Les lumières de Koffin étaient meilleures que celles des autres formations – l'écran vidéo était mieux utilisé, le son plus précis. Mais Melanie était déprimée par le côté terriblement vide de la musique. « Stand Strong » sonnait comme une rengaine commerciale, un cliché ; « Burn You Down » comme Greg quand il l'engueulait.

Hunter essaya de l'inciter à chanter sur « InFANticide », et elle remua les lèvres pendant tout le morceau, mais la chanson ne lui parlait plus comme à l'hôpital, quand elle attendait des nouvelles de son père qui était entre la vie et la mort. Tout ce qui avait paru profond, intime, et pétri de sens à l'époque, semblait désormais laid, criard et facile.

Lorsque « Witch Slave » commença, elle poussa des cris comme tout le monde, mais elle se sentait seule, séparée de la foule. Les garçons firent des bonds et se rentrèrent dedans autour d'elle, sauf que, cette fois, ils ne se reculèrent pas ensuite. Ses poumons étaient compressés par la mêlée.

« Je peux pas respirer », glapit-elle.

Elle sentit des mains sur son corps, sur ses fesses, s'insinuant dans son short, sur ses seins, son ventre, ses flancs. Elle tenta de les repousser, mais elle avait les bras coincés. Des mains lui pincèrent les seins jusqu'à ce qu'ils lui fassent mal.

« Hunter, fit-elle, la voix perdue dans la foule. Hunter ! »

Elle se rendit compte que les mains sur ses seins étaient les siennes.

Le vrai visage des garçons l'entourait maintenant de toutes parts : ils montraient les dents, leurs sourires étaient carnassiers, les yeux écarquillés, surexcités. Leur haleine chaude confisquait tout l'oxygène de l'atmosphère et la voix de Terry noyait tout le reste. Elle se mit à pleurer tandis qu'ils poussaient dedans, par-dessus, pressaient son dos contre la base métallique de la tour de sono, de plus en plus fort jusqu'à ce que ses côtes plient, puis commencent à se fracturer, meurtrissant ses poumons.

« Au secours ! » cria-t-elle, mais sa voix sonna faible et pathétique à ses oreilles, perdue dans le vacarme de « Die for Me ».

Spencer la prit par les cheveux et lui cogna l'arrière du crâne contre la tour, et Melanie vit tout noir, avec des petits points de lumière blanche qui clignotaient. Elle s'agrippa à la poutre métallique aussi fort qu'elle put, mais des mains firent levier sur ses doigts et l'obligèrent à lâcher. Les garçons se pressaient avec ardeur, ils lui marchaient sur les orteils, l'écrasaient, la poussaient vers le sol, dont elle savait qu'elle ne se relèverait pas. Des mains trouvèrent son cou et serrèrent. Puis Hunter se pencha sur son oreille et siffla la dernière chose qu'elle l'entendrait jamais dire :

« Crève, salope. »

On frappa un coup sec à la porte de la caravane.

« Une demi-heure, lança une voix de femme, et Kris et Tuck échangèrent un regard.

– Tu vas me le donner, ce badge, ou il faut que je me batte avec toi pour le choper ? demanda Kris.

– Sois pas débile, dit Tuck, et il se leva. Planque-toi sous mon bras. »

Ce que vit la sécurité lorsqu'ils sortirent des coulisses, c'était Tuck, l'énorme type qui devait jouer, leur avait-on dit, accompagné d'une groupie blonde bourrée qui ricanait, accrochée à son bras.

« Je suis désolée, dit le jeune agent de sécurité. Si elle n'a pas de passe, elle ne peut pas aller backstage. »

Le jeune était l'un des derniers volontaires à être restés sur place. Personne ne s'attendait au moindre problème en coulisses. Les mecs expérimentés étaient devant, pour affronter la foule.

« Ça te dérange, un Noir qui sort avec une Blanche ? » demanda Tuck, et le mec leur fit signe de passer aussi sec, ne voulant pas se faire renvoyer pour racisme.

Kris et Tuck suivirent les câbles et montèrent les marches pour rejoindre l'arrière de la scène, et le bruit de la foule les cueillit tel un coup de poing en pleine figure. Kris recula littéralement sous le choc. Ensemble, ils passèrent devant des flight cases, des étuis à roulettes, ils esquivèrent des roadies qui portaient des longueurs de jack à la volée, des agents de sécurité, des éclairagistes à la recherche de pare-lumière. Koffin avait un son affreux parce que tous les haut-parleurs étaient devant, tournés vers l'extérieur. De là, la musique résonnait comme une radio bas de gamme réglée trop fort, à plusieurs centaines de mètres.

Ils finirent par se trouver un coin pour observer dans le noir derrière le poste guitare. Trois rangées de six-cordes étaient alignées sur des stands inclinés, et deux techniciens baraqués aux cheveux longs allaient de l'une à l'autre, se penchant pour tester les instruments à la lumière de leurs minuscules lampes crayons, choisissant les guitares et les confiant aux roadies qui couraient les porter sur scène.

En observant Terry sur l'écran de contrôle, Kris eut le sentiment qu'elle se trouvait exactement où *Troglodyte* voulait qu'elle fût. Elle était au bon endroit ; maintenant, elle attendait le bon moment. Sa vie était une balle dirigée vers la cible.

Terry acheva « Die for Me », et la foule rugit.

Dans le micro, Terry annonça : « Je vais maintenant jouer une chanson intitulée "Chinagirl". Je ne l'ai pas chantée depuis un bout de temps, mais elle vous dit tout ce que vous avez besoin de savoir sur un groupe dans lequel j'ai joué autrefois, Dürt Würk. Un groupe dont on a beaucoup entendu parler dernièrement. »

C'était le signal qu'elle attendait.

Elle avait toujours détesté « Chinagirl ». Une chanson n'est pas une pub pour un album. Ce n'est pas un outil pour se faire un nom ou renforcer sa marque. Une chanson est une balle capable de pulvériser vos chaînes. « Chinagirl » ne serait jamais cette chanson-là.

Une balle avait emporté Scottie Rocket. Une balle avait tué sa famille. Une balle, c'est ce qu'elle était devenue.

Une vie, une balle.

Kris s'écarta de Tuck d'un pas, prit sa grosse main, la souleva, la porta à sa bouche et embrassa sa paume, fermant les yeux et respirant le parfum de sa peau. Elle connaissait cette main depuis le début. Son propriétaire était la dernière personne qu'elle verrait avant de finir ce qu'ils avaient commencé en 1987.

Kris laissa tomber son coupe-vent et alla se planter derrière un des techniciens guitare à la barbe bien trop longue pour son visage.

« Hé, dit-elle, montrant une Strat, tandis que la voix rauque de Terry retentissait encore dans la sono. Elle est accordée en quoi, celle-là ?

– Hein ? » murmura le technicien, lui jetant un bref coup d'œil. Il décida qu'elle était sans doute la copine du gros et se retourna vers la scène. « Standard.

– Super. »

Sans se laisser le temps de réfléchir, Kris Pulaski empoigna l'instrument, sortit de la pénombre et s'avança sur la scène illuminée, devant quatre cent quarante mille personnes, tout en mettant la Strat en bandoulière. Guitare rebondissant sur la hanche, elle enjamba les câbles, dépassa le matériel et alla se poster sur le devant de la scène, dans l'espace de Terry, sous les feux des projecteurs, au milieu de la force et de l'intensité concentrées des huit cent quatre-vingt mille yeux et des caméras de téléphones, qui elles ne clignaient pas.

Elle ne s'inquiéta pas, elle ne sourit pas, elle ne se sentit pas incongrue.

Une fille avec une guitare n'a jamais besoin de s'excuser de rien.

Jasmin Ahmed : … plus de quarante millions de dollars de dégâts, et cette estimation ne cesse d'être révisée à la hausse. Mille cinq cent cinquante-six personnes ont reçu des soins d'urgence, il y a d'innombrables plaintes pour agressions sexuelles, nos collègues de la station locale KNPR n'ont pas reparu, et la police a procédé à des arrestations ce matin à l'aube…

– BBC World Service, « L'heure de l'info », 8 septembre 2019

30
Troglodyte

La clameur du public était une force physique explosive, un océan noir qui venait s'écraser contre sa poitrine. La rumeur ne cessait jamais. Et lorsque la foule vit Kris avant Terry, lorsqu'elle la remarqua, juste derrière lui, le bruit se modifia, se modula et fit un saut incroyable dans les aigus. Terry se retourna, et il eut trois secondes avant que les caméras ne zooment sur lui. Il les employa pour dire : « T'as pas le droit d'être là. »

Alors elle le contourna et saisit son pied de micro. Il tenta de la bloquer, mais comprit immédiatement l'effet que ça aurait en gros plan. Il baissa les bras, et Kris prit le micro et déclara, à l'intention de l'océan noir palpitant, le public le plus énorme qu'elle ait vu de sa vie :

« Je suis Kris Pulaski, la guitariste de Dürt Würk. » Elle entendit sa voix résonner dans le désert à travers les trente mille haut-parleurs en réseau. « Le Blind King m'a invitée à le rejoindre sur scène pour jouer un album que je ne pense pas que beaucoup d'entre vous aient entendu. Il s'est fait une certaine réputation au fil des années. Nous l'avons écrit en 1998 quand nous étions encore ensemble dans Dürt Würk. Il s'intitule *Troglodyte.* »

Terry arborait deux expressions à la fois, l'une un mince sourire désinvolte pour les caméras qui projetaient son image en gros plan sur un écran de trente mètres de haut, diffusant son visage au monde entier, enregistrant ce moment pour l'éternité. L'autre était réservée tout spécialement à Kris : de la haine mêlée d'incrédulité. Mais Terry était avant tout un professionnel, et il lui reprit le micro des mains avec aisance.

« T'es sûre que t'es prête à faire ça ? demanda-t-il. Je pensais pas que t'aurais les couilles de me rejoindre ici sur scène. »

Kris ne répondit rien. Elle n'avait pas le bagout de Terry. Elle n'avait qu'une seule chose, et elle priait pour ne pas la bousiller. Pas maintenant que ça comptait vraiment.

Elle pencha la tête sur sa guitare et, sans s'accorder, sans s'échauffer, espérant que les techniciens avaient fait leur boulot, sans donner à Terry le temps de gâcher l'instant avec une autre remarque, sans hésitation, sans compter jusqu'à quatre, elle attaqua les accords saturés qui introduisaient « Beneath the Wheel ».

Terry ayant repris ce riff pour le bâtardiser sur *Insect Narthex*, dans un premier temps, le public crut qu'elle recyclait un morceau connu. Mais ceux qui avaient entendu les bootlegs de *Troglodyte* comprirent ce qui était en train de se passer et se mirent à pousser des cris de joie. Leur entrain se communiqua de groupe en groupe, jusqu'à ceux du fond qui ne savaient pas pourquoi ils criaient, et aux autres encore derrière, et les hurlements se répandirent dans la foule comme une traînée de poudre. Un ouragan aérien s'engouffra dans les cordes vocales, un typhon, un océan, une énorme marée noire de son. Et des éclairs se mirent à zébrer sa surface à mesure que les caméras se déclenchaient, avec leurs flashs clignotant sur cette étendue sans soleil.

Le chahut soudain coupa les garçons dans leur élan, et ils se détournèrent de Melanie pour regarder la scène. À travers son visage tuméfié et enflé, Melanie vit les lèvres de Hunter qui articulaient : « Mais putain ? »

Melanie se hissa sur ses pieds et reçut une gifle. Elle tressaillit, puis se rendit compte que la main n'appartenait à aucun des garçons. Elle leva les yeux. Au-dessus d'elle, accrochée aux étais de la tour de sonorisation métallique, une grosse femme avec des bretelles et un minuscule nœud papillon se penchait, une main tendue vers elle, l'autre retenue par un mec énorme aux cheveux longs étendu sur le ventre plus haut, sur le toit de la tour.

« Donne-moi la main, trésor », dit la femme.

Terrifiée, elle s'immobilisa, mais la femme claqua des doigts devant son visage, et Melanie prit la main. La femme la hissa dans la tour de sonorisation, l'arrachant à la foule, et les garçons ne remarquèrent rien avant que ses baskets ne dérapent sur les poteaux au niveau de leurs visages ; ils tentèrent de la retenir, mais c'était trop tard – elle volait. La femme la tira jusqu'à ce que, haletante et en sueur, elle dépose Melanie sur la tour qui vacillait, à côté de la console.

« Pfiou, souffla la femme. Je le referai pas. Alors qu'est-ce qui se trame, putain, là ? »

Le mec aux cheveux longs se démenait sur sa console pour mixer les sons qui s'élevaient des amplis tandis que Kris Pulaski jouait et rejouait l'intro de « Beneath the Wheel » et que Terry restait planté, paralysé, sur la scène.

Melanie baissa les yeux sur la foule bondissante et tourbillonnante, et il lui sembla impossible que celle-ci ne renverse pas cette petite tour toute frêle pour l'aspirer dans le maelström de corps. Le poilu fit un truc violent derrière elle, et elle l'entendit dire : « Accès interdit ! » avant de se relever, ramenant ses cheveux derrière une de ses oreilles. La grosse femme au nœud papillon prit possession de la console, parcourant les glissières et les boutons du bout des doigts.

« Bordel de merde, dit la femme en voyant ce qui était en train de se passer sur scène. C'est Kris Pulaski. »

Quand la foule se mit à siffler, Terry comprit qu'il n'avait pas le choix, car Kris n'allait pas s'arrêter de jouer ce foutu riff d'ouverture, et s'il ne faisait rien, la foule allait se retourner contre lui. Il empoigna donc le micro et hurla :

L'histoire
Est une botte
Qui t'écrase le visage
Pour l'éternité

La foule répondit par un rugissement, lui donnant la niaque dont il avait besoin pour chanter le couplet suivant.

Éternité
Dans la boue
Écrasé comme un cafard
Qu'importe

Tu nais dans un vagissement
Meurs où tu t'agenouilles
Tout cela est réel
Écrasé !

Puis il alla chercher loin dans les graves sa voix de Macaron le glouton, un effet qu'il n'employait plus jamais car il était trop connoté death metal, black metal et doomcore, et parce qu'il lui écorchait les cordes vocales. Mais il électrisa la foule, surgissant de l'énorme sono pour s'abattre tel un fouet sur la marée humaine.

Sous la roue

Le rugissement de la foule frappa Kris comme une gifle et manqua de la faire tomber. Même après toutes ces années, même avec seulement elle et Terry, ça fonctionnait encore. Et lorsqu'ils arrivèrent à la fin de la chanson, le tonnerre de hurlements devint tellement fort que c'en était inhumain, et des corps chargèrent la scène, retenus *in extremis* par la sécurité. Leurs beuglements l'atteignirent tel un raz-de-marée, et avant que Terry ait le temps d'y mettre fin, Kris enchaîna sur le solo bluesy langoureux de « My Master's Eye ».

Elle vit les épaules de Terry s'affaisser quand il se rendit compte de ce qu'elle était en train de faire, puis la foule comprit aussi, et même ceux qui n'avaient jamais entendu *Troglodyte* surent que c'était un moment qui n'arrive qu'une fois dans une vie, et leur clameur fut telle qu'on aurait cru plonger le nez dans le réacteur d'un avion.

Kris fit un grand sourire et reprit son solo en plus aigu, d'un son sarcastique et méchant, pour bien marteler le dos de Terry avec ses notes. Terry était avant tout une bête de scène, et lorsqu'elle arrêta de jouer pour laisser les trois temps de silence avant le premier couplet, il se lança dans un falsetto doo-wop années 1950 sucré, d'une pureté absolue :

Tout ce que je fais il l'étudie
Tout ce que je fais il le sait
Il m'observe où que je sois
Il me suit partout où je vais

Kris jeta un coup d'œil par-dessus son épaule au quelconque batteur mercenaire que Terry avait engagé ; miraculeusement, le mec la regarda aussi et, encore plus miraculeusement, il semblait connaître l'album, car il démarra par un impeccable rythme 4/4 aux cymbales et à la caisse claire, un shuffle amoureux, sur le couplet suivant :

Il a cent mains
Il a des yeux qui voient tout
Il est tout ce que je suis
Sans lui je meurs
Et meurs
Et meurs
Et meurs
Et meurs

Kris se lança dans le riff dantesque qui engloutissait les derniers mots et la chanson prit de la vitesse, épousant un rythme lourd, cataclysmique, et Kris et le batteur la menèrent à sa conclusion, imparfaitement, et avec deux affreux changements de tempo parce que le batteur avait toujours son clic, mais par chance, ils cessèrent tous deux de jouer exactement sur le même temps, laissant Terry chanter le dernier couplet *a cappella* pour la foule bouillante avec sa forêt de bras pâles qui lançaient des cornes, ses téléphones avec leurs flashs, ses caméras, ses pointeurs laser, ses bâtons fluorescents.

Et tout ce que je suis
Et tout ce que j'étais
Et tout ce que je suis
Et tout ce que je vois
Et tout ce qui est moi
Et tout
Tout
Tout
Est lui

Kris se pencha sur le micro de Terry et dit : « Hé, m'sieur l'ingé son. Coupez la piste du clic. On n'est pas sur du formaté, là. »

Il y eut un nouveau rugissement d'approbation dans la foule, exaltée à l'idée de s'aventurer en *terra incognita*. La grosse femme en nœud papillon poussa un petit rire et effectua un réglage, et à partir de là, la seule chose que Kris et Terry entendirent fut le mix de la console retour, si bien qu'ils purent réellement s'écouter l'un l'autre.

« Et encore une chose, dit Kris, doublant sa mise, M. Merryweather peut-il nous rejoindre ? Le bassiste original de Dürt Würk. »

Quand elle s'écarta du micro, Terry se tourna pour l'arrêter, mais Kris était déjà en train de jouer le riff de « Eating Myself to Live » en boucle, avec davantage d'assurance chaque fois. Avec l'ampli à fond, on aurait dit qu'ils l'avaient piqué chez Black Sabbath, alors elle le distordit, le fit traîner, le hacha, le reprit, tuant le temps jusqu'à l'apparition de Tuck. Juste au moment où elle s'apprêtait à renoncer, elle entendit la foule rugir et se tourna pour voir un spot qui suivait Tuck, lequel entrait sur scène d'un pas hésitant, la basse déjà en bandoulière.

Il était trop loin et la foule faisait trop de bruit pour dire quoi que ce soit, alors Kris lui rejoua le riff de « Eating Myself to Live », encore et encore, et il la regarda, elle hocha la tête, et l'océan noir gronda violemment lorsqu'il lui répondit par le riff de basse correspondant.

Ils continuèrent sur ce mode pendant une minute, se répondant l'un l'autre sur les premières mesures, puis Kris lui tourna le dos et embraya sur la suite de la chanson. Terry comprit qu'ils étaient tous enchaînés à ce monstre marin et qu'il n'y avait pas d'autre issue que d'affronter l'obstacle, alors il prit la suite.

Tandis qu'ils trouvaient un rythme de croisière sur « Eating Myself to Live », Kris oublia le public. Elle se concentra sur ses progressions d'accords et ses changements de tempo, émerveillée de constater qu'elle ne les avait jamais oubliés. Même quand elle était incapable de les prévoir d'une mesure à l'autre, ils lui revenaient à la seconde où elle en avait besoin, tel Tarzan dans la jungle trouvant toujours une liane à chaque nouveau saut.

Melanie observait depuis la tour de la sono qui vibrait et oscillait, et la sensation des mains des garçons sur son corps se dissipait à mesure qu'elle contemplait cette femme sur la scène, celle-là même avec qui elle avait écouté Dolly Parton, celle dont elle avait décidé en fin de compte qu'elle était folle, celle qu'elle avait trahie. Sous les feux des projecteurs, cette femme rayonnait.

Les arrangements étaient squelettiques et branlants, le batteur parvenait tout juste à tenir le rythme et ne faisait pas le moindre fill. Pour Kris, l'absence de Scottie Rocket était comme un membre fantôme, mais elle faisait de son mieux. Scottie adorait « Eating Myself to Live », elle s'en servit donc pour lui rendre hommage, exécutant des acrobaties sur son manche à la vitesse de l'éclair, zébrant le ciel avec des gammes si rapides qu'un clin d'œil lui aurait fait manquer ses progressions. Même Terry semblait investi lorsqu'il entonna la conclusion, allant chercher des notes de plus en plus hautes, de plus en plus aiguës, de plus en plus rapides, de plus en plus fortes.

Et tout est un jeu
Tout est domestiqué
Tout est pareil
Et tout le monde est coupable
Et personne ne voit la douleur
Et tout le monde est fou
Le Blind ! King ! Règne !

La chanson prit fin comme si elle avait heurté un mur, il y eut une seconde de silence, puis le rugissement reprit et Kris en fut choquée car, pendant deux minutes, elle avait oublié l'existence de la foule. C'était seulement eux trois, plus vieux, mais ensemble, un groupe de nouveau, entouré par les ténèbres.

Elle coinça son médiator dans sa bouche et entama le picking de « Poincaré's Butterfly », priant pour que Terry se souvienne des paroles. Il n'y eut qu'un léger bégaiement lorsqu'elle fit un pain sur un changement d'accord dans l'intro, mais Terry était bel et bien présent et se mit à chanter comme un enfant de chœur de sa voix aiguë et suave :

Plus bas
À travers le sol
À travers la terre
À travers la Porte bleue

Des tunnels

D'obscurité
Et de chuchotements
De hurlements
Comme un chœur

Sur des ailes
Faites de rouge
Faites de jaune
Faites de feu

Elle se pose
Sur ma main
Je vois
Cette étrange chose
Avec ses ailes

Kris s'emmêla dans les notes, sa main gauche et sa main droite se désynchronisèrent, et la chanson s'interrompit dans un larsen. Elle respira un coup et reprit, sentant les mains invisibles de Scottie Rocket guider les siennes, et le rugissement revint. Sur cette scène, tout semblait épique, semblait mythique, semblait magique, et les paroles qui avaient été écrites dans le sous-sol de la Witch House sortaient de la gorge de Terry telle une incantation.

Ça m'apprend
Qu'on est bien
Au-delà de la douleur
Et de la honte
Et du sang
Et des hurlements
Après le déluge
Du feu
Et du Roi
Et son chœur

Et de la torture
Et des barbelés
Et des entrailles
Et du sang noir

Il y a une porte

En entendant le grondement de l'océan noir, Kris sut pourquoi cet album constituait une menace. Il était la fissure dans Black Iron Mountain. Elle se tourna, prête à se lancer dans « Down Where the Worms Squirm », et aperçut Rob dans l'ombre des coulisses ; ses yeux lançaient des flammes. Elle fit comme si de rien n'était, mais tandis qu'ils attaquaient la chanson suivante, elle vit des agents de sécurité en tee-shirt noir l'encadrer tels des corbeaux.

Tout ce que tu disais vouloir
Pourrit et se désagrège
Au royaume du Blind King
Il mangera ton cœur en sang

Kris savait qu'il n'y avait pas d'issue. Elle ne pourrait pas quitter cette scène. Pas elle. Elle était une balle, une balle de revolver qui venait de faire feu. Elle avait coupé tous les ponts et enfin elle était seule, sur une île, encerclée par une mer démontée. Que disait JD, déjà ? Un album ne passe que dans un seul sens : vers l'avant.

Ensuite vinrent « Sailing the Seas of Blood », puis « In the Hall of the Blind King », et Kris attaqua à la tronçonneuse le solo qui terminait la chanson, le riff qui les amenait jusqu'au combat final, qui déchirait la nuit telle une explosion et les laissait tous retomber sur le toboggan qui commençait « One Life, One Bullet ».

Des roulements secs de caisse claire aux accents militaires retentirent derrière elle, un son furieux qui se mua en beat explosif lorsque Tuck fit son entrée, et Kris attendit, écoutant l'intro laminer la foule. Elle avait l'impression d'avoir pris des coups au cerveau. Puis elle les rejoignit à grand fracas sur le groove. Son épaule droite lui faisait si mal qu'elle crut qu'elle allait se détacher de son corps. Un engourdissement irradiait tout le long de son bras, et elle savait que si elle ralentissait un tant soit peu, elle ne pourrait plus le bouger. Terry s'avança jusqu'au rebord de la scène en levant haut les genoux et atomisa le public avec le refrain, beuglant :

Une vie
Une balle
Troglodyte
Une vie
Une balle
Troglodyte

Le tempo augmenta, gagnant en puissance et en intensité jusqu'à devenir primal, une invocation, un exorcisme, les mots prenant un son derrière leur son, faisant apparaître des notes qu'ils ne jouaient pas. L'ensemble sonnait primitif, tribal, et Kris ne pensa pas à la conclusion toute proche jusqu'à ce qu'ils y soient et qu'elle s'interrompe sur un grand coup de guitare.

Tandis que des échos hurlaient encore dans ses oreilles, Terry entama sa psalmodie :

Il y a un trou
Au centre du monde

L'océan noir reprit en chœur ses mots et quatre cent quarante mille individus scandèrent : « Il y a un trou/ Au centre du monde/ Il y a un trou/ Au centre du monde/ Il y a un trou/ Au centre du monde. » Kris se retourna vers Tuck pour faire une grimace qui disait : « T'as vu comme c'est dingue ? », mais il fixait déjà cette marée humaine, et pas avec émerveillement. De la sueur dégoulinait sur son visage, il criait avec eux, et sans perdre une seconde, Kris se retourna vers l'avant, leva le poing droit et se mit aussi à hurler avec eux, parce qu'il avait été là toute sa vie, le trou, toutes leurs vies, et il attendait de les engloutir à la fin, d'annihiler tout ce qui était bon, tout ce qui était gratuit – il prenait tout. À la fin, ils tombaient tous dans les ténèbres.

Et Kris comprit, en s'époumonant à s'arracher les cordes vocales, à l'unisson avec le public, qu'ils étaient guidés par une chose plus grande qu'eux, une force supérieure, une sorte de coïncidence sacrée, énorme et invisible. Et à son pic, miraculeusement, Kris, Tuck, Terry et les quatre cent quarante mille spectateurs s'interrompirent tous en même temps, comme s'ils avaient répété ce moment toute leur vie.

Puis Terry – ce foutu Terry, le Blind King, l'emmerdeur, le garçon qui cognait à la fenêtre de son sous-sol, le gamin qui lui avait posé la question qui avait tout déclenché, qui avait provoqué toute cette douleur, qui avait inspiré un millier de concerts, le garçon qui avait dit : « Tu veux monter un groupe ? » –, Terry empoigna le micro, et pile au moment, à l'instant fatidique, il prononça les mots qui venaient ensuite, mais que Kris pensait qu'il ne chanterait jamais.

« Et à l'intérieur de ce trou ! cria Terry, et l'océan noir tomba dans le silence, retenant trois secondes sa clameur phénoménale, rembobinant sa puissance qui montait, sur le point de déborder. Et à l'intérieur de ce trou ! hurla de nouveau Terry, il y a Black Iron Mountain ! »

Terry leva les deux poings et laissa l'océan noir déferler sur lui, tandis que Kris regardait derrière elle : le batteur s'était levé et saluait le grondement de l'océan noir avec ses deux baguettes dressées, elle croisa le regard de Tuck qui lui fit un grand sourire, et elle vit toutes les forces de Black Iron Mountain se mettre en place pour bloquer sa sortie dans les coulisses : Bill dans son fauteuil, Miranda à côté de lui avec ses dreads, le cou toujours dans une minerve, Rob entouré de ses corbeaux endeuillés, et la police routière du Nevada en gilets pare-balles et gants de latex noir.

Et dans la foule, les poings se dressaient, on lançait des bouteilles, et tout au fond, quelqu'un mit le feu à un stand de merchandising. Et au sommet de la tour sono, Melanie criait avec la foule quand elle sentit quelque chose dégouliner sur son visage, et la grosse femme en nœud papillon se leva et adressa un petit salut rapide au public. Et sur la scène, Kris s'avança une dernière fois vers le micro de Terry.

« Il y a…, commença-t-elle, mais l'océan noir se brisa sur elle et la fit perdre pied, et elle se tut une minute, au bord de la noyade. Il y a… Il y a… », répéta-t-elle, tentant de se faire entendre. La marée humaine se calma peu à peu, se retira, et elle fut finalement en mesure de terminer : « Il y a une dernière chanson, dit-elle et le silence se fit dans la foule. Sur cet album que nous, heu… », et là, elle jeta un coup d'œil à Terry. Son maquillage dégoulinait sur son visage, et il avait l'air extrêmement vulnérable. Il n'était qu'un petit garçon amoureux de lui-même, qui passait des marchés sans même s'enquérir du prix, persuadé qu'il ne serait jamais obligé de régler l'addition. Elle le vit, ni mauvais ni bon, juste un garçon comme tant d'autres, qui pensait qu'il était la seule personne importante au monde. Alors elle lui fit une ultime fleur et, dans son heure de vérité, elle ne révéla pas qu'il avait coupé la chanson, elle n'évoqua pas la trahison qui la blessait encore après toutes ces années, la façon dont il lui avait volé son bébé pour le mutiler, et elle dit seulement : « Nous, heu, nous avons perdu les bandes, elles ont été endommagées, donc le titre n'a jamais figuré sur l'album. »

Et comme un petit garçon, Terry lui adressa un sourire reconnaissant.

« Mais je veux la chanter pour vous maintenant. Parce que c'est la chanson qui donne tout son sens à cet album. Sans elle, Troglodyte erre pour l'éternité. Ce soir, je veux le ramener à la maison. Ce soir, je veux le libérer. »

Il y eut un rugissement dans l'océan noir, et Bobbie, assise à la console, secouant la tête, prit la main de Melanie et dit : « Ma chérie, je sais même pas ce qu'ils foutent, là. »

Kris hésita au micro, sentant les projecteurs sur son visage. Elle avait tant à dire, et elle y réfléchit quelques secondes, ce qui, sur scène, équivaut à une éternité, puis conclut enfin : « Ils veulent vous dicter quoi faire, quoi vouloir. Ils veulent contrôler vos vies. Et ils sont si nombreux. Ils sont trop nombreux. » Elle marqua une pause. Elle était sur le point de rajouter autre chose, mais l'idée lui sortit de la tête et elle ne put la rattraper. Elle vit le fond du trou qui se rapprochait à toute blinde tandis qu'elle dégringolait, et Black Iron Mountain était en coulisses, à l'attendre, alors elle laissa tomber : « Battez-vous. Juste, battez-vous. Ne renoncez jamais. »

L'océan se déchaîna à grand fracas et Kris approcha la bouche du micro et se mit à chanter « The Door with Cerulean Hue ».

Au bout des tunnels
Au sortir du labyrinthe
Vers la lumière
Passé les grottes

Chaque pas le rapproche
Il n'est jamais venu jusque-là
Chaque pas le rapproche
De la Porte bleue

Elle attaquait avec un accord mineur sur « Porte bleue », et il n'y avait pas de batteur, pas de bassiste, juste Kris, le fantôme de Scottie Rocket derrière elle, et au lieu des croque-morts qui l'attendaient en coulisses, elle sentit JD, regardant la femme pour qui il avait donné sa vie jouer l'ultime chanson de l'ultime concert de Dürt Würk.

Il a passé les barricades
Il n'est plus un esclave
Il est hors de leur portée
Il a dépassé les grottes

Pas à pas
Dehors, plus loin
Ces choses que vous voulez
Il ne les fera pas

Troglodyte cherche
La porte au bleu céruléen
Et tous ceux que vous avez sauvés
Tous ceux qui sont morts
Tous ceux que vous avez enchaînés
Tous ceux qui ont prospéré
Tous ceux qu'on a oubliés
Tous, gravés dans la pierre
Tous ensemble
Tous seuls

Leurs rangs grossissent derrière lui
Un déluge irrépressible
Une tempête furieuse
Une chanson faite de sang

Les mots étaient un pilier de son qui grandissait par sa gorge, par son ventre, ressortait par le sommet de son crâne et s'élevait jusqu'au ciel, l'accrochant sur une colonne de musique en cristal entre la terre et les étoiles.

Pas à pas
Dehors, plus loin
Ces choses que vous voulez

Il ne les fera pas

Troglodyte cherche
La porte au bleu céruléen

Ce n'était pas la même chanson, ça ne l'est jamais, chaque fois qu'on l'interprète la chanson change, mais le sentiment reste le même. C'était une chanson pour le Dürt Würk qui aurait pu être, une chanson pour le groupe qui avait terminé le dernier morceau de *Troglodyte* dans le sous-sol de la Witch House : ils étaient restés à se regarder dans un silence absolu pendant quelques instants. À l'époque où ils n'étaient pas une bande de losers cherchant en vain une place dans le monde. À l'époque où ils savaient qu'ils pouvaient devenir des légendes.

Avant qu'ils foutent tout en l'air.

Kris amena la chanson à sa conclusion. Elle avait eu ses quarante minutes. Il n'y avait plus rien pour elle ici : elle conclut sa chanson, et libéra Troglodyte.

Au bout des tunnels
Au sortir du labyrinthe
Vers la lumière
Passé les grottes

Chaque pas le rapproche
Il n'est jamais venu jusque-là
Chaque pas le rapproche
De la Porte bleue

Sur une modulation, elle ralentit son rythme à l'extrême, rejouant en boucle un riff simple en picking, de plus en plus lentement. L'océan noir était silencieux. Ils écoutaient, devant les stands en feu qui jetaient au loin leurs lumières vacillantes.

Encore un pas
Un pas plus haut
Encore un corps
Jeté au feu

Il n'y en a plus
Il est temps de voler
Ce n'est pas une porte –
C'est le ciel.

Une dernière note. Un instant de silence. Elle regarda Terry, qui lui rendit son regard, elle se tourna vers Tuck, et l'espace d'une minute, Dürt Würk fut tout ce qu'il aurait un jour pu être. L'espace d'une seconde, Kris fut dans cet autre monde, un monde parallèle au nôtre, où rien ne s'était jamais brisé, où tous ses amis étaient encore en vie, où il n'était jamais trop tard.

Puis l'océan noir s'écrasa sur la scène dans un énorme fracas, se brisa sur les barricades, enfonça les rangées clairsemées d'agents de sécurité, et les éclairages flamboyèrent avant de cramer, et le bruit les assourdit tous. Et Kris Pulaski resta seule dans le chaos, guitare sur la hanche, et se tourna pour affronter Black Iron Mountain, avec la vague noire qui gonflait derrière elle.

Kim Hunt : C'est comment d'être une femme dans un groupe de metal ? Est-ce que vous rencontrez des problèmes en tournée ? C'est plus dur d'obtenir le respect des fans ? Et l'image des femmes véhiculée par le metal ? Vous trouvez que le heavy metal crée des exemples positifs pour les femmes ?

Kris Pulaski : Je n'ai rien à dire sur tout ça. Tout ce que je veux, c'est jouer.

– 101.7 WFNX, « FNX Weekends », 23 mars 1994

TROIS ANS PLUS TARD

31

Ceux qui s'apprêtent à rocker, on vous salue[1]

Hellstock '19 s'acheva sur un désastre. Les incendies des stands n'étaient que le début. Cette nuit-là, la foule, près d'un demi-million de personnes, saccagea Strawberry Valley. Les festivaliers envahirent la scène, démolirent le matériel, renversèrent les antennes relais, allumèrent des feux de joie. Des jeunes passaient à travers les flammes en courant. Deux d'entre eux se brûlèrent si gravement que l'un perdit un bras, l'autre un pied, qui dut être sectionné au niveau de la cheville.

Les stands de merchandising furent réduits en cendres, les distributeurs d'argent dévalisés, seize semi-remorques renversés et pillés. Au matin, une gigantesque marée humaine déferla vers les voitures et rentra à Las Vegas, laissant derrière elle un cratère plein d'ordures, de boue et de merde. Rien ne subsista. Toutes les inscriptions, tous les billets scannés, tous les noms des gens qui étaient venus furent perdus dans les disques durs écrabouillés et la paperasse brûlée.

Lorsque la folie et le chaos s'achevèrent, le matin suivant, deux mille seize personnes attendaient des soins médicaux, quatre cent trente et une arrestations avaient été effectuées, Kris avait disparu, Terry était parti, et Tuck ne parvenait à obtenir une réponse claire de personne.

Il appela quelques contacts que sa sœur avait dans les forces de l'ordre, fit un signalement de disparition dans tous les

1. *For Those About to Rock (We Salute You)*, album d'AC/DC, 1981.

commissariats, et lança un appel à ouvrir l'œil sur les forums de musiciens, mais Kris s'était évaporée, ne laissant derrière elle que sa perruque. Ils la retrouvèrent par terre à côté de la batterie. Où elle était partie, c'était un mystère, et les théories qui proliféraient en ligne engendrèrent des sous-théories hybrides et alambiquées qui donnèrent naissance à leur tour à de supposées conspirations encore plus baroques.

Une théorie prétendait que Kris avait des ennemis puissants. Terry était en cheville avec des influenceurs qui contrôlaient Hollywood. Selon cette hypothèse, elle avait été exfiltrée du concert dans le coffre de la limousine de Terry et emmenée dans une salle insonorisée du sous-sol de sa maison à Vegas. Ils l'avaient détenue là pendant quelques jours et l'avaient probablement torturée avant de la tuer et d'enterrer son cadavre dans le désert. Tout le monde avait été payé pour fermer les yeux. Personne ne trouva jamais son corps, mais des preuves surgissaient de temps à autre dans le sable : des bouts de son perfecto, les restes de sa guitare calcinée, un bandana Manowar doublé de feuilles de plomb.

L'autre théorie disait que Kris avait profité du chaos pour s'échapper. Que quelqu'un avait vu une femme de ménage l'aider à s'éclipser par le côté de la scène. Qu'une ingé son l'avait fait sortir des lieux en la planquant dans un étui à roulettes. Selon cette hypothèse, un réseau de metalleux l'avait aidée à sortir du pays pour rejoindre des lieux où le heavy metal était encore traité avec respect.

Quelqu'un disait qu'elle avait été aperçue au Brésil. D'autres qu'elle se trouvait au Chili. Une poignée de gens affirmaient qu'ils l'avaient repérée aux Philippines. D'où qu'ils viennent, ils disaient tous la même chose : cette femme se pointait aux soirées open mic et autres concerts improvisés, sans prévenir. Elle demandait à emprunter une guitare, et on la laissait se brancher et jouer. Parfois, elle interprétait les classiques : Sabbath, Slayer, Megadeth. Elle adorait « Raining Blood ». Parfois, si elle le sentait ce soir-là, elle jouait *Troglodyte*. De plus en plus souvent, disaient les gens, elle présentait de nouveaux morceaux. Pas mal du tout, dans l'ensemble.

Elle ne donnait jamais son nom, personne ne savait d'où elle venait, et après les concerts, elle s'éclipsait toujours par la porte de derrière, ou disparaissait dans la foule avant que quelqu'un ait le temps de la prendre en photo. Les nouvelles chansons étaient enregistrées sur des téléphones et mises en ligne, nourrissant les discussions des plus passionnés des Troglodytes, qui se les échangeaient et discutaient interminablement à leur sujet.

Certains jours, Tuck croyait la première théorie ; d'autres, la seconde. Mais il écouta les nouvelles chansons mises en ligne et se dit que oui, ça sonnait comme sa pote. Et à présent, le jour du troisième anniversaire de Hellstock '19, Tuck sortit de Funkytown, où il donnait des cours de basse aux jeunes après l'école, et s'aperçut qu'elle lui manquait. Il n'avait pas envie de retourner à cette période, et la soirée à Hellstock avait été la nuit la plus effrayante de son existence, mais la vie lui semblait toujours un peu plus réelle lorsque Kris était là.

Tandis qu'il se dirigeait vers sa voiture, une mélodie familière lui chatouilla les oreilles et il se rendit compte qu'il s'agissait de « Poincaré's Butterfly ». De l'autre côté de la rue, une jeune femme était assise contre le mur d'un comptoir d'encaissement de chèques fermé, des pièces de vingt-cinq ou dix cents et deux ou trois billets jonchant la doublure en velours de son étui à guitare ouvert. Un chiot pitbull était allongé à côté d'elle, le museau sur les pattes avant, une épaisse corde autour du cou. La fille avait des croûtes partout sur le visage et jouait sur une gratte déglinguée. Sa voix n'était pas dégueulasse. Pas terrible non plus.

Tuck regarda dans son portefeuille, mais il n'avait qu'un billet de cinq dollars. Puis il se dit : pourquoi pas ? Ça tiendrait lieu de droits d'auteur pour Kris. Il laissa l'argent tomber dans l'étui de la fille, retourna à sa voiture et rentra chez lui retrouver sa famille, « Poincaré's Butterfly » passant et repassant en boucle dans sa tête.

À L.A., Bobbie Gilroy, l'ingé son, mit en ligne son bootleg impeccable de *Troglodyte* pour la neuf centième fois et roula un joint en écoutant sa copine qui prenait une douche. Elle adorait faire ça. Ce qui s'était passé dans le désert ce soir-là s'était changé en véritable jalon de la culture pop, comme le jour où Ozzy avait accidentellement arraché la tête d'une chauve-souris d'un coup de dent, ou celui où la chevelure de Michael Jackson avait pris feu pendant le tournage de la pub Pepsi. C'était le genre d'événement que tout le monde connaissait.

Bobbie estimait qu'elle avait été placée là pour enregistrer et diffuser ce son partout dans le monde. Et elle en était fière, car elle considérait que c'était l'une des performances les plus formidables qu'il lui ait été donné d'entendre, et pas seulement par nostalgie. Certes, il y avait un paquet de problèmes techniques, mais sur le plan émotionnel, la charge vous atteignait comme un train lancé à pleine vitesse. Et son bootleg en avait capturé chaque seconde avec une clarté numérique parfaite. Éviter les avis de retrait de contenu était devenu un jeu. Elle continuerait à le remettre en ligne jusqu'au troisième âge. Qui, quand elle y pensait, n'était pas pour dans très longtemps. Puis sa copine sortit de la douche, trempée et frétillante, et elle appuya sur « CHARGEMENT » pour se consacrer à des questions plus pressantes.

Dans son studio d'enregistrement, à L.A., Terry Hunt, tout seul, tentait d'éviter son reflet. Il n'aimait pas voir ce que Black Iron Mountain avait fait pour le punir. Il se pencha donc dans son fauteuil et se repassa ce qu'il avait composé ce jour-là. Il allait sortir cet album. Il n'allait pas laisser Hellstock '19 être son épitaphe.

Il écouta et se rendit compte que l'attaque à la guitare qu'il avait entendue en rêve et qui l'avait réveillé en pleine nuit n'était pas de lui : elle venait de « The Trooper » d'Iron Maiden. Et ce riff qu'il avait perfectionné pendant des heures était en fait tiré de « Blood and Thunder » de Mastodon, et la ligne de basse dont il était si fier était piquée à « Schism » de Tool : tout ce qu'il avait écrit ces trois derniers jours était du plagiat. Il fit glisser tous les fichiers dans la corbeille qu'il vida d'un clic sans appel.

Il lui fallait continuer. Ce n'était qu'une question de temps. Il devait juste se sortir ces influences du crâne, il s'agissait seulement d'essayer encore. Une simple progression de trois accords surgit dans sa tête, et l'espace d'une minute, il fut tout excité, puis se rendit compte qu'elle venait du deuxième album de Wolves in the Throne Room. Il serra les poings et les pressa contre son front. Il avait envie de hurler, mais ne pouvait plus ouvrir la bouche assez grand désormais.

À West Hollywood, Rob Anthony traversa le café Largo avant un concert acoustique surprise d'Aimee Mann. Il serra des mains, paya des tournées, et s'inquiéta : les sourires des gens ne paraissaient pas aussi francs qu'auparavant, leurs poignées de main semblaient plus brèves, leurs plaisanteries moins sincères. Il avait la sensation que tous cherchaient à s'éloigner de lui. Il surprit une odeur nauséabonde, comme une plaie ouverte, infectée, et, persuadé qu'elle ne venait pas de lui, il se rassura en se disant que, même dans le cas contraire – tout à fait impossible –, il était le seul à la sentir. Puis, lorsque les lumières s'éteignirent et que le concert commença, il sortit discrètement et rentra chez lui seul, roulant toutes vitres ouvertes.

À Valley Center, au Kansas, Ethel Davis, allongée sur son lit, essayait de s'endormir, mais son fils lui manquait trop. Elle avait réussi à s'assoupir un peu plus tôt, mais avait été réveillée par une présence dans la maison. D'en bas, de la pénombre du sous-sol, s'échappant par les escaliers, lui parvenait un son de percussion, un raffut heavy metal, qui se déversait par la porte ouverte.

Elle sourit et se renfonça dans ses oreillers. Ce phénomène se produisait au moins une fois par semaine, et elle le trouvait en fait rassurant. JD lui faisait savoir qu'il allait bien. Son fils ne voulait pas qu'elle s'inquiète, alors il revenait pour lui dire qu'il se trouvait en un lieu meilleur où il jouait sa musique aussi fort qu'il en avait envie. Il avait toujours été un garçon attentionné. Elle l'imaginait en train de cogner de toutes ses forces sur sa batterie au sous-sol, son casque à cornes sur la tête, absorbé par sa musique, s'amusant comme un petit fou. Elle ne pouvait s'en empêcher. Elle sourit. Une mère ne devrait jamais survivre à son enfant, mais qui serait-elle sans son Viking ?

Et dans un sous-sol à L.A., derrière la buanderie collective, loin des voisins, Melanie Gutiérrez, courbée sur sa guitare, tentait de jouer le début de la chanson qui lui avait sauvé la vie. Ses poignets étaient décharnés et faibles. Les fines cordes de *mi*, *si* et *sol* lui entaillaient le bout des doigts. La guitare chinoise de contrefaçon qu'elle avait achetée sur Amazon lui mâchait les côtes lorsqu'elle se penchait dessus. Son poignet gauche l'élançait.

Elle referma la main sur le manche et posa son index meurtri sur la corde de *la*, l'annulaire sur celle de *ré*, et l'auriculaire sur celle de *sol*, racla les cordes de haut en bas avec son médiator, et la magie se produisit : le même son qui était sorti de l'ampli de Kris Pulaski sortit du sien. Le même son qu'avaient entendu quatre cent quarante mille personnes ce soir-là dans le Nevada résonnait ici, dans son sous-sol.

Mais c'était trop dur. Ses mains lui faisaient trop mal. Elle était trop fatiguée d'avoir fait un double service. Ses poignets étaient trop faibles. Elle n'y arrivait pas, elle ne pouvait pas retenir toutes ces notes, elle ne pouvait pas faire sonner ces chansons correctement. Puis elle rejoua le même accord qui retentit de son ampli et elle passa au suivant, puis au suivant, et à celui d'après, et se mit à enchaîner les accords, faisant trembler le sous-sol : « Beneath the Wheel » occultait tout le reste dans sa vie, occultait le monde, occultait Black Iron Mountain, et elle sut…

Elle allait y arriver.

Comment un moineau détruit-il une montagne ?

Un caillou à la fois.

Dürt Würk

Troglodyte n'aurait pu exister sans le travail acharné de ces créatures souterraines :

Avant tout, merci à Rob Anthony dont la clairvoyance et le dévouement ont changé notre vie pour toujours. L'avenir paraît dangereux !

Merci au producteur et ingénieur du son Jason Rekulak, pour la magie qu'il insuffle en studio et son goût musical impeccable.

Sur « One Life, One Bullet », vous entendez les synthés de Rick Chillot et après ça, vous ne laisserez personne vous dire que les synthés, c'est pas metal.

Big up à Nicole de Jakmo et Ivy Weir pour leurs chœurs angéliques sur « Down Where the Worms Squirm » et « Sailing the Seas of Blood ».

Le design de Troggie et le logo chanmé sont l'œuvre d'un certain M. Doogie Horner.

Pour les mix qui tuent, nous avons une dette de sang envers Mary Ellen Wilson et Jane Morley.

Toute l'équipe de Roundhouz Studios à L.A. a rendu possible cet album : Katherine McGuire, Moneka Hewlett, Brett Cohen, David Borgenicht, John McGurk, Mandy Dunn Sampson, Andie Reid, Blair Thornburgh, Megan DiPasquale, Elissa Flanigan, Rebecca Gyllenhaal, Kelsey Hoffman, Christina Schillaci, Kate Brown et Molly Murphy.

Personne n'assure mieux que l'équipe des ventes de PRHPS, et nous savons que vous allez faire en sorte que la sortie de cet album déchire tout.

Pour l'inspiration sur la route et pour nous avoir prêté vingt dollars à Denver quand nous en avions le plus besoin, merci à Thom Youngblood et Mary Schreck.

Comme toujours, ce disque est pour les fans, Sarah Nivala, Evan Vellala, Michelle Souliere, Patrick Wray, Chris Ryall, Carson Evans, Jo-Jo Gervasi, Miles Foster, Mariah Cherem, Chris Dortch, Lisa Morton, Mitch Davis, Jonathan Lees, Eric Bresler, et tous les Troglodytes. Continuez de trogguer !

IN MEMORIAM
AMANDA COHEN

Nous n'oublierons jamais ton dévouement à Dürt Würk, ni ton accueil chaleureux chaque fois que nous sommes passés à Toronto.

Nous sommes désolés d'avoir oublié que tu te tenais derrière le van la dernière fois que nous sommes partis.

MIXTE
Papier issu de
sources responsables
FSC® C003309
FSC
www.fsc.org

Les papiers utilisés dans cet ouvrage
sont issus de forêts responsablement gérées.